시간의 딸

권 도 희

미스터리 전문 번역가. 옮긴 책으로 애거서 크리스티의 『누명』, 『비뚤어진 집』, 『움직이는 손가락』, 베리 리가의 『나는 살인자를 사냥한다』, 존 카첸바크의 『하트의 전쟁』, 더스틴 토머슨의 『12.21 종말의 날』 등이 있다.

The Daughter of Time
by Josephine Tey

이 도서의 국립중앙도서관 출판예정도서목록(CIP)은 서지정보유통지원시스템 홈페이지(http://seoji.nl.go.kr)와 국가자료종합목록 구축시스템(http://kolis-net.nl.go.kr)에서 이용하실 수 있습니다.
CIP제어번호 : CIP2014029766

The Daughter of Time

시간의 딸

조지핀 테이

권도희 옮김

모략은 시간을 이길 수 없다

엘릭시르

차례

/

리처드:

나는 자연의 협잡에 속아

신체의 균형이 뒤틀려버렸고

기형에, 미완성으로

반만 만들어진 채 이 세상에 보내졌다.

절뚝거리는 보기 싫은 모습에

내가 앞에 서면 개마저 짖어댄다.

나약한 피리 소리나 들리는 평화로운 시절에

내 무슨 낙으로 살아가야 한단 말인가?

양지에서 내 그림자를 내려다보며

병신 꼴을 노래할 뿐.

이런 평화로운 세상을 즐길 호남이 될 수 없으니

내가 악당임을 만천하에 알리고

이 시절의 헛된 쾌락을 저주하리라.

/

윌리엄 셰익스피어, 『리처드 3세』 1막 1장

The Daughter of Time

수풀 속의 왕관

중세 봉건 시대의 왕은 마음 내키는 대로 신하들을 죽이고 국민의 세금을 거두는 오늘날의 이미지와는 다른 존재였다. 지방을 다스리는 영주는 자신에게 올 이득과 손실을 계산하여 모시는 왕을 정했다.
교황이 이단이라 판정하면 왕도 무사하지 못했다. 즉 왕관은 그 나라에서 가장 대단한 권력자의 상징이되 무소불위의 권력까지 의미하는 것은 아니었다.
15세기의 영국에서는 이 왕관을 두고 삼십 년간이나 내전이 벌어졌다.
반란이 일어나 왕이 살해당한 것이 발단이었다. 반란 주동자로서 왕위를 찬탈한 랭커스터가와, 왕이 살해당하지 않았다면 정당히 왕위를 물려받았을 요크가 사이에 신경전이 일어났다. 랭커스터가에서 나온 세 번째 왕이 정신병을 앓기 시작했을 때 결국 요크가는 전쟁을 선포했는데, 두 가문의 문장이 모두 장미 모양이었으므로 이 전쟁은 후대에 **장미전쟁**이라 불렸다.
랭커스터가의 직계 자손이 모두 죽고 요크가가 왕권을 거머쥔 뒤로도 왕관을 둘러싼 전쟁은 끝나지 않았다. 당대 역사서에 따르면, 요크가에서 겨우 세운 왕이 죽자 왕의 동생이었던 리처드가 본래 왕이 되어야 할 조카들을 런던 탑에서 죽이고 **리처드 3세**가 되었다. 누가 봐도 그가 폭군이 되리라는 사실은 자명했다.
결국 괴물 같은 리처드 3세의 끔찍한 권력욕에 맞서 랭커스터가에서 살아남은 방계 자손이자 후에 튜더 왕조를 연 헨리 튜더가 군사를 일으켰다.
결전은 보즈워스 평야에서 벌어졌다. 리처드 3세는 이 마지막 전투에서 용감하게 싸웠으나 결국 전사했다. 그가 쓰고 있던 왕관은 전투중 수풀 속으로 굴러 떨어졌다. 두 가문이 오래 다투고 리처드 3세가 조카를 죽이는 원인이 되었던 이 왕관은, 병사에게 발견되어 정의로운 헨리 튜더의 머리에 씌워졌다고 한다.
그리고 장미전쟁이 끝났다.

● 요크-네빌가 주요 인물 계보

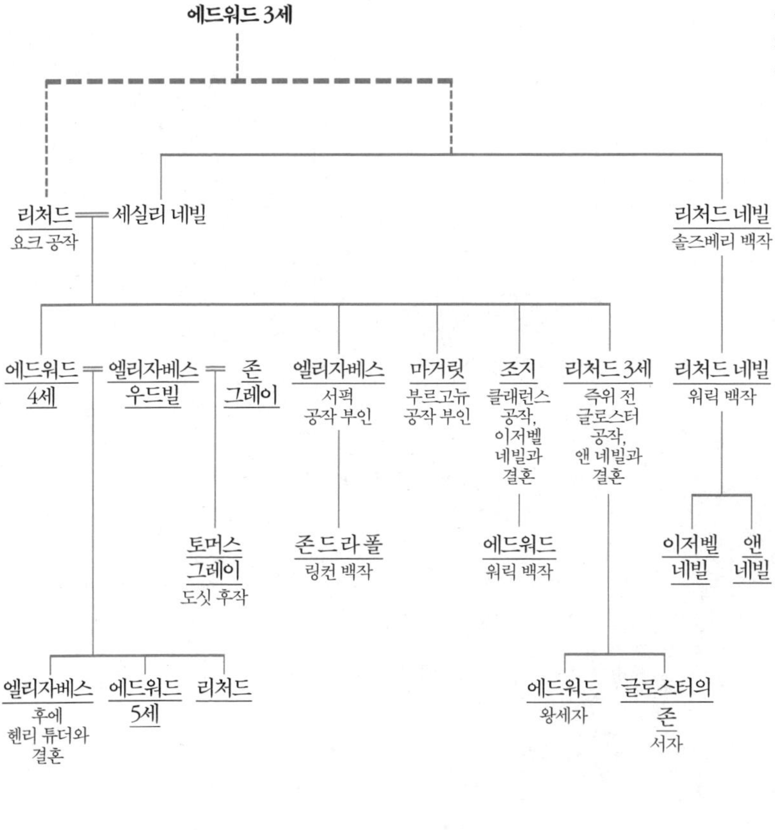

진리는 시간의 딸

—오래된 격언

/

Truth is the Daughter of Time

Old Proverb

/

● The Daughter of Time

Josephine Tey

001

그랜트는 흰색 병원 침대에 누워 천장을 쳐다보고 있었다. 천장을 쳐다보는 일은 정말 지긋지긋했다. 그는 이제 잘 마감된 천장 표면에 미세하게 갈라진 금까지 전부 알았다. 그랜트는 금들을 이용해 천장에 지도를 그리고 그 지도를 탐구했다. 강, 섬, 대륙. 그리고 금 사이에 숨겨져 있는 사물을 알아맞히는 놀이를 했다. 얼굴, 새, 물고기. 그랜트는 천장을 보며 수학 문제를 만들다 어린 시절 배웠던 것들을 새삼 떠올렸다. 정리, 각도, 삼각형. 사실 그는 천장을 쳐다보는 것 외에 할 일이 없었다. 그랜트는 천장을 쳐다보는 것에 진절머리가 났다.

그는 천장의 새로운 부분을 탐구할 수 있도록 '꼬마'에게 침대를 조금만 돌려달라고 부탁했다. 하지만 그렇게 하면 병실의 대칭이 무너지게 될 것이다. 병원에서 가장 우선시하는 것은 청결이고, 그 다음이 근소한 차이로 대칭이다. 대칭 다음은 딱 그만큼의 근소한 차이로 경건함이다. 무엇이든 대칭을 벗어나는 일이 병원에서는 신성 모독과 동급이었다. 책은 왜 안 읽는지, 어째서 친구분들이 가져다준 저 값비싼 신간 서적들을 읽지 않느냐고 꼬마가 물었다.

"세상에는 너무 많은 사람들이 태어나 너무 많은 글들을 쓰고 있어요. 지금 이 순간에도 수없이 많은 글들이 인쇄되어 나오고 있죠. 생각만 해도 끔찍해요."

"사람이 꽉 막혔군요."

꼬마가 말했다.

'꼬마'는 잉엄이라는 이름의 간호사다. 사실 그녀는 157센티미터의 키에, 균형 잡힌 신체를 갖고 있었다. 그랜트는 작은 드레스덴 도자기 같은 여자에게 이리저리 휘둘리는 것에 대한 보복으로 잉엄 간호사를 꼬마라고 불렀다. 물론 병상에서 일어났을 때의 일이긴 하지만 한 손으로도 들어올릴 수 있을 것 같은 그녀가, 180센티미터가 넘는 자신의 몸을 너무 쉽게 다룰 뿐 아니라 사사건건 행동에 간섭하고 지시를 내리는 것에 그랜트는 굴욕감을 느꼈다. 확실히 꼬마에게 환자의 몸무게 같은 건 별 의미가 없는 것이 분명했다. 그녀는 접시를 돌리는 것처럼 아무렇지 않게 매트리스를 우아하게 뒤집었다. 잉엄 간호사가 비번일 때는 너도밤나무 가지 같은 팔을 가진 여신, '아마존'이 그랜트를 담당했다. 대럴이라는 이름의 간호사 아마존은 전원 풍경이 아름다운 글로스터셔 출신으로 수선화가 피는 계절마다 향수병에 시달리곤 했다. (꼬마는 랭커셔의 리텀 세인트 앤스 출신으로, 수선화가 필 때 어쩌고 하는 건 그녀와는 아무 상관 없는 일이다.) 대럴 간호사는 크고 부드러운 손과 소처럼 커다랗고 순해 보이는 눈동자를 가지고 있었다. 언제나 환자들을 불쌍하다는 듯이 쳐다보았지만 아주 조금만 힘을 쓸 일이 있어도 양수 펌프처럼 숨을 거칠게 몰아쉬었다. 두 사람을 다 겪고 보니 그랜트는 자기 몸을 무게가 전혀 나가지 않는 것처럼 가볍게 다루는 것보다 너무 무겁다는 식으로 다루는 것이 더 굴욕적이라는 것을 알게 되었다.

침대에서 꼼짝할 수 없는 그랜트는 꼬마와 아마존의 손에 몸을 맡길 수밖에 없었다. 다 그가 맨홀에 빠졌기 때문이다. 그건 너무나도 굴욕적인 일이었다. 아마존이 그를 부축하며 숨을 헐떡거리거나, 꼬마가 가볍다는 듯이 그를 다루는 것은 아무것도 아니었다. 맨홀에 빠진 것은 정말 말도 안 되는 어처구니없는 실수였다. 진부한 데다가 터무니없는 웃음거리였다. 순찰을 하다 발견한 베니 스컬을 맹렬하게 추격하던 중에 갑자기 땅속으로 꺼져버렸으니 말이다. 베니가 그다음 모퉁이에서 윌리엄스 경사의 손에 붙잡혔다는 것이 견딜 수 없는 상황에 그나마 아주 작은 위안이었다.

베니는 이제 삼 년 동안 감옥에서 살 테니 시민들은 신이 났을지도 모른다. 하지만 복역 태도가 좋다면 형기는 단축될 것이다. 병원에서는 아무리 좋은 태도를 보여도 입원 기간이 단축되지 않는다.

그랜트는 천장을 쳐다보는 것을 그만두고, 침대 옆 탁자에 쌓여 있는 책들로 시선을 돌렸다. 꼬마가 그에게 관심을 가져보라고 독촉한 가지각색의 값비싼 책들이 쌓여 있었다. 맨 위에 놓여 있는 것은 난생처음 보는 분홍색 표지에 몰타의 수도 발레타의 근사한 사진이 실려 있는 책으로 래비니아 피치가 해마다 발표하는 순진무구한 여주인공의 수난사를 그린 소설이었다. 표지에 몰타의 그랜드 하버 항구 사진이 실려 있는 것으로 보아 이번 작품에서는 이름이 밸러리인지, 안젤라인지, 세실인지, 데니스인지 알 수 없는 등장인물이 해군의 아내가 되는 것이 틀림없었다. 그는 표지 안쪽에 래비니아가 쓴 헌사만 읽었다.

사일러스 위클리의 『땀과 고랑』은 칠백 페이지 내내 흙과 삽에 연연하고 있었다. 첫 문단만 봐도 사일러스가 지난 작품 이래 변한 것이 전혀 없다는 것을 알 수 있었다. 열한 번째 아이를 낳은 엄마는 위층에서 아이와 함께 누워 있고, 아빠는 아래층에서 아홉 번째 아이 뒤에 뻗어 있고, 장남은 외양간에서 가장 좋은 자리를 차지하고 누워 있고, 장녀는 애인과 함께 건초 다락 위에 누워 있고, 그 외 등장인물들은 모두 헛간 바닥에 누워 있었다. 초가지붕에서는 빗방울이 뚝뚝 새어 들어오고, 두엄 더미 속 거름에서 김이 올라오고 있다. 사일러스는 절대 거름을 빼먹는 법이 없다. 모두 다 누워 있는 이 정경에 김이 위로 올라가는 묘사가 있는 것은 사일러스의 잘못

이 아니다. 사일러스가 아래로 깔리는 종류의 김이 있다는 것을 알았더라면 그걸 소개했을 테니까.

현란한 음영이 들어간 표지의 사일러스의 책 밑에는 에드워드 7세 시대의 소용돌이 문양과 터무니없는 바로크풍의 서체로 우아하게 제목을 새긴 『그녀의 발가락에 종을』이라는 작품이 있었다. 루퍼트 루지의 작품으로 악덕에 대해 풍자한 작품이다. 루퍼트 루지는 항상 처음 세 페이지에서 웃음을 이끌어낸다. 그 세 페이지에서 독자는 루퍼트가 기지를 발휘할 수 있는 가장 쉬운 방법인 역설법을 쓰고 있고, 그 방법은 교활하기 그지없는(하지만 악랄하지는 않은) 조지 버나드 쇼에게서 따왔다는 것을 알게 된다. 그러고 나면 바로 이어지는 몇 문장 안에 어떤 농담들이 나올 것인지 미리 짐작할 수 있게 된다.

짙은 초록색 표지에 붉은 섬광을 뿜어내는 총구가 그려진 오스카 오클리의 최신작도 있었다. 재치도 없고 신랄하지도 않은 말을 어설픈 미국식 영어로 우물거리며 떠들어대고 있는 불량배들. 금발 미녀들, 쇠파이프, 무시무시한 속도의 추격전. 정말 말도 안 되는 이야기다.

존 제임스 마크의 『사라진 병따개 사건』에서는 처음 두 페이지에서만 전개상의 오류를 세 군데 발견했다. 그 덕분에 그랜트는 적어도 오 분 동안은 작가에게 보낼 편지를 상상하면서 재미있는 시간을 보낼 수 있었다.

그는 책 더미 맨 밑에 깔려 있는 얇은 푸른색 책이 어떤 것이었는지 기억나지 않았다. 뭔가 진지하고 통계적인 내용이 담긴 책이었던 것 같다고 생각했다. 체체파리나 칼로리, 성행위 같은 종류의 내용일 것이다.

심지어 그런 책조차도 다음 페이지에 무슨 내용이 나올지 알 수 있었다. 더이상, 이 넓은 세상에 살고 있는 사람들 중 누구도, 가끔씩이라도 이런 이야기들을 바꿔야겠다는 생각을 하지 않는 것일까? 요즘 사람들은 모두 이런 판에 박힌 이야기에 가슴이 떨리는 것일까? 오늘날의 작가들은 지나치게 대중의 기대에 부응하여 정형화된 이야기들을 써내고 있다. 대중은 '새 벽돌'이나 '새 머리빗'에 대해 말하는 것처럼 '새로운 사일러스 위클리'나 '새로운 래비니아 피치'에 대해 이야기한다. 그들은 누군가가 쓴 '새로운 책'에 대해 이야기하지 않는다. 대중이 관심을 가지는 것은 책이 아니라 새로 나왔다는 것뿐이다. 그들은 그 책이 어떤 내용인지 아주 잘 알고 있다.

그랜트는 혐오스럽다는 눈으로 잡다한 책 더미를 쳐다보다 시선을 돌렸다. 이 세상에 있는 모든 출판업이 한 세대만이라도 정지되면 좋겠다는 생각이 들었다. 문학이 일시 정지되는 것이다. 그걸 위해 슈퍼맨 같은 존재가 출판업을 한꺼번에 멈출 수 있는 광선을 만들어냈어야 했다. 그랬다면 사람들이 침대에서 꼼짝도 못 하는 사람에게 말도 안 되는 바보 같은 내용의 책들을 이렇게 많이 보내주지 않았을 것이고, 우두머리 행세를 하는 마이센 도자기 같은 여자가 그 책들을 읽으라고 잔소리하는 일도 없었을 것이다.

그랜트는 병실 문이 열리는 소리를 들었지만 돌아보지 않았다. 그는 벽을 보고 있었다. 말 그대로 그렇게 하기도 했고, 심정적으로도 그랬다.

그랜트는 누군가 침상 옆으로 다가오는 소리가 들리자 대화를 피하기 위해 눈을 감았다. 지금은 글로스터셔 출신의 동정심도, 랭커셔 출신의 활기도 원하지 않았다. 일순간 정적이 흐르는 가운데 그라스의 들판에서 나는 것과 같은 그리운 향기가 희미하게 콧구멍을 애태우면서 그를 유혹하듯 머릿속을 떠돌기 시작했다. 그랜트는 향기를 음미하며 생각에 잠겼다. 꼬마에게서는 라벤더 향의 살포제 냄새가 나고, 아마존에게서는 비누와 소독약 냄새가 난다. 지금 콧구멍으로 스며드는 값비싼 향기의 정체는 랑클로 뉘메로 생크였다. 그가 아는 사람 중에 이 랑클로의 넘버 파이브 향수를 사용하는 사람은 오직 한 명뿐이었다. 마르타 핼러드.

그랜트는 눈을 가늘게 뜨고 그녀를 쳐다보았다. 마르타는 그가 잠들었는지 확인하려고 몸을 숙였던 모양인지 지금은 엉거주춤한 자세로 서서 그랜트가 손도 대지 않은 것처럼 보이는 탁자 위의 책들을 쳐다보고 있었다. 마르타에게 엉거주춤하다는 표현이 어울릴지는 모르겠지만. 그녀는 한쪽 팔에 새 책 두 권을, 다른 쪽 팔에는 커다란 흰색 라일락 꽃다발을 안고 있었다. 그랜트는 그녀가 흰색 라일락을 고른 것이 겨울철에 어울리는 꽃이라고 생각해서 그런 것인지(이 꽃은 십이월부터 삼월까지 극장 내 그녀의 분장실을 장식하고 있다), 아니면 그녀가 즐겨 입는 검은색과 하얀색으로 조화를 이룬 복장에 어울리는 꽃이기 때문에 가져온 것인지 궁금했다. 마르타는 새 모자를 쓰고 여느 때와 같이 진주 목걸이를 걸고 있었다. 그랜트가 예전에 그녀에게 되찾아준 바로 그 진주 목걸이였다. 아주 근사해 보이는 마르타는 프랑스 파리 사람 같았다. 고맙게도 병원과 전혀 어울리지 않는 모습이었다.

"앨런, 나 때문에 깬 거야?"

"아니. 자고 있지 않았어."

"내가 아무래도 속담에 나오는 땔감들을 가져온 모양이네."

그녀가 형편없는 책들 옆에 새로 가져온 두 권의 책을 내려놓으며 말했다.

"새로 가져온 책들은 좀 재미있어야 할 텐데. 우리의 래비니아 여사 책도 전혀 재미가 없었어?"

"거기 있는 책들은 다 읽지 않았어."

"아파서?"

"고통 때문이긴 하지. 하지만 다리나 등이 아픈 건 아니야."

"그럼 뭐가 고통스럽다는 거야?"

"내 사촌 로라는 이걸 '따끔거리는 가시 같은 지루함'이라고 부르더군."

"불쌍한 앨런. 당신 사촌 로라 말이 맞아."

마르타는 지나치게 큰 유리병에 꽂혀 있던 수선화들을 뽑아낸 뒤 특유의 동작으로 그 꽃들을 세면대에 던졌다. 그리고 유리병에 새로 가져온 라일락을 꽂으며 말했다.

"대개 지루함이 아주 따분한 감정이라고 알고 있지만 그렇지 않지. 그건 아주 작고 소소한 감정일 뿐이야."

"작지 않아. 소소하지도 않고. 마치 쐐기풀로 맞는 것 같다니까."

"당신은 왜 아무것도 하지 않는 거야?"

"시간을 알차게 보내기 위해?"

"정신을 발전시키기 위해서. 당신의 영혼이나 성격에 관해서는 말하지 않을게. 아무래도 당신은 철학이나 요가, 아니면 그 비슷한 것들 중에 하나 골라 공부를 하는 게 나을 것 같아. 그런데 추상적인 사고를 하는 데 분석적인 정신이 도움이 될지 모르겠네."

"대수를 다시 해볼까 생각하긴 했어. 학창 시절에 대수를 정말 못했거든. 수학이라고 보기에는 조금 어긋나지만, 저 망할 천장을 쳐다보면서 기하학은 제법 풀었어."

"하긴 당신 같은 자세로 있는 사람에게 지그소 퍼즐을 해보라고 권하는 건 소용없는 일일 거야. 십자말풀이는 어때? 당신이 원하면 십자말풀이 책을 사다 줄게."

"전혀."

"아니면 당신이 십자말풀이 문제를 만들 수도 있잖아. 십자말풀이는 푸는 것보다 문제를 만드는 것이 더 재미있다고 하던데."

"그럴 수도 있겠지. 하지만 사전 무게만 해도 일이 킬로그램은 족히 나갈걸. 더군다나 난 예전부터 사전에서 뭔가 찾아보는 걸 싫어했어."

"체스는 둘 줄 알아? 기억이 안 나네. 체스의 묘수를 생각해보면 어때? 하얀색 말을 쥔 사람이 세 수 만에 체크메이트를 부르는 법이라든가, 뭐 그런 거 있잖아."

"내가 체스에서 유일하게 관심 있는 건 시각적인 부분이야."

"시각적인 부분?"

"아주 장식적인 물건이잖아. 기사나 졸, 이것저것 말이지. 아주 우아하고."

"매력적이긴 하지. 체스판을 가지고 와서 같이 게임해줄 수도 있었는데. 좋아. 체스는 아니다. 당신은 뭔가 학구적인 조사를 하는 게 좋겠어. 일종의 수학 같은 걸로. 미해결 문제의 해결책을 찾는 거야."

"지금 범죄 사건을 말하는 거야? 사건 기록들은 전부 다 외우고 있어. 범죄 사건에 관해서는 더이상 할 일이 아무것도 없는데. 더군다나 이렇게 침대에 누워 있는 채로는 말이야."

"경찰청 파일에 있는 사건들을 말하는 게 아니야. 다른 걸 말하는 거지……. 이런 걸 뭐라고 해야 하려나? 그러니까 고전적인 거. 오랫동안 풀리지 않은 미스터리 같은 거 말이야."

"이를테면?"

"'상자 속 편지•' 같은."

"오, 스코틀랜드의 메리 여왕은 안 돼."

"왜 안 돼?"

여배우들은 메리 스튜어트에 대해서만큼은 하얀 베일을 통해 어렴풋이 보듯 제대로 보려고 하지 않는다. 마르타 역시 그랬다.

"나쁜 여자한테는 관심 있어도 어리석은 여자한테는 관심이 없으니까."

"어리석다고?"

마르타가 엘렉트라••를 연기할 때처럼 가장 나지막한 목소리로 되물었다.

"아주 어리석지."

"오, 앨런. 어떻게 그런 말을!"

"만일 그 여자가 다른 종류의 모자를 썼더라면 아무도 신경쓰지 않았을 거야. 사람들이 끌렸던 건 그 여자가 쓴 모자였을 테니까."

"그렇다면 당신은 메리 스튜어트가 챙이 넓은 다른 모자를 썼다면 사랑받지 못했을 거라고 생각한단 말이야?"

"다른 모자였다면 어떤 모자를 썼든 사랑받지 못했을 거야."

마르타는 몹시 분개했다. 항상 무대에 서는 사람답게 한 시간 걸려 화장한 것을 망치지 않는 범위 안에서.

• **상자 속 편지** _ 스코틀랜드 여왕 메리 스튜어트가 세 번째 남편인 보스웰 백작에게 보냈다는 시와 편지들. 이 편지들이 메리 스튜어트가 보스웰과 간통을 하고 두 번째 남편인 단리 경을 살해할 계획이었다는 스캔들의 증거라고 하지만, 위조 가능성이 높아 역사학자들에게 증거로 인정받지 못하고 있다.

•• **엘렉트라** _ 남동생을 시켜 어머니와 어머니의 정부를 죽이고 아버지의 복수를 한 그리스 신화의 인물.

"어째서 그렇게 생각하는 거지?"

"메리 스튜어트는 키가 180센티미터가 넘었어. 몸집이 큰 여자들은 대부분 쌀쌀맞거든. 의사한테 물어봐."

그 말을 하면서 그랜트는 문득 생각했다. 마르타를 알고 지낸 건 몇 년 전 도움이 필요했던 그녀의 경호를 맡았을 때부터였다. 그 뒤로 지금까지, 남자들에게 빈틈을 보이지 않기로 유명한 그녀의 성향에 키가 관련되어 있을 거란 생각을 어째서 한 번도 하지 못했던 것일까. 한편 마르타는 전혀 다른 생각을 하고 있었다. 그녀는 여전히 좋아하는 여왕에 대한 생각으로 가득했다.

"적어도 메리 스튜어트는 피해자였어. 당신도 그건 인정하겠지."

"무슨 피해자라는 거야?"

"종교."

"그 여자한테 피해를 준 건 류머티즘밖에 없었어. 메리 스튜어트는 교황의 허락 없이 단리와 결혼했고 보스웰과는 신교도식으로 결혼식을 올렸으니까."

"그럼 메리 스튜어트가 수감된 적도 없었다고 말할 거야?"

"당신의 문제는 메리 스튜어트가 창문에 창살이 달린 탑 꼭대기의 작은 방에 갇힌 채 충성스러운 늙은 시녀와 함께 기도를 하며 살았을 거라고 생각하는 거야. 실제로 그 여자는 예순 명의 가솔을 거느리고 있다가 서른 명으로 줄어들자 몹시 불평을 늘어놓았어. 그러다가 결국에는 남자 비서 두 명, 시녀 몇 명, 자수 놓는 여자 한 명, 요리사 한두 명밖에 안 남게 되자 죽을 만큼 비탄에 잠겼지. 그나마 그 비용도 엘리자베스가 다 댔어. 이십 년 동안이나 비용을 댔는데 메리 스튜어트는 그 이십 년 동안 온 유럽에 스코틀랜드의 왕관을 미끼로 흔들며 누군가 반란을 일으켜 자신에게 잃어버린 왕위를 돌려주거나, 그게 안 되면 엘리자베스의 자리라도 빼앗아 주기를 바랐지."

그랜트는 마르타를 쳐다보다가, 그녀가 미소 짓고 있는 것을 알아차렸다.

"지금은 좀 나아졌지?"

마르타가 물었다.

"뭐가?"

"따끔거리는 가시 같은 지루함."

그가 웃었다.

"그래. 잠깐이긴 해도 완전히 잊고 있었어. 메리 스튜어트 이야기에도 한 가지 좋은 점은 있네!"

"메리 스튜어트에 대해서 어떻게 그렇게 잘 알아?"

"졸업 학기에 메리 스튜어트와 관련된 과제를 했었거든."

"그래서 메리 스튜어트를 싫어하는구나. 이제 알겠네."

"그 여자에 대해 조사를 해보니 마음에 들지 않았어."

"그래서 메리 스튜어트에게 일어난 일을 비극이라고 생각하지 않게 된 거구나."

"아니, 정말 비극이라고 생각해. 보통 사람들이 메리 스튜어트의 비극이라고 생각하는 것과 다를 뿐이지. 내가 생각하는 메리 스튜어트의 비극은 교외 지역에서 가정주부로나 살았으면 어울릴 여자가 여왕으로 태어났다는 거야. 그녀가 옆 골목에 사는 튜더 부인을 이기겠다고 했다면 해가 될 것도 없고, 재미있었을 거야. 경쟁한답시고 물건들을 마구 할부로 사들인다고 해도 자기 자신에게만 영향을 미치는 거니까. 하지만 그런 식으로 나라를 다스리게 되면 피해가 어마어마해지지. 만일 다른 나라 왕을 이기겠다고 천만 명의 국민을 담보로 삼는다면 마지막에는 고독한 실패자로 남게 될 거야."

그랜트는 자리에 누운 채 잠시 생각에 잠겼다.

"메리 스튜어트가 여학교 선생을 했다면 제법 성공했을지도 몰라."

"이런 짐승!"

"좋은 뜻으로 한 말이야. 동료 선생들은 그녀를 좋아했을 테고, 어린 여학생들은 그녀를 숭배했을 테니 말이야. 이게 내가 생각하는 메리 스튜어트의 비극이야."

"잘 알겠어. 상자 속 편지들은 안 되겠네. 그럼 이건 어때? 철가면을 쓴 남자."

"그 남자가 누군지 기억도 안 날뿐더러, 양철 판을 얼굴에 뒤집어쓰고 있는 수줍음 많은 남자에게는 아무 관심 없어. 나는 얼굴을 볼 수 없는 상대에게는 전혀 관심이 없으니까."

"좋아, 당신이 사람들 얼굴에 흥미를 가진다는 걸 잊어버리고 있었어. 이탈리아를 지배한 보르자 가문 사람들은 어때? 인물이 좋잖아. 그쪽 사람들을 자세히 들여다보면 한두 가지쯤 당신이 손대볼 만한 소소한 미스터리들이 있을 것 같은데. 아니면 리처드 3세 때 실종된 왕자가 자기라며 나타났던 퍼킨 워벡도 괜찮지 않을까. 인물 사칭 사건은 항상 재미있으니까. 그자가 진짜 그 인물인지 아닌지 파고드는 거 말이야. 근사한 게임이잖아. 어느 한쪽으로 완전히 치우치지 않는 균형을 잡아야 하니까. 오뚝이 인형들이 쓰러졌다 섰다 하는 것처럼 가설도 쓰러뜨렸다가 다시 세웠다가 하는 거지."

병실 문이 열리고 문틈으로 수수하고 낡은 모자를 쓴 팅커 부인의 편안해 보이는 얼굴이 나타났다. 팅커 부인은 그랜트를 위해 처음 집안일을 해주기 시작했을 때부터 그 모자를 쓰고 있었다. 그래서 그는 그녀가 다른 모자를 쓴 모습을 상상조차 할 수가 없었다. 그랜트는 팅커 부인이 다른 모자를 가지고 있다는 것을 알고 있었다. 왜냐하면 부인이 '내 푸른색 모자를 써야겠어'라고 거론할 만치 중요한 순간에만 쓰는 모자가 있었기 때문이다. 그녀의 '푸른색 모자'는 아주 가끔씩, 두 가지 의미를 충족시켰을 때만 등장했기 때문에 19 텐비 코트에서 그 모자가 보일 일은 결코 없었다. 부인은 그 모자를 예식이라고 인정하는 행사가 있을 때만 썼다. 그리고 부인이 그 모자를 쓴다는 것은 행사가 중요한지 아닌지 판가름하는 척도였다.("마음에 들어요, 팅커 부인? 어땠어요?" "푸른색 모자를 쓸 정도일은 아닌 것 같네요.") 팅커 부인은 엘리자베스 공주의 결혼식과 그 외 온갖 왕실 행사가 있을 때마다 그 모자를 썼다. 그녀는 뉴스 영화에서 켄트 공작 부인이 리본을 자르는 장면이 아주 잠깐 나올 때도 그 모자를 썼다. 그랜트의 입장에서 그 모자는 행사가 지닌 사회적 가치를 알려주는 보고서와 같았다. 푸른색 모자를 쓸 만한 가치가 있는 행사인지 아닌지를 알 수 있는.

"손님이 계시다는 걸 알았어요. 그래서 나중에 다시 올까 생각했는데, 가만히 들어보니 목소리가 귀에 익더군요. 전 생각했죠. '저 목소리는 핼러드 양이 틀림없어.' 그래서 그냥 들어왔어요."

팅커 부인은 여러 개의 종이봉투와 작은 아네모네 꽃다발을 가지고 왔다. 무대의상 담당자로 오랫동안 일했던 부인은 연극계의 여신을 봤다고 요란하게 난리 치지 않고, 보통 여자들끼리 하는 것처럼 마르타와 인사를 나누었다. 마르타가 꽃병에 꽂아놓은 활짝 핀 라일락 꽃다발을 곁눈질로 흘깃 쳐다보기는 했다. 마르타는 그런 팅커 부인의 시선을 알아차리지 못했지만 부인이 가져온 작은 아네모네 꽃다발을 보자 미리 연습이라도 한 것처럼 그 상황을 받아넘겼다.

"당신에게 주려고 무리해서 흰색 라일락꽃을 준비했는데 쓸데없는 짓이었나 봐. 팅커 부인이 가져온 '들백합'을 보니 기가 죽네."

"백합요?"

팅커 부인이 미심쩍은 듯 말했다.

"수고도 하지 아니하고 길쌈도 아니하되, 온갖 영화를 누린 솔로몬도 이 꽃 하나만큼 차려입지 못하였다."•

팅커 부인은 결혼식과 세례식이 있을 때만 교회에 갔지만, 주일학교를 다녔던 세대였다. 그녀는 모직 장갑을 낀 손으로 들고 있던 작은 꽃다발에 새삼스레 관심을 기울이며 쳐다보았다.

"이제야 알겠어요. 여태 모르고 있었네요. 그렇게 말하니까 그럴듯하네요. 항상 백합은 우리가 흔히 떠올리는 아룸속 식물이라고만 생각했어요. 들판에 피어 있는 그 백합들은 어딘지 음울한 느낌을 주는데다 쓸데없이 비싸기만 하죠. 반면 아네모네는 색이 곱잖아요. 그런데 사람들은 왜 그렇게 부르지 않는 거죠? 어째서 백합이라고 부르지 않는지 모르겠어요!"

그리고 두 사람은 성서의 해석에 대해 이야기를 이어나갔다. 성서의 말씀들이 얼마나 잘못 이해되고 있는지(팅커 부인은 "난 항상 물 위에 빵을 던지라는 것이 무슨 의미인지 궁금했어요" 하고 말했다)를 이야기하며 어색한 순간을 흘려보냈다.

그들이 그렇게 계속해서 성경 이야기를 하고 있는 동안 꼬마가 여분의 꽃병을 들고 병실로 들어왔다. 그랜트는 꽃병이 아네모네가 아니라 흰색 라일락꽃을 꽂기에 어울리는 모양이라는 것을 알아차렸다. 마르타에게 바쳐 앞으로 친해지고 싶다는 뜻을 전달하는 수단이었다. 하지만 마르타는 지금 당장 필요하지 않으면 여자들에게

• **수고도 하지 아니하고 길쌈도 아니하되 온갖 영화를 누린 솔로몬도 이 꽃 하나만큼 차려입지 못하였다** _『마태복음』 6장 28~29절. 27절에 '이 꽃'을 '들의 백합'으로 언급하는 구절이 있으며 이 '백합'은 일반적으로 백합이라 부르는 릴리가 아니라 아네모네를 가리킨다.

는 신경쓰지 않았다. 그녀가 팅커 부인을 상대한 솜씨는 단순한 임기응변으로 조건반사나 마찬가지였다. 그래서 꼬마는 사교성을 발휘하는 대신 조용히 가지고 온 꽃병에 꽃을 꽂을 수밖에 없었다. 꼬마는 세면대에 버려져 있는 수선화들을 모아 순순히 다시 꽃병에 꽂았다. 풀이 죽은 꼬마의 모습을 보자 그랜트는 오랜만에 기분이 좋아졌다.

마르타가 라일락을 꽂은 꽃병을 그랜트의 눈에 잘 보이는 곳에 놓으며 말했다.

"그럼 팅커 부인이 종이봉투에 담아 온 맛있는 음식을 당신이 먹을 수 있게 난 그만 가볼게. 팅커 부인, 그 봉투들 중 어딘가에 잼이 든 쿠키도 들어 있겠죠? 부인이 직접 구운 끝내주는 쿠키 말이에요."

팅커 부인의 얼굴이 환해졌다.

"좀 먹어볼래요? 금방 오븐에서 구워 온 거예요."

"오, 먹고 나면 틀림없이 고생할 거예요. 맛있는 쿠키들은 허리치수에 치명적일 테니까요. 그래도 두 개만 주시면 가방에 담아 가지고 가서 극장에서 차를 마실 때 먹을게요."

마르타는 입에 발린 소리를 하며 시간을 끌다가 쿠키 두 개를 골라("난 가장자리가 약간 갈색인 게 좋더라."), 가방에 집어넣은 뒤 말했다.

"그럼, 안녕. 앨런. 이삼일 안에 다시 올게. 그동안 당신은 양말이라도 뜨는 게 좋겠어. 내가 듣기로는 뜨개질만큼 마음을 달래주는 일도 없다던데. 안 그래요, 간호사님?"

"오, 그럼요. 그렇고말고요. 뜨개질을 하는 남성 환자분들도 많아요. 모두들 시간이 아주 잘 간다고 하시더라고요."

마르타는 문 앞에서 키스를 날린 뒤 밖으로 나갔다. 꼬마가 공손히 뒤를 따라 나갔다.

"저 말괄량이가 보기보다는 사람이 괜찮아서 깜짝 놀랐어요."

팅커 부인이 종이봉투들을 펼치며 말했다. 그녀는 더이상 마르타에 대해 아무 말도 하지 않았다.

002

이틀 뒤, 다시 병실을 찾아온 마르타는 뜨개바늘과 실을 가져오진 않았다. 그녀는 아주 화려한 러시아식 모피 모자를 쓰고 씩씩하게 모습을 드러냈다. 자연스럽게 모자를 비스듬히 쓰고 있었지만, 틀림없이 점심 식사를 마친 뒤에 거울 앞에서 몇 번이나 고쳐 썼을 것이다.

"오래 있진 못해. 극장 가는 길에 들른 거라서. 낮 공연이 있는 날이거든. 신이여, 저를 도와주소서. 차 쟁반을 앞에 놓은 바보들. 지금 하는 끔찍한 공연에서 이미 그 대사들은 우리에게 아무 의미도 없어졌는데 말이야. 이번 연극이 이렇게 성공할 줄 몰랐어. 뉴욕이었다면 일 년이 아니라 십 년 동안이라도 공연하겠지. 너무 끔찍하다니까. 계속 한 공연만 할 수는 없잖아. 어젯밤 공연에서는 2막 중반에 제프리가 대사를 잊어버린 거야. 그 사람 눈이 거의 튀어나올 것처럼 보이더라니까. 난 제프리가 발작이라도 일으킨 줄 알았지. 나중에 그 사람 말을 들어보니 무대에 올라간 후로 자기가 한 공연이 기억에 없고, 정신을 차려보니 연극 중반이었다고 했어."

"기억이 없어졌다는 거야?"

"아니, 그런 건 아냐. 기계적으로 움직였어. 대사도 하고 연기도 제대로 했지만 내내 다른 생각을 하고 있었다는 거지."

"만일 모든 기사들이 사실이라면 배우에게는 무슨 일이 일어나도 이상할 게 없을 것 같던데."

"오, 정도를 넘었으니까 그렇지. 조니 가슨은 무대 위에서 다른 사람 무릎에 기대어 펑펑 울면서도 자기 집에 돈이 얼마나 있는지 말할 수 있을 거야. 하지만 연극 중반까지 넋이 나가 있었다는 건 전혀 다른 문제지. 제프리가 자기는 전혀 의식하지 못한 채 아들을 집밖으로 내쫓고, 정부와 싸우며, 아내가 그의 가장 친한 친구와 바람을 피웠다고 난리 치는 연기를 했다면 믿을 수 있겠어?"

"그 사람은 무슨 생각을 하고 있었는데?"

"제프리 말로는 파크 레인에 있는 아파트를 달리 대커에게 빌려주고, 래티머스가 주지사가 되면서 내놓은 리치먼드에 있는 찰스 2세 시대 양식의 저택을 사기로 결심했다는 거야. 저택에 욕실이 부족한 것 같아서 18세기 양식의 중국 벽지로 도배된 2층의 작은 방을 욕실로 만들어야겠다고 생각했대. 그리고 아름다운 벽지를 그대로 떼어 아래층 뒤쪽에 있는 작은 방을 장식하기로 마음먹었다는 거야. 그 방은 온통 빅토리아 양식 패널로 장식되어 있어 단조로웠다니까. 배수관도 살펴봤던 제프리는 낡은 타일들을 떼어내고 새로 타일을 깔 수 있을 만큼 여유가 있는지 생각했어. 그리고 자기 집 주방에 있는 조리용 레인지가 어떤 종류인지를 생각했지. 그런 다음 대문 옆에 있는 관목들을 없애야겠다고 막 마음먹었을 때, 자기가 987명의 관객이 지켜보고 있는 가운데 나하고 무대 위에서 마주서서 대사를 말하고 있다는 것을 깨달은 거야. 눈이 튀어나올 것 같더라니까. 그러고 보니 내가 가져다 놓은 책들 중 한 권은 읽은 모양이네. 책 표지에 주름이 잡힌 걸 보니 말이야."

"그래. 산에 관련된 책이야. 이런 게 있었다니 뜻밖의 행운이었지. 누워서 몇 시간 동안 이 사진들만 봤어. 사물을 멀리 떨어져서 보는 데 산만큼 좋은 건 없다니까."

"별이 더 나은 것 같은데."

"아니. 별들은 모든 것을 아메바 크기로 작아 보이게 만들 뿐이야. 별은 인간에게 남아 있는 자만심의 마지막 흔적과 자신감의 마지막 불꽃까지 앗아가버리지. 하지만 눈 덮인 산은 인간의 척도로 삼기에 딱 좋아. 나는 여기 누운 채 에베레스트 산을 보면서 내가 그 경사면을 오르지 않아도 되는 것에 대해 하느님께 감사드렸어. 그에 비하면 병원 침대는 안전하게 쉴 수 있는 아늑한 천국이잖아.

그리고 꼬마와 아마존은 이곳 문명에서 뛰어나기로 손꼽히는 인물들이고."

"이번에 당신 보라고 그림을 몇 장 가져왔어."

마르타가 들고 있던 4절 봉투를 뒤집더니 그랜트의 가슴 위에 종이들을 쏟아부었다.

"이게 뭐야?"

"얼굴들. 당신을 위해 얼굴들을 준비했지. 온갖 부류, 상태, 크기별로 남자, 여자, 어린아이까지 있어."

마르타가 즐거워하며 말했다.

그는 가슴 위에서 종이 한 장을 집어 들어 쳐다보았다. 15세기 복식을 한 여자 초상화였다.

"이 여자는 누구야?"

"루크레치아 보르자. 이 여자는 쉽지 않을 거야."

"그럴지도. 하지만 루크레치아 보르자에게 어떤 미스터리가 있다는 거지?"

"있지. 남편이 살해되었을 때 그녀가 오빠에게 이용당했던 건지, 오빠의 공범이었는지 아무도 모르잖아."

그랜트는 루크레치아의 초상화를 치우고, 두 번째 그림을 집어 들었다. 이번에는 18세기 후반 복식을 하고 있는 어린 소년의 초상화였다. 그 밑에는 희미하게 대문자로 루이 17세라고 씌어 있었다.

"이거야말로 당신이 좋아할 만한 근사한 미스터리지. 프랑스 왕세자. 이 아이는 프랑스 혁명 때 감옥에서 탈출했을까, 아니면 감금당한 채로 목숨을 잃었을까?"

"이런 건 대체 어디서 구해 온 거야?"

"빅토리아 앨버트 박물관의 작은 사무실에서 제임스를 끌어내 초상화 상점에 같이 가자고 했어. 이쪽 분야는 그 사람이 제일 잘 알고 있거든. 그리고 그 사람도 빅토리아 앨버트 박물관에는 더이상 흥미 있는 게 없을 것 같아서."

마르타는 제임스가 극작가이자 초상화의 권위자이기 때문에 공무원으로서 있어야 할 자리를 비우고 그녀를 기쁘게 하기 위해 초상화 상점을 샅샅이 뒤지는 것이 당연하다고 생각했을 것이다.

다음은 엘리자베스 여왕 시대의 초상화였다. 벨벳 옷을 입고 진주로 장식한 남자였다. 그랜트는 남자가 누구인지 알아보기 위해 뒷장을 살펴본 뒤, 그 남자가 레스터 백작 로버트 더들리라는 것을 알아차렸다.

"이 사람이 엘리자베스 여왕의 로빈이군. 초상화는 처음 보는 것 같은데."

그랜트의 말에 마르타가 초상화 속 인물의 남성적이고 살이 잘 오른 얼굴을 내려다보다 말했다.

"지금 막 든 생각인데, 역사상 손에 꼽히는 비극 중 하나는 최고의 실력을 가진 화가들이 사람들의 모습이 가장 아름다울 때 그림을 그리는 게 아니라는 거야. 로빈은 아주 괜찮은 남자였을 텐데.

헨리 8세도 젊을 때 엄청난 미남이었다고들 하지만, 지금 보기엔 어때? 트럼프에 나오는 남자처럼 보이잖아. 요즘이야 테니슨이 그 끔찍한 수염을 기르기 전에 어떤 모습이었는지 알 수 있지만. 아, 서둘러야겠다. 이러다 늦겠네. 블라그에서 점심 식사를 했는데, 너무 많은 사람들이 말을 거는 바람에 생각보다 늦게 나왔어."

"당신과 같이 식사를 한 상대도 깊은 인상을 받았기를 바랄게."

그랜트가 그녀의 모자를 흘깃 쳐다보면서 말했다.

"물론. 그녀는 모자에 대해 잘 알고 있으니까. 한 번 쳐다보더니 이렇게 말하던데. '자크 투스의 모자네요. 금세 알아봤어요'라고."

"여자라고!"

"그래. 매들린 마치. 오늘 그 여자와 점심을 같이 먹었거든. 그렇게 깜짝 놀랄 것 없어. 별 뜻은 없으니까. 당신이 굳이 알고 싶다면 말해줄게. 그녀가 날 위해 블레싱턴 백작 부인•에 관한 희곡을 써줬으면 좋겠다고 생각하고 있었어. 하지만 그동안 쓸데없이 바빴던 탓에 그 사람과 이야기를 나눌 시간이 없었지 뭐야. 그러다 오늘에서야 그녀에게 훌륭한 식사를 대접할 수 있었지. 토니 비트메이커가 일곱 명만 초대해 근사한 파티를 열었을 때가 생각날 정도로 말이야. 술도 엄청 많이 나왔었는데. 그 사람은 여전히 잘 지내고 있을까?"

"단서가 부족해."

그랜트가 대답했다. 그러자 마르타는 웃으며 그 자리를 떠났다.

주위가 조용해지자 그랜트는 다시 엘리자베스 여왕의 로빈에 대해 생각하기 시작했다. 로빈과 관련된 미스터리는 대체 무엇일까?

아, 알았다. 아내인 에이미 롭사르트가 계단에서 떨어져 죽었지.

그랜트는 에이미 롭사르트에게 흥미가 없었다. 그는 그녀가 무슨 이유로 어쩌다 계단에서 떨어져 죽었는지 관심이 없었다.

하지만 그랜트는 마르타가 가져온 초상화들을 보면서 아주 행복한 오후 시간을 보냈다. 그는 경찰이 되기 훨씬 오래전부터 사람들의 얼굴을 보는 것이 즐거웠다. 사람들의 얼굴을 관찰하는 일은 개인적으로 즐거울 뿐 아니라 경찰청에서 일하는 동안 수사에도 도움이 되었다. 그랜트는 경찰로 일하기 시작한 초창기에 상사인 총경과 함께 용의자들을 모아놓고, 목격자들에게 보여 범인을 식별하게 하는 자리에 참석한 적이 있었다. 그가 맡은 사건도 아니었고 두 사람 모두 다른 할 일이 있었지만, 남자 목격자와 여자 목격자가 각각 범인을 알아보길 바라며 일렬로 걸어 들어오는 신원 불명인 열두 명의 남자들을 지켜보는 자리 뒤쪽에 서 있었다.

"저들 중 누가 범인인지 알겠나?"

총경이 그에게 속삭였다.

"모릅니다. 하지만 누군지 짐작은 갑니다."

그랜트가 대답했다.

"그래? 누군데?"

"왼쪽에서 세 번째 남자입니다."

● **블레싱턴 백작 부인** _ 영국의 작가, 예술, 문화계 인사들과 교류가 많았으며 당대 사교계를 휘어잡았던 인물로 화려한 연애사로 유명하다. 현재는 바이런과 했던 대화를 담은 한 권의 책만 전해지고 있다.

"무슨 혐의로?"

"모릅니다. 이 사건에 대해서는 아무것도 모르니까요."

그랜트의 상사가 흥미롭다는 시선으로 그를 쳐다보았다. 하지만 남자 목격자와 여자 목격자는 범인을 알아보지 못한 채 그 자리를 떠났다. 그러자 피의자 후보들은 줄에서 빠져나와 모여서 잡담을 나누기도 하고, 옷깃을 매만지거나 타이를 고쳐 매면서 법 집행을 돕기 위해 소환되었던 이곳을 벗어나 다시 거리나 일상생활로 돌아갈 준비를 하기 시작했다. 그런 와중에 왼쪽에서 세 번째 자리에 서 있던 남자만 움직이지 않았다. 남자는 얌전하게 호송자를 기다렸다가 다시 유치장으로 끌려갔다.

"대단한데! 열두 명 중 한 명을 맞히는 건데, 자네가 해냈어. 아주 잘했네. 이봐, 여기 이 친구가 저들 중에 자네가 잡은 범인을 골라냈다네."

총경이 사건 담당 경위에게 말했다.

"저자를 압니까? 우리가 알기로는 이제까지 한 번도 문제를 일으킨 적이 없는데."

경위가 약간 놀랐다는 듯 말했다.

"아뇨. 이제껏 한 번도 본 적이 없습니다. 심지어 무슨 혐의였는지도 모릅니다."

"그렇다면 어떻게 골랐습니까?"

그랜트는 머뭇거리며 자신이 그자를 고른 과정을 처음으로 분석해보았다. 논리적인 추론은 아니었다. 그렇지만 이렇게 말할 수는 없었다.

"얼굴에서 이런저런 특징을 보았기 때문에 범인이라는 것을 알았습니다."

그랜트는 직감으로 남자를 골라냈기에 근거는 잠재의식 안에 있었다. 마침내 자신의 잠재의식을 완전히 분석한 그랜트가 불쑥 말했다.

"그자가 열두 명 중 얼굴에 주름이 없는 유일한 사람이었기 때문입니다."

총경과 사건 담당 경위가 웃음을 터뜨렸다. 하지만 그랜트는 일단 생각을 밖에 내놓자, 직감이 어떻게 작용했는지 뒷받침해주는 논리가 무엇이었는지 알 수 있었다.

"어리석은 말로 들리겠지만 그렇지 않습니다. 정상적인 성인 중에 얼굴에 주름이 없는 건 바보밖에 없습니다."

"내가 알기로 프리먼은 바보가 아닙니다. 아주 영리한 녀석이에요. 확실합니다."

사건 담당 경위가 끼어들었다.

"그런 의미로 바보라고 한 게 아닙니다. 책임감이 없는 사람이라는 뜻으로 말한 겁니다. 바보란 무책임의 대명사니까요. 이 자리에 있던 열두 명은 모두 삼십 대로 보였는데 오직 한 사람만 책임감이 전혀 없는 얼굴을 하고 있었습니다. 그래서 한눈에 알아본 겁니다."

그 뒤로 경찰청 내에서는 '그랜트는 한눈에 알아본다'는 것이 가벼운 농담처럼 되었다. 한번은 부청장이 짓궂게 말했다.

"설마 범죄형 얼굴이 있다고 믿는 건 아니겠지, 경위."

그랜트는 그렇게 믿지 않는다고 대답했다. 그는 그렇게 단순하지 않았다.

"범죄가 한 가지 방식으로만 저질러진다면 그럴 수도 있습니다. 하지만 인간은 타고나는 온갖 성질만큼이나 다양한 방식으로 범죄를 저지르기 때문에 만일 경찰이 관상만으로 범죄자들을 구별하려고 하면 틀림없이 일을 망치게 될 겁니다. 그런 식으로라면 품행이 방정하지 못하게 본드 스트리트에서 오후 5시와 6시 사이에 돌아다니는 여자들이 범죄형으로 꼽힐 수 있겠지만, 실제로 런던에서 가장 악명 높은 여자는 성녀처럼 보이는 얼굴을 하고 있으니까요."

"요즘은 그렇게 성녀처럼 보이지도 않아. 최근 들어 술을 많이 마시는 모양이더군."

부청장은 그랜트가 말하는 여자가 누군지 어렵지 않게 기억해냈다. 그러면서 화제가 바뀌어 대화는 그렇게 끝났다.

하지만 그랜트는 여전히 관상에 대해 관심을 갖고 있었고, 의식적으로 연구할 만큼 더욱더 흥미도 커졌다. 사건 기록들을 보며 확인해보기도 했다. 그가 말한 대로 범죄자들을 관상만으로 구별할 수는 없었지만 개개인의 관상학적인 특징을 찾아내는 것은 가능했기 때문이다. 이를테면 유명한 재판 기록에는 대중의 호기심을 채워주기 위해 사건의 주요 관계자들 사진이 나와 있다. 사진만 봐도 누가 피고인이고 판사인지는 의심의 여지가 없다. 하지만 가끔 변호사들 중에는 피고석에 있는 죄수와 자리가 바뀐 것처럼 보이는 얼굴도 있었다. 변호사는 세상의 다른 사람들과 마찬가지로 인간성의 단면인 열정과 탐욕을 보이기 때문이다. 하지만 판사는 특별한 자질, 곧 도덕성과 공평성을 가지고 있다. 그래서 설령 가발을 쓰고 있지 않더라도 도덕성이나 공평성 같은 것이 전혀 없이 피고석에 앉아 있는 사람과 혼동할 일이 없다.

마르타가 작은 사무실에서 끌고 나왔다는 제임스도 여기 있는 범죄자나 피해자의 초상화들을 고르는 작업을 즐겼을 것이 확실했다. 그랜트는 꼬마가 차를 가지고 올 때까지 초상화들을 보며 마음껏 즐기고 있었다. 그는 사물함에 집어넣기 위해 흩어져 있던 초상화들을 정리하기 시작했다. 그때 처음에 빠졌던 초상화 한 장이 계속 침대보 위에 놓여 있었다는 것을 알아차렸다. 그랜트는 그 초상화를 집어 들고 쳐다보았다.

남자의 초상화였다. 15세기 후반 복식으로 벨벳 모자를 쓰고 소매를 길게 튼 더블릿을 입고 있었다. 나이는 삼십오 세에서 삼십육 세 정도로 보였고, 마른 체형에 깔끔하게 면도한 얼굴이었다. 옷깃에는 화려한 보석이 달려 있었고, 오른손 새끼손가락에 반지를 끼는 것 같은 동작을 하고 있었다. 하지만 남자는 반지를 쳐다보고 있

더블릿 Doublet

/

두 겹으로 겹친 것이라는 뜻으로
솜 같은 것을 넣거나 누빈 의복.
허리 아래 짧은 자락이 붙어 있으며
소매를 절개하여 장식한다.

지 않았다. 어딘가를 응시하고 있었다.

그날 오후 그랜트가 봤던 초상화들 중에 가장 독특했다. 마치 화가가 부족한 자신의 재능으로는 옮길 수 없는 무언가를 화폭에 담으려고 애를 쓴 것 같았다. 화가는 초상화 속 남자의 눈빛을 가장 눈에 띄고 독특하게 그려내려다 실패했다. 입매도 마찬가지였다. 화가는 가늘고 길쭉한 입술을 어떻게 해야 생동감 넘치게 표현할 수 있을지 알지 못했다. 그래서 남자의 입매는 뻣뻣하면서도 어딘지 어색해 보였다. 초상화에서 화가가 가장 잘 표현한 것은 얼굴의 골격이었다. 굳건한 인상을 더하는 광대뼈, 그 아래 움푹 들어간 곳, 강인함을 나타내기 위해 일부러 크게 그린 턱.

그랜트는 초상화의 주인이 누구인지 뒷장에서 확인하려다 잠시 멈추고 한참 동안 얼굴을 들여다보며 생각에 잠겼다. 판사일까? 군인? 왕자? 누군지는 몰라도 이 남자는 엄청난 책임감을 지니고 있고, 가지고 있는 권력 때문에라도 막중한 의무를 진 사람이다. 지나치게 조심스러운 인물. 잔걱정이 많은 사람. 어쩌면 완벽주의자일지도 모른다. 큰일에는 대범하지만 세세한 일들은 걱정하는 부류. 예정된 위궤양 환자. 그리고 이 사람은 어릴 때 건강이 좋지 않아서 고생했을 것이다. 말로 표현할 수도 전할 수도 없지만, 어린 시절 겪었던 고통이 남아 있는 그런 표정이다. 불구자의 얼굴에서 볼 수 있는 표정처럼 확연하진 않았지만, 그런 기운이 불가피하게 드러나는 표정이었다. 화가는 그 두 가지 측면을 알아차리고 그림으로 옮기려고 했다. 잠을 지나치게 많이 잔 어린아이처럼 살짝 부풀어 오른 아래 눈꺼풀. 피부 결, 젊은이의 얼굴에 담겨 있는 노인의 표정.

그랜트는 표제를 찾기 위해 초상화를 뒤집었다.

뒷면에는 다음과 같이 인쇄되어 있었다.

리처드 3세. 국립 미술관 초상화 전시관 소장. 작가 미상.

리처드 3세.

누군지 잘 알고 있다. 리처드 3세. 곱사등이. 아이들 이야기에 나오는 괴물. 순수의 파괴자. 악당과 동의어.

그랜트는 다시 초상화를 뒤집어 그의 얼굴을 쳐다보았다. 초상화를 그린 화가는 이 눈을 그리면서 무엇을 전달하려고 했던 것일까? 이 불안한 표정을 한 남자의 눈에서 무엇을 본 것일까?

그랜트는 그대로 누운 채 한참 동안 얼굴을 쳐다보았다. 범상치 않은 눈을 쳐다보았다. 눈썹 바로 아래 길쭉한 눈이 있다. 근심이 있는 듯 살짝 찌푸린 눈썹은 남들보다 더 양심적인 사람인 것처럼 보이게 했다. 처음 봤을 때는 눈동자가 무언가를 응시하고 있는 것처럼 보였다. 하지만 다시 보니 실제로는 거의 멍해 보일 정도로 기세가 움츠러들어 있었다.

꼬마가 찻쟁반을 가지러 돌아왔을 때도 그랜트는 여전히 그 초상화를 쳐다보고 있었다. 지난 몇 년간 이토록 집중한 것은 처음이었다. 이 초상화에 비하면 〈모나리자〉는 포스터나 마찬가지였다.

꼬마는 그랜트가 손도 대지 않은 찻잔을 보더니 입을 삐죽거리면서 익숙한 손놀림으로 식어버린 찻주전자의 온도를 확인했다. 그가 쳐다보지도 않은 찻쟁반은 치워버리는 것이 낫다고 생각한 모양이었다.

그랜트가 꼬마에게 초상화를 내밀었다.

그녀는 이 그림을 보고 어떻게 생각할까? 만일 이 남자가 환자였다면 그녀는 어떤 판단을 내릴 것인가?

"간이 안 좋은 것처럼 보이네요."

꼬마가 기운차게 말했다. 그리고 항의하듯 금발 곱슬머리부터 발끝까지 온몸을 꼿꼿하게 세운 채 발뒤꿈치로 쾅쾅 소리를 내며 찻쟁반을 들고 나갔다.

꼬마의 차가운 반응과 달리 회진을 돌던 담당 외과 의사는 느닷없이 친절하게 다른 의견을 내놓았다. 그는 갑자기 끼어들어 초상화를 한참 동안 쳐다보더니 이렇게 말했다.

"척수회백질염에 걸린 것 같군요."

"소아마비 말인가요?"

그랜트가 물었다. 갑자기 리처드 3세의 오그라든 팔이 떠올랐다.

"누구죠?"

의사가 물었다.

"리처드 3세요."

"정말입니까? 그거 흥미로운데요."

"이 남자의 팔이 오그라들었다는 걸 알고 있었습니까?"

"그런가요? 그건 기억이 나지 않는데요. 난 리처드 3세가 곱사등이라고 알고 있었는데."

"맞습니다."

"내가 기억하기로 리처드 3세는 태어났을 때부터 치아가 다 나 있었고, 살아 있는 개구리를 먹었다고 했어요. 아무래도 내 진단이 이상할 정도로 정확했던 것 같군요."

"예리하시네요. 그런데 무엇 때문에 소아마비라고 진단을 내리신 거죠?"

"그렇게 구체적으로 물어보니 잘 모르겠네요. 얼굴을 보고 그랬던 것 같아요. 이 사람의 표정이 불구인 아이의 얼굴처럼 보여서요. 소아마비가 아니더라도 태어날 때부터 곱사등이였다면 그렇게 보일 수도 있겠죠. 그런데 초상화를 그린 화가가 등에 난 혹을 빼먹고 그리지 않은 모양이군요."

"맞아요. 궁정 화가들은 어느 정도 눈치가 있어야 했습니다. 크롬웰이 모델들을 '있는 그대로' 그리라고 요구할 때까지 말이에요."

의사는 그랜트의 다리를 고정시키는 부목을 살피면서 멍하니 생각에 잠긴 채 말했다.

"오늘날 우리 모두를 고통스럽게 만드는 속물근성은 크롬웰 때부터 시작된 거죠. '난 평범한 사람이에요. 아주 현실적이죠.' 모두들 이렇게 말하면서 예의 없이 굴 뿐 아니라, 우아함은 물론 관대함조차 잃어버렸어요."

의사는 본업에 충실하게 그랜트의 발가락을 꼬집었다.

"그건 아주 심각한 병이고, 끔찍한 왜곡이에요. 내가 듣기론 미국 어딘가에서는 정치활동이란 타이를 매고 재킷을 입고 선거구를 돌아다니는 것이 전부라고 하더군요. 허세를 부린다는 거죠. 여긴 무척 좋아 보이는데요. 건강한 것처럼 보여요."

의사가 그랜트의 엄지발가락을 가리키면서 말을 덧붙였다. 그리고 다시 침대보 위에 놓여 있는 초상화에 대한 견해를 밝혔다.

"소아마비라고 생각하니 흥미롭군요. 어쩌면 정말 소아마비였을지도 몰라요. 그러면 오그라든 팔에 대한 설명도 되니까."

의사는 그 자리에서 한참 동안 생각에 잠겼다.

"어쨌든 흥미로워요. 살인자의 초상화라. 리처드 3세도 그 유형에 속하나요?"

"살인자들에게는 유형이 없습니다. 사람들은 너무나 많은, 온갖 이유로 살인을 저지르니까요. 하지만 지금껏 내가 경험했던 사건들은 물론, 과거의 사건 사례에서도 리처드 3세와 비슷한 유형의 살인자는 본 적이 없어요."

"그야 리처드 3세는 그 분야에서는 유례없이 뛰어난 사람이었으니까요. 이자는 양심의 가책이 무슨 뜻인지도 몰랐을 겁니다."

"그랬을 데죠."

"예전에 명배우 로런스 올리비에가 연기한 리처드 3세를 본 적이 있어요. 악의 화신 그 자체나 마찬가지였죠. 노상 기괴하게 앞으로 꼬꾸라질 것 같으면서도 결코 넘어지는 법이 없었어요."

"누군지 모르고 초상화를 보았을 때 이 사람이 악인으로 보이던가요?"

"아뇨. 아니요. 그냥 아픈 사람이라고 생각했어요."

의사가 대답했다.

"이상하지 않습니까. 나도 초상화의 인물을 처음 봤을 때 전혀 악인이라는 생각이 들지 않았어요. 나중에 초상화 뒷면에 쓰인 이름을 보고 이 사람이 누구인지 알았지만 극악무도한 악당 같다는 생각이 전혀 들지 않아요."

"난 사악함도 아름다움처럼 보는 사람의 눈에 달려 있다고 생각해요. 자, 이번 주말에 다시 보러 오도록 하죠. 지금 어디 불편한 곳이 있나요?"

친절한 담당 의사는 왔을 때와 마찬가지로 느닷없이 가버렸다.

그랜트는 초상화를 봤을 때 악명 높은 살인자를 판사라고 착각했던 것이 짜증났다. 피고석과 판사석의 주체를 뒤바꾼 부당하고 충격적인 일을 저질렀다는 곤혹스러운 생각이 들자, 자신이 이 그림에서 아주 부분적인 사실만을 간파했다는 것을 깨달았다.

리처드 3세와 관련된 미스터리가 무엇이었지?

그제야 기억이 났다. 리처드는 어린 조카 두 명을 살해했다. 하지만 어떻게 죽였는지 아는 사람이 아무도 없었다. 아이들은 그냥 사라졌다. 그랜트가 제대로 기억하고 있다면 아이들이 사라졌을 때 리처드는 런던에서 멀리 떨어진 곳에 있었다. 리처드는 다른 사람을 시켜 범행을 저질렀을 것이다. 하지만 그 아이들의 진짜 운명이 어떻게 되었는지에 대한 미스터리는 아직까지 풀리지 않았다. 찰스 2세 때, 두 개의 유골이 발견되었다. 계단 아래에서였던가? 그리고 유골들은 매장되었다. 당연히 어린 왕자들의 유골일 거라고 생각되고 있지만 실제로 입증된 것은 아무것도 없었다.

배울 만큼 배웠음에도 역사 지식은 깜짝 놀랄 만큼 머릿속에 남아 있지 않았다. 그랜트가 리처드 3세에 대해 기억하는 것은 에드워드 4세의 동생이라는 것뿐이었다. 에드워드 4세는 금발의 장신으로 아주 뛰어난 외모를 가졌고, 특히 여자관계가 복잡했다. 그리고 리처드는 곱사등이로 형이 죽은 뒤 왕위를 이은 어린 조카에게서 왕위를 찬탈했으며, 장차 있을지도 모를 말썽에 대비해 어린 왕과 그 동생을 죽이는 데 관여했다고 했다. 그랜트는 또한 리처드가 보즈워스 전투에서 말을 달라고 외치며 죽어갔고•, 그것이 그가 남긴 마지막 말이었다는 것도 알고 있었다. 플랜태저넷 왕가••의 마지막이었다.

모든 학생들은 리처드 3세에 관한 내용이 담긴 마지막 페이지를 넘길 때 안도감을 느낀다. 왜냐하면 이제야 장미전쟁이 끝나고

• **리처드가 보즈워스 전투에서 말을 달라고 외치며 죽어갔고** _ '말, 말을 달라. 이 나라를 주겠으니 말을 다오.' 셰익스피어의 『리처드 3세』 중 4막.

•• **플랜태저넷 왕가** _ 1145년에서 1485년까지 영국을 다스린 왕가로 총 열네 명의 왕을 배출했으며, 랭커스터와 요크 가문은 이 왕가의 분가다.

재미는 없지만 따라가기는 쉬운 튜더 왕조로 들어가기 때문이다.

그날 밤, 꼬마가 침상을 정리하러 왔을 때 그랜트가 말했다.

"혹시 역사책 가지고 있어요?"

"역사책요? 아뇨. 내가 역사책으로 뭘 하겠어요?"

그건 질문이 아니었다. 그래서 그랜트는 대답할 생각을 하지 않았다. 그 침묵이 꼬마의 마음에 걸렸던 모양이다.

"정말 역사책이 필요하다면 대럴 간호사가 저녁 식사를 가지고 올 때 부탁해봐요. 대럴 간호사는 자기 방 책장에 교과서들을 잔뜩 가져다 놨으니까 그중에 역사책이 있을지도 몰라요."

꼬마가 말했다.

교과서를 간직하고 있다니 정말 아마존답다! 그랜트는 생각했다. 그녀는 수선화가 피는 계절마다 글로스터셔를 그리워하는 것처럼 학교에 대한 향수도 느끼고 있는 것이다. 그랜트는 아마존이 담황색 스튜와 치즈 푸딩을 들고 느릿느릿 병실로 들어오는 모습을 거의 자비심에 가까운 인내심을 가지고 지켜보았다. 이제 그의 눈에 그녀는 더이상 양수 펌프처럼 숨을 몰아쉬는 몸집 큰 여자가 아니라 잠재된 빛을 발산하고 있는 것처럼 보였다.

아, 맞아요. 그녀는 역사책을 가지고 있다고 대답했다. 그것도 두 권 정도 있는 것 같다고 했다. 아마존은 학교를 좋아했기 때문에 지금까지 수업 교재들을 간직하고 있는 거라고 했다.

혹시 아직까지 인형들도 가지고 있는 게 아니냐는 질문이 입 밖으로 튀어나올 뻔했지만, 그랜트는 간신히 그 말을 참았다.

"그리고 역사도 좋아해요. 내가 가장 좋아하는 과목이었어요. 사자왕 리처드•가 내 우상이었거든요."

"참아주기 힘든 망나니였죠."

그랜트가 말했다.

"오, 아니에요!"

그녀가 상처 입은 것 같은 표정으로 말했다. 그랜트가 가차없이 대꾸했다.

"자제력이 없는 인간이었어요. 불꽃놀이를 하는 것처럼 여기저기 온갖 곳에 대포를 쏴댔으니까. 이제 퇴근할 건가요?"

"환자분들의 저녁 쟁반들을 다 치우면요."

"오늘밤에 그 역사책들을 가져다줄 수 있을까요?"

"역사책을 읽을 게 아니라, 주무셔야죠."

"천장을 쳐다보는 것 대신 역사책을 읽는 게 나을 것 같은데. 가져다줄 수 있을까요?"

"오늘밤에 간호사실까지 갔다가 여기 다시 올 수는 없을 것 같아요. 그것도 사자왕에게 무례한 말을 퍼부은 사람을 위해 말이에요."

"좋아요. 이젠 더이상 그 전쟁의 희생자들에 대해 생각하지 않을게요. 이제 난 사자왕이 기사도의 귀감이었다는 것과 용감하고 흠잡을 데 없는 기사였으며 나무랄 데 없는 지휘관이자, 다른 사람들보다 세 배는 뛰어난 수훈갑이었다는 사실에만 관심을 가질 거예

• **사자왕 리처드** _ 리처드 1세. 12세기 후반 십자군을 주도해 영국의 위용을 유럽에 떨쳤다.

요. 이제 책을 가져다줄 수 있겠어요?”

“당신이 역사책을 읽어야 할 이유로는 충분한 것 같네요.”

아마존이 커다랗고 우아한 손으로 침대 시트 귀퉁이를 매만지면서 말했다.

“나중에 지나가는 길에 책을 가져다줄게요. 이만 가봐야겠어요.”

그녀는 한 시간쯤 지난 뒤에 커다란 낙타털 코트를 입은 채 나타났다. 병실 불을 끈 상태라 그랜트의 독서용 램프 불빛에 비친 그녀의 모습이 마치 친절한 램프의 요정처럼 보였다.

“잠들었기를 바랐는데. 정말 오늘밤부터 역사책들을 읽기 시작할 거라고는 생각하지 않았어요.”

아마존이 말했다.

“영국 역사책이 있다면 훨씬 잠을 자기가 수월할 거예요. 그러면 당신도 마음에 걸릴 게 없겠죠.”

그가 말했다.

“이제 막 버로우 간호사와 함께 퇴근하려던 참이었어요.”

“아직 마음에 걸리잖아요.”

“더이상 못 참겠네요.”

그녀가 침착하게 말하더니, 불빛이 어스름한 방 안에서 사라졌다.

아마존은 두 권의 책을 가져다주었다.

한 권은 역사 교재로 유명한 책이었다. 성경을 이야기로 풀어놓은 것처럼 역사를 이야기로 풀어놓은 책이었다. 커뉴트 왕이 해안가에서 신하들을 질책했다는 일화, 알프레드 대왕과 태운 케이크 이야기•, 월터 롤리가 엘리자베스 여왕을 위해 망토를 깔았던 일화, 넬슨 제독이 빅토리호의 선실에서 죽어가며 남긴 말 등의 모든 내용들이 보기 좋은 큰 서체로 각각 한 문단으로 정리되어 수록되어 있었다. 일화마다 전면 삽화가 들어가 있었다.

아마존이 이 아동용 도서를 소중하게 보관했다는 사실이 이상하게 감동적이었다. 그랜트는 아마존이 혹시 이름을 써놓진 않았는지 확인하기 위해 표지 뒷면을 펼쳐보았다.

표지 뒷면에는 이렇게 씌어 있었다.

엘라 대럴

3학년

뉴브리지 고등학교

뉴브리지

글로스터셔

영국

유럽

세계

우주

• **알프레드 대왕과 태운 케이크** _ 알프레드 대왕이 바이킹과의 전투에서 패한 뒤, 숲속으로 도망가 나무꾼의 집에서 잠자리와 음식을 청했다. 마침 케이크를 굽던 나무꾼의 아내는 소젖을 짜러 가면서 알프레드 왕에게 케이크가 타지 않게 지켜보라고 말했다. 알프레드 왕은 처음에는 케이크를 지켜보다가 이내 나랏일과 앞으로 있을 전투 생각에 케이크를 태우고 말았다. 그러자 나무꾼의 아내는 알프레드 왕에게 게으르다며 화를 냈다. 알프레드 왕은 너무 배가 고팠기 때문에 화가 난 나무꾼 아내보다 더 그 케이크를 태운 것이 몹시 속상했다고 한다. 어쨌든 그 뒤로 이삼일 뒤에 알프레드 왕은 다시 군대를 모아 바이킹족을 물리쳤다고 전해진다.

그 주위에는 다양한 색상의 판박이 스티커가 붙어 있었다.

아이들이 모두 이랬었나? 책에 이런 식으로 이름을 쓰고, 수업 시간에 판박이를 하면서 시간을 보냈던가? 확실히 그랜트도 그랬다. 기본 색상인 밝은색 사각형 판박이를 보자 오랜 세월 동안 잊고 지냈던 학창 시절이 떠올랐다. 그는 판박이를 할 때의 흥분을 잊고 있었다. 껍질을 벗겼을 때 완벽한 형태로 모양이 남겨진 것을 보게 되면 얼마나 만족스러웠는지를. 어른들의 세계에는 그와 같은 만족감을 주는 것들이 별로 없다. 골프에서 아주 강력한 드라이브 샷을 깔끔하게 쳤을 때의 느낌이 가장 비슷한 만족감을 줄 것이다. 아니면 낚시에서 물고기가 찌를 물어 낚싯줄이 팽팽하게 당겨졌을 때라거나.

그 작은 책 덕분에 그랜트는 지루하게 남아돌던 시간을 무척 즐겁게 보낼 수 있었다. 그는 유치한 이야기들을 진지하게 읽기 시작했다. 어찌되었든 모든 어른들이 기억하고 있는 역사였다. 청교도 혁명의 원인이 된 톤세와 파운드세와 선박세, 로드가 만든 예식서, 라이 하우스 사건과 삼 년 회기법, 그리고 오랜 시간 동안 종교 분파들이 벌인 소동들, 조약 체결과 반역 같은 온갖 사건들을 어렴풋이 기억하고 있었다.

그랜트는 마침내 '런던 탑에 갇힌 왕자들'이라는 제목의 리처드 3세 이야기에 이르렀다. 어린 엘라에게 이 어린 왕자들은 사자왕을 대신하기에 모자랐던 모양이다. 이야기에 나오는 모든 소문자 O에 연필로 색이 칠해져 있었다. 창살이 달린 창문으로 들어오는 햇살을 받으며 놀고 있는 금발머리 소년 두 명의 얼굴에는 시대에 맞지 않게 안경을 그렸고, 그림 뒷면의 빈 페이지에다가는 누군가와 삼목 놓기를 했다. 어린 엘라는 어린 왕자들에게 아무 관심이 없었던 모양이다.

그렇지만 충분히 흥미로운 일화였다. 아이들이 좋아할 만큼 충분히 소름 끼치는 이야기였다. 순진한 아이들. 사악한 숙부. 단순한 옛날이야기에 나오는 중요한 소재였다.

또한 이 이야기는 도덕적이기도 했다. 교훈적인 이야기로도 완벽했다.

왕은 그렇게 악독한 짓을 하고도 아무 이득도 얻지 못했다. 왕의 냉혹하고 잔인한 짓에 충격을 받은 영국 국민들이 더이상 그를 왕으로 모시지 않기로 결정했기 때문이다. 영국 국민들은 프랑스에 살고 있던 리처드의 먼 친척, 헨리 튜더에게 리처드 왕 대신 왕이 되어달라고 했다. 결국 리처드 왕은 전투에서 용감히 싸우다 죽었지만 온 나라가 그를 증오했던 터라, 많은 사람들이 리처드 왕을 버리고 그의 경쟁자였던 헨리 튜더의 편에 섰다.

적당한 문장에, 화려한 미사여구도 없었다. 간결한 보고서 형식

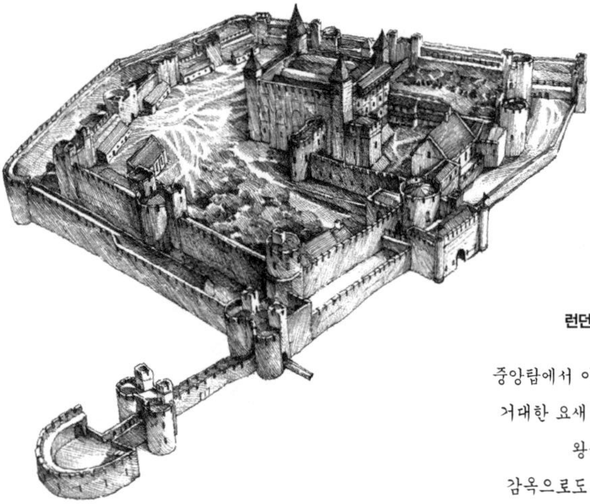

런던 탑 The Tower of London

/

중앙탑에서 이름이 유래했으나
거대한 요새 전체를 가리킨다.
왕실의 주요 요새로,
감옥으로도 많이 사용되었다.

이었다.

그랜트는 두 번째 책을 펼쳤다.

역사 교과서로 적합할 책이었다. 영국의 이천 년 역사를 한눈에 알아볼 수 있도록 깔끔하게 분류되어 있었다. 왕의 치세별로 분류되어 있었는데, 왕 한 명당 유명 인사 한 명씩 짝을 지어놓느라 그 유명 인사가 다른 왕들 밑에서 이룬 업적에 대해서는 언급하지 않았다. 피프스 : 찰스 2세, 셰익스피어 : 엘리자베스 1세. 말버러 : 앤 여왕. 덕분에 엘리자베스 여왕 시대에 활약했던 인물이 조지 1세 때도 활약했을 거라는 생각이 들지 않았다. 어릴 때부터 왕의 치세별로 지식을 익히게 만드는 책이다.

어쨌든 다친 다리와 척추 때문에 꼼짝없이 누워 있어야 하는 경찰을 미칠 것 같은 지루함에서 구해준 옛날 왕에 대한 정보는 편하게 얻을 수 있었다.

그랜트는 리처드 3세의 재임 기간이 지나치게 짧은 것을 알고 깜짝 놀랐다. 영국 이천 년 역사 중 가장 유명한 군주 중 한 명인 그의 재임 기간이 겨우 이 년이라는 것은 리처드가 아주 특별한 인물이었다는 것을 보여준다. 그가 사람들의 호감을 사진 못했을지 몰라도 많은 사람들에게 영향을 끼친 것만은 분명했다.

그 역사책에는 리처드 3세에 대한 인물평이 실려 있었다.

리처드는 뛰어난 능력을 가진 인물이었지만 비양심적이라 수단과 방법을 가리지 않았다. 그는 형인 에드워드 4세와 형수인 엘리자베스 우드빌의 결혼이 법적으로 인정되지 않으므로 그사이에 태어난 자녀들은 서자라는 터무니없는 주장을 하며 과감하게 왕위를 요구했다. 결국 그는 겁에 질린 소수의 인정을 받아 왕위에 올랐다. 그는 왕위에 오르자마자 자신을 환영하는 남부로 향했고, 그동안 탑에 갇혀 있던 어린 두 왕자가 실종되었다. 사람들은 어린 왕자들이 살해당했다고 생각했다. 잔인한 리처드의 행각에 심각한 반란이 일어났다. 잃어버린 민심을 회복하기 위해 리처드는 의회를 소집하여 덕세德稅와 관리세, 임대세를 폐지하는 유용한 법안을 통과시켰다.

하지만 두 번째 반란이 일어났다. 이번에는 랭커스터 가문의 헨리 튜더를 앞세워 프랑스 군대가 쳐들어왔다. 리처드는 레스터 근처 보즈워스에서 헨리 튜더와 전투를 벌이게 되는데, 측근인 스탠리가 배신해 헨리 편에 섰다. 리처드는 그 전투에서 용감하게 싸우다 전사했지만 존 왕• 못지않은 악명을 남기게 되었다.

덕세나 관리세, 임대세란 건 대체 무엇인가?

그리고 어떻게 영국인들은 프랑스 군대와 함께 쳐들어온 사람을 왕위 계승자로 인정할 수 있었을까?

물론 장미전쟁 시대의 프랑스는 영국과 한 나라나 마찬가지였다. 당시 영국인들이 보기에는 프랑스보다 아일랜드가 더 먼 나라였다. 15세기 영국인들은 프랑스에는 제집처럼 드나들었지만 아일랜드에는 어쩔 수 없는 경우에만 마지못해 가곤 했다.

그랜트는 자리에 누운 채 계속해서 영국에 대해 생각했다. 장미전쟁이 벌어졌을 당시의 영국을. 그때 영국은 컴벌랜드부터 콘월까지 민가라고는 전혀 없는 푸르고 푸른 초원이 펼쳐져 있었다. 그리고 야생동물들이 살고 있는 큰 숲들과 사냥할 만한 새들이 가득한 넓은 습지가 여기저기 분산되어 있었다. 당시 영국의 작은 마을들은 몇 킬로미터마다 성과 교회와 오두막들, 수도원과 교회와 오두막들, 영주의 집과 교회와 오두막들…… 이런 구성으로 끝없이 되풀이되고 있었다. 마을 주위를 경작지들이 둘러싸고 있고, 그 너머로 드넓은 초원이 펼쳐져 있었다. 끝없이 펼쳐진 녹원. 이쪽 마을에서 저쪽 마을로 이어주는 길에는 바퀴자국이 깊게 나 있었고, 겨울이면 꼼짝 못 할 정도로 진창이 되었으며, 여름이면 먼지가 날렸다. 계절이 바뀔 때마다 길가에는 들장미나 빨간 산사나무가 꽃을 피웠다.

장미전쟁은 그 푸르고 푸르른 대지 위에서 삼십 년 동안이나 벌어졌다. 그것은 전쟁이라기보다는 피로 얼룩진 두 씨족의 불화였다. 『로미오와 줄리엣』의 몬터규 가문과 캐풀릿 가문처럼. 보통 영국 사람들은 그런 일에 큰 관심을 가지지 않는다. 문 앞에서 상대방에게 요크 가문인지 랭커스터 가문인지를 주제넘게 물어본다거나, 반대쪽 가문 사람이라는 대답을 얻었다고 강제수용소로 끌고 간다거나 하는 사람은 아무도 없다. 아주 소소한 내전이라 집안싸움이

• **존 왕** _ 사자왕 리처드의 동생으로 무능한 왕으로 악명이 높다.

나 마찬가지였다. 그들은 나지막한 목초지에서 싸우고 주방을 응급 치료소로 사용했다. 그런 다음 다른 곳으로 이동해서 그곳에서 또 싸웠다. 몇 주일 뒤에 그 전투에서 무슨 일이 있었는지 듣게 되더라도 랭커스터 가문 출신의 부인과 요크 가문 출신의 남편 사이에는 그저 경쟁 관계에 있는 축구 팀을 응원하는 정도의 논란이 벌어질 뿐이었다. 아스널 팬이나 첼시 팬이라는 것 때문에 박해받지 않는 것처럼 랭커스터 가문 출신 사람이나 요크 가문 출신 사람이라는 것 때문에 박해받을 일은 없었다.

그랜트는 그 푸르렀던 시절의 영국을 생각하다 잠이 들었다.

두 어린 왕자와 그들의 운명에 대해서는 아무것도 알지 못했다.

003

"그 그림을 보는 것보다 더 재미있는 일은 없어요?"

다음날 아침, 꼬마는 그랜트가 침대 옆 탁자 위에 쌓여 있던 책들에 기대 세워놓은 리처드 3세의 초상화를 가리키며 물었다.

"아주 흥미로운 얼굴이라고 생각하지 않아요?"

"흥미롭긴요! 내가 보기엔 그저 소름 끼칠 뿐인데요. 우울한 얼굴의 점박이 개 인형하고 비슷해요."

"역사책에 따르면 이 사람은 아주 뛰어난 능력을 가지고 있었습니다."

"푸른 수염•도 그랬어요."

"인기도 많았던 것 같은데."

• **푸른 수염** _ 샤를 페로의 동화에 나오는 인물로 폭력적인 인물의 대명사.

"푸른 수염도 그랬죠."

"뛰어난 무장이기도 했어요."

그랜트는 짓궂게 말한 뒤 조금 있다 다시 물었다.

"푸른 수염도 그랬습니까?"

"대체 이 사람 얼굴에서 무엇을 찾으라는 거예요? 그보다 대체 누군데요?"

"리처드 3세요."

"오, 이제 그만 좀 해요!"

"이 사람이 어떤 사람일 거라고 생각했어요?"

"그럴 줄 알았어요."

"뭐가요?"

"잔인한 살인마요, 안 그래요?"

"리처드 3세에 대해 잘 알고 있나 봐요."

"모르는 사람이 없죠. 어린 조카 두 명을 죽인 사람이잖아요. 불쌍한 것들. 숨이 막혀 죽었잖아요."

"숨이 막혀 죽었다고요? 난 몰랐는데."

그랜트가 흥미를 보이며 말했다.

"베개로 눌러 죽였어요."

꼬마가 그랜트의 베개들을 작은 주먹으로 힘차게 탁탁 두드린 뒤, 정확하고 빠른 솜씨로 본래 자리에 내려놓았다.

"어째서 질식시켜 죽인 걸까요? 독을 쓰지 않고."

그랜트가 물었다.

"내가 어떻게 알아요. 내가 시킨 일도 아닌데."

"그 애들이 질식사했다는 건 어디서 들었어요?"

"학교 다닐 때 역사책에서 배웠죠."

"그렇군요. 그 역사책은 누구 말을 인용했던 거죠?"

"인용요? 인용 같은 건 없었어요. 그냥 그렇다고 되어 있었지."

"그 애들을 질식시켜 죽인 건 누구죠?"

"티럴이라는 자요. 역사 시간에 배우지 않았어요?"

"역사 수업을 듣긴 했는데 내용이 같진 않네요. 티럴이 누구입니까?"

"나도 잘 몰라요. 리처드 왕의 친구였을 거예요."

"티럴이 왕자들을 죽였다는 걸 어떻게 알았죠?"

"자백을 했으니까요."

"자백이라고요?"

"그자가 유죄라는 것이 밝혀진 뒤의 일일 거예요. 교수형당하기 전에요."

"왕자들을 죽였다는 이유로 티럴이 교수형당했다는 건가요?"

"그럼요. 그러니까 이 음침한 얼굴 좀 치우고 보기 좋은 다른 그림을 놔두면 안 돼요? 어제 핼러드 양이 가져온 그림들 중에는 착해 보이는 얼굴을 한 초상화도 많이 있던데."

"착해 보이는 얼굴은 관심 없어요. 내가 흥미 있는 건 바로 이런 음침한 얼굴이니까. 잔인한 살인마든 엄청난 능력을 가진 남자든 말이에요."

"취향이 그렇다면야 할 수 없죠. 나야 안 보면 그만이니까. 하지만 내 생각으로는 이런 그림을 보고 있으면 뼈가 빨리 붙지 않을 거예요. 정말이에요."

꼬마가 어쩔 수 없다는 듯 말했다.

"만일 내 골절이 낫지 않으면 리처드 3세 탓을 할 건가요? 이 그림에 그런 능력까지 있는 줄은 몰랐네."

그랜트는 마르타가 찾아오면 티렐에 대해 아는지 반드시 물어봐야겠다고 생각했다. 교양이 넘치는 사람은 아니지만, 학비가 비싸기로 소문난 학교에서 교육을 받았으니 뭔가 알고 있을 것이다.

하지만 그날 외부에서 찾아온 첫 번째 방문객은 윌리엄스 경사였다. 그의 큼직한 얼굴은 금방 세수라도 한 것처럼 분홍빛이었다. 그랜트는 저 옛날에 있었던 전쟁에 대해서는 잊고, 오늘날 여전히 활개치고 있는 불량배들로 관심을 돌렸다. 윌리엄스는 작고 딱딱한 방문객용 의자에 다리를 벌리고 앉은 채 창문을 통해 들어오는 햇살을 받으며 만족스러워하는 고양이처럼 연한 푸른색 눈동자를 깜박거리고 있었다. 그랜트는 그런 그를 애정 어린 눈빛으로 바라보았다. 오직 상대방과 뜻이 통할 때만 쓸 수 있는 생략법이나 암시적인 말로 다시 일 이야기를 하는 것이 즐거웠다. 직장 내에서 돌고 있는 소문이라든지, 누가 문책을 당했고 누가 출셋길이 막혔는지

따위의 직장 내 권력 구도에 대한 이야기를 듣는 것도 재미있었다.

"총경님이 안부를 전해달라고 하셨습니다. 그리고 도움이 필요한 일이 있으면 말하라고 하셨습니다."

윌리엄스가 자리에서 일어나면서 말했다. 더이상 햇살 때문에 눈이 부시지 않게 되자 그는 책에 기대 세워놓은 초상화를 보았다.

"이 사람은 누굽니까?"

동료 경찰관이 그 말을 했을 때 그랜트 역시 막 그 이야기를 할 참이었다. 윌리엄스는 그랜트 못지않게 직업적으로 얼굴을 보는 일이 익숙한 남자였다. 그에게도 사람들의 얼굴을 보는 것은 중요한 일이었다.

"15세기 신원 미상의 화가가 그린 초상화야. 어떻게 생각하나?"

그랜트가 물었다.

"전 그림에 대해서는 잘 모릅니다."

"그런 뜻이 아니야. 그러니까 내 말은 초상화의 인물에 대해 어떻게 생각하느냐는 거지."

"아, 그런 거였군요."

윌리엄스는 몸을 앞으로 숙인 채 평평한 이마를 우스꽝스럽게 찌푸리며 집중했다.

"어떻게 생각하느냐는 건 무슨 뜻이죠?"

"이 남자가 어디에 앉아 있을 사람으로 보이지? 피고석인가, 아니면 판사석인가?"

윌리엄스는 잠시 생각에 잠기더니 자신 있게 대답했다.

"판사석요."

"그렇게 생각해?"

"물론입니다. 왜요? 경위님은 저와 생각이 다르십니까?"

"나도 그렇게 생각해. 그런데 이상하게도 우리 둘 다 틀렸어. 이 자는 피고석에 앉아야 할 위인이라네."

"정말 이상하군요."

윌리엄스가 다시 그림을 뚫어지게 쳐다봤다.

"경위님은 이 사람이 누군지 알고 계신 겁니까?"

"그래. 리처드 3세야."

윌리엄스가 휘파람을 불었다.

"아, 바로 그 사람이었군요! 런던 탑에 갇힌 왕자들, 그 이야기 아닙니까. 사악한 숙부의 원조죠. 제 생각엔 이 그림만 봐서는 이자의 진면목을 알아볼 수 없을 것 같습니다. 그러니까 그림에 속았다는 뜻이죠. 다시 말하자면 그림 속 남자의 얼굴은 홀즈베리 판사와 많이 닮았습니다. 홀즈베리가 저지른 잘못이라고는 피고석에 앉아 있는 나쁜 놈들에게 지나치게 관대하게 대해주었다는 것뿐이었죠. 그 판사는 사건의 요지를 설명할 때도 범인 쪽이 유리하도록 최선을 다하지 않았습니까."

"자넨 왕자들이 어떻게 살해당했는지 알고 있나?"

"제가 리처드 3세에 대해 아는 건, 그자가 엄마 뱃속에서 이 년이나 있다가 나왔다는 것뿐입니다."

"세상에! 그 이야기는 어디서 들었나?"

"학교 수업 시간에 들었던 것 같은데요."

"자넨 특별한 학교를 다닌 모양이군. 내가 배웠던 역사책에는 임신 이야기가 나온 적이 없는데 말이야. 그나마 셰익스피어와 성경 수업은 재미있었지. 성적인 이야기들이 항상 나왔으니까. 자넨 티럴이라는 남자에 대해 들어본 적 있나?"

"네. P&O 보트 소속의 선장이었죠. 이집트호에서 물에 빠져 죽지 않았습니까."

"아니. 역사 속 인물 말이야."

"전 역사에 관해서는 노르만을 정복한 1066년과 1603년에 있었던 일 이외에는 아무것도 모릅니다."

"1603년에는 무슨 일이 있었는데?"

여전히 티럴을 생각하며 그랜트가 윌리엄스에게 물었다.

"그해에 스코틀랜드 놈들이 우리한테 꼬리를 내렸죠."

"오 분에 한 번씩 서로 잡아먹겠다고 으르렁거리던 것보다는 나아졌지. 티럴은 왕자들을 죽였다고 하는 자야."

"그 조카들 말인가요? 아뇨. 전혀 생각이 나지 않는데요. 그건 그렇고 이제 가봐야 할 것 같습니다. 필요한 거 없으십니까?"

"채링 크로스 로드에 간다고 했던가?"

"네. 피닉스 극장에 갈 겁니다."

"부탁이 있는데."

"뭡니까?"

"서점에 가서 영국 역사책을 사다 주게. 어른이 읽을 만한 것으로. 그리고 찾을 수 있다면 리처드 3세의 전기도 부탁하네."

"알겠습니다. 맡겨주세요."

윌리엄스는 병실을 나가는 길에 아마존과 마주쳤다. 그는 자신만큼이나 몸집이 큰, 간호사복을 입은 여자를 보고 깜짝 놀란 것처럼 보였다. 그리고 수줍은 듯이 아침 인사를 건네더니, 그랜트에게 뭔가 묻는 것 같은 시선을 던지고는 복도로 사라졌다.

아마존은 4호실 환자의 몸을 닦으러 가는 길에 그랜트가 이제 제대로 알게 되었는지 확인하러 왔다고 했다.

"이제 알겠어요?"

사자왕 리처드의 고결함을 말하는 것이다.

"아직 리처드 1세에 관한 내용이 나오는 부분까지 읽지 못했어요. 4호실 환자는 좀 기다리라고 하고, 리처드 3세에 대해 알고 있는 것부터 말해줄래요?"

"오, 가련한 어린 양들!"

그녀가 소처럼 커다란 눈에 연민을 가득 담은 채 말했다.

"누구요?"

"그 귀한 어린 왕자들요. 난 어릴 때 악몽을 꾸곤 했어요. 자고 있을 때 누군가 다가와서 베개로 얼굴을 짓누르는 꿈요."

"왕자들이 그런 식으로 살해당했습니까?"

"그럼요. 모르셨어요? 제임스 티럴 경이 그때 왕이 있던 워릭에서 런던으로 돌아와 다이턴과 포러스트에게 왕자들을 죽이라고 사주했잖아요. 그래서 그자들이 런던 탑의 계단 아래쪽에 왕자들을 묻어버렸죠."

"당신이 빌려준 책에는 그런 내용이 없었는데."

"그 책은 역사 시험용이니까요. 무슨 뜻인지 알겠죠. 정말 재미있는 역사 이야기는 그런 책에는 안 나와요."

"그럼 티럴에 관한 흥미진진한 소문은 어디에 나와 있죠?"

"소문이 아니에요. 토머스 모어• 경이 쓴 책에 나오니까요. 역사와 관련해 토머스 모어 경보다 더 훌륭하고 믿을 수 있는 사람이 있나요?"

"아뇨. 토머스 경의 견해에 이의를 제기할 순 없죠."

"그럼요, 토머스 경이 한 말인데. 더군다나 그분은 그 시대에 살았으니 사람들이 무슨 이야기를 했는지 잘 알고 있었을 거예요."

"다이턴과 포러스트가 한 이야기를 말인가요?"

"아뇨. 그건 아니죠. 하지만 리처드 3세와 불쌍한 왕비에 대한 야기들은 잘 알았을 거예요."

"왕비? 리처드 왕의 왕비 말인가요?"

"네."

"왕비는 왜 불쌍하다는 거죠?"

• **토머스 모어** _ 영국의 정치가이자 인문주의자. 대표작으로 『유토피아』가 있다. 종교에 대한 신념을 고집하다 사형당했으며 1935년에 로마 교황에 의해 성인으로 추대되었다.

"왕 때문에 끔찍한 삶을 살아야 했잖아요. 사람들 말로는 왕이 왕비를 독살했다고 했어요. 리처드 왕은 질녀와 결혼하기를 원했으니까요."

"어째서요?"

"그야 그 여자가 왕위 계승자였으니까요."

"알겠어요. 리처드는 어린 조카 두 명을 없앤 다음, 그 왕자들의 누나와 결혼하고 싶어 했군요."

"그래요. 그자가 소년들 중 한 명하고 결혼할 순 없으니까요."

"그렇죠. 아무리 리처드 3세라고 해도 그런 생각은 하지 않았을 겁니다."

"결국 리처드는 왕좌의 기반을 더욱 공고히 하기 위해서 엘리자베스와 결혼하길 원했던 거예요. 실제로 엘리자베스는 리처드 다음에 왕위에 오른 사람과 결혼했죠. 그녀는 엘리자베스 1세 여왕의 할머니였어요. 난 엘리자베스 여왕에게 조금이라도 플랜태저넷 왕가의 피가 흐른다는 사실이 항상 기뻤어요. 튜더가를 별로 좋아하지 않거든요. 이제 그만 가봐야겠어요. 안 그러면 내가 4호실 환자의 몸을 닦기도 전에 수간호사가 회진을 돌 거예요."

"그건 세상의 종말이로군요."

"나만 끝장나는 거죠."

아마존이 자리를 떠났다.

그랜트는 빌린 책을 다시 집어 들고 장미전쟁에 대해 알아보려고 했지만 실패했다. 군대들이 진격했고 후퇴했다. 요크가와 랭커스터가는 당혹스러울 정도로 계속해서 서로 승리를 주고받았다. 유원지에서 뱅글뱅글 돌며 서로 부딪치는 범퍼카들을 보는 것만큼이나 의미가 없었다.

그랜트에게는 이 문제에 모든 것이 함축되어 있는 것처럼 보였다. 전쟁의 근원은 거의 백 년 전, 리처드 2세가 폐위당하며 깨진 직계 계승 원칙이었다. 그는 그 일에 대해 잘 알고 있었는데, 어렸을 때 뉴 시어터에서 〈보르도의 리처드〉를 봤기 때문이다. 그 연극을 네 번이나 봤다. 왕위를 찬탈한 랭커스터 가문은 삼대에 걸쳐 잉글랜드를 다스렸다. 보르도의 리처드, 즉 리처드 2세의 뒤를 이어 왕이 된 헨리 4세는 부당한 방식으로 왕위를 차지했지만 제법 공정하게 통치를 했고, 셰익스피어를 통해 알려진 헨리 5세는 아쟁크루 전투를 승리로 이끌며 나라를 열정적으로 이끌어 나갔다. 하지만 신경쇠약이었던 헨리 6세, 헨리 5세의 아들은 모든 것을 엉망진창으로 만들어버렸다. 변변치 못한 헨리 6세의 무능한 신하들이 프랑스에 계속해서 영토를 빼앗기는 것을 지켜봐야 했던 국민들이 원래의 정통 왕위 계승자를 그리워했다고 해도 이상할 것이 없다. 그런 와중에 헨리 6세는 이튼 칼리지를 설립하고, 여자들에게 궁중에서는 가슴을 가리고 다니라고 호소했다.

삼대에 걸친 랭커스터 가문 출신 왕들이 행했던 끔찍한 광신적 행위는 리처드 2세와 함께 사라져버린 왕실의 자유주의와 극심한 대조를 이루었다. 리처드 2세 시절에는 이교도들과도 공존공영했지만, 그 뒤부터는 거의 밤새도록 이교도들을 화형시켰다. 이교도들은 삼대에 걸쳐 화형을 당했다. 국민들의 가슴속에서 불만의 불길이 솟아오르기 시작하는 것도 당연했다.

게다가 바로 그때 국민들의 눈앞에는 요크 공작이 있었다. 그는 능력 있고, 현명하고, 영향력도 있고, 재능도 많은데다가, 정당한 자격을 갖춘 훌륭한 사람으로 계승 원칙에 따르면 리처드 2세의 뒤를 잇는 후계자였다. 국민들은 요크 공작이 어리석고 무능한 헨리를 대신해주기를 바랐을 뿐만 아니라, 나라를 이어받아 모든 혼란을 깨끗하게 해결해주기를 바랐다.

요크 공작 역시 그렇게 하기 위해 노력했지만 애쓴 보람도 없이 전투중에 목숨을 잃고 말았다. 결국 그의 가족들은 오랜 시간 동안 국외로 망명하거나 피난처에 숨어 지내야만 했다.

하지만 난리 법석이 모두 정리되자 영국의 왕위는 전투에서 요크 공과 함께 나란히 싸웠던 그의 아들에게 돌아갔다. 그리고 온 나라는 큰 키에 아마색 머리카락을 가진, 눈부시게 아름다울 뿐 아니라 눈에 띄게 영리하고 여자들에게 인기 많은 젊은 왕 에드워드 4세의 통치 아래 안정을 되찾게 되었다.

그 부분에 이르러서야 그랜트는 장미전쟁의 전체적인 흐름을 이해할 수 있게 되었다.

그가 책에서 눈을 떼자 병실 한복판에 수간호사가 서 있었다.

"노크를 했어요. 책 읽기에 너무 집중해서 듣지 못하신 것 같더군요."

수간호사가 말했다.

호리호리한 몸의 그녀는 멀찍이 서 있었다. 마르타만큼이나 우아한 모습이었다. 흰 소매 아래로 보이는 양손을 가느다란 허리 앞에서 느슨하게 맞잡고 있었다. 수간호사가 쓰고 있는 하얀 베일은 그 자체로 불멸의 위엄을 드러내고 있었다. 직급을 나타내는 작은 은배지만이 유일한 장신구였다. 그랜트는 이 세상 어디에서도 이 병원의 수간호사가 보여주는 것 같은 곧은 자세를 보지 못할 거라고 생각했다.

"역사책을 읽고 있었어요. 뒤늦게 말이죠."

그랜트가 말했다.

"탁월한 선택이에요. 역사는 올바른 시각을 가질 수 있게 도와주죠."

그녀가 말했다. 그리고 초상화를 보자 수간호사의 눈동자가 반짝거렸다.

"당신은 요크가 쪽인가요, 랭커스터가 쪽인가요?"

"수간호사님은 초상화 속 인물이 누군지 아시나 보군요."

"그럼요. 간호 실습생일 때 국립 미술관에서 많은 시간을 보냈거든요. 돈도 없고 다리도 아팠는데 미술관 안은 따뜻하고 앉을 수 있는 의자도 많았으니까요."

수간호사는 현재의 자신과 지쳤어도 열심히 살았던 어린 시절의 자신을 비교해보는 듯 살짝 미소를 지었다.

"난 초상화 전시관을 가장 좋아했어요. 역사책을 읽는 것 같은 느낌이었거든요. 전시관에 있는 초상화 속 인물들은 자신들이 살았던 시절에 그만큼 많은 일을 했었던 사람들이잖아요. 그런데 이제는 이름만 남아 있죠. 캔버스에 그려진 그림으로만 남아 있어요. 그 당시에 이 초상화도 많이 봤어요."

수간호사는 다시 초상화로 주의를 돌리며 말했다.

"가장 불행해 보이는 모습이죠."

"담당 의사 말로는 소아마비였을 것 같다고 하더군요."

"소아마비요?"

수간호사는 생각에 잠겼다.

"그럴 수도 있겠네요. 이전에는 한 번도 그런 생각을 하지 못했어요. 하지만 이 그림을 볼 때마다 나는 이 사람이 정말 불행한 사람이었다는 느낌을 받아요. 이제껏 많은 얼굴들을 보아왔지만 그중에서 가장 절망적이고 불행해 보이는 얼굴이에요."

"수간호사님은 이 그림이 살인 사건 이후에 그려진 거라고 생각하시는 건가요?"

"그럼요. 물론이죠. 이 사람은 무슨 일이든 경솔하게 해치울 타입이 아니에요. 아주 뛰어난 사람이죠. 틀림없이 그 범죄가 얼마나 나쁜 짓인지 너무나도 잘 알고 있었을 거예요."

"수간호사님은 리처드 3세가 그런 죄책감을 감추고 살아갈 수 없는 종류의 사람이라고 생각하시는군요."

"정확한 표현이에요! 맞아요. 이런 사람들은 지독하게 원한 무언가를 가질 때, 대가가 얼마나 클지도 잘 알고 있죠."

"이 사람을 지독한 악당이라고 생각하진 않으신다는 건가요?"

"네. 그래요. 악당들은 고통스러워하지 않아요. 그런데 이 사람의 얼굴에는 끔찍한 고통이 어려 있으니까요."

두 사람은 잠시 아무 말 없이 초상화를 쳐다보며 생각에 잠겼다.

"틀림없이 죗값을 치르는 거라고 느꼈을 거예요. 바로 얼마 뒤에 외아들을 잃었거든요. 그리고 부인도 죽었죠. 자신만의 세상이 순식간에 무너져 내린 거예요. 틀림없이 하늘의 심판을 받은 거라고 느꼈을 거예요."

"부인에 대한 마음이 있었을까요?"

"그녀는 리처드 3세의 육촌이었어요. 두 사람은 어린 시절부터 알고 지내던 사이였죠. 그러니 그 사람이 부인을 사랑했든 사랑하지 않았든 동반자로 생각하고 있었을 거예요. 왕좌에 앉았을 때 그런 관계의 사람이 있다는 건 보기 드문 축복이죠. 이제 그만 병원을 돌아보러 가봐야겠어요. 그랜트 씨한테 막상 물어봐야 할 걸 물어보지 않았네요. 오늘 아침 기분이 어떤지 말이에요. 당신이 사백 년 전에 죽은 남자에게 관심을 가진다는 것 자체가 몸 상태가 좋다는 증거겠죠."

그랜트의 눈이 수간호사를 처음 포착한 장소에서 그녀는 조금도 움직이지 않았다. 그녀는 희미하게 미소 짓더니 여전히 벨트 버클 앞에 양손을 모은 채 문 쪽으로 다가갔다. 수간호사의 자세는 정말 훌륭했다. 수녀 같기도 하고, 여왕 같기도 했다.

004

점심 식사를 끝마쳤을 때 윌리엄스 경사가 두툼한 책 두 권을 들고 가쁜 숨을 몰아쉬며 병실에 나타났다.

"수위한테 맡겨도 됐을 텐데. 자네가 땀을 뻘뻘 흘리면서 책들을 직접 들고 여기까지 오란 말은 아니었어."

그랜트가 말했다.

"제가 직접 와서 설명해야 할 것 같아서요. 한 곳밖에 들를 시간이 없어서 그 거리에서 제일 큰 서점에 갔습니다. 영국 최고의 역사책이 구비되어 있다고 하더군요. 자기들 말이긴 하지만."

경사는 책에 대해 보장할 수는 없다는 태도로 수수해 보이는 회녹색 학술 서적 한 권을 내려놓았다.

"그 서점에는 리처드 3세에 관해서만 다루고 있는 책은 없었어요. 그 사람 전기 같은 건 없었단 말이죠. 하지만 서점 직원들이 이 책을 권해줬어요."

그 책 표지에는 방패 모양의 문장이 화려하게 그려져 있었다. 제목은 『레이비의 장미』였다.

"이 책은 뭔데?"

"리처드의 어머니에 관한 책이라더군요. 그 '장미'가 주인공인 모양입니다. 어쨌든 전 더이상 지체할 수 없을 것 같습니다. 지금부터 오 분 안에 경찰청에 돌아가야 하거든요. 제가 늦으면 총경님이 절 산 채로 껍질을 벗기실 겁니다. 좀더 쓸 만한 책을 찾아드리지 못해 죄송해요. 조만간 다시 들르죠. 이 책들이 별 도움이 안 되면 다른 책들을 알아보겠습니다."

그랜트는 고맙다는 인사를 했다.

윌리엄스가 기운찬 발소리를 내며 떠나자 그랜트는 최고의 영국 역사책이라는 책부터 살펴보기 시작했다. 입헌주의의 역사를 다룬 것으로 유명한 책이었다. 삽화를 삽입해 딱딱한 내용에 가볍게 접근할 수 있게 되어 있었다. 14세기 농업 풍광에 관련된 『러트렐 시편』이 인용되고, 대화재로 양분된 시기의 런던 지도도 실려 있었다. 이 책에서는 왕과 왕비에 관련된 이야기들이 부수적으로만 언급되어 있었다. 태너가 쓴 입헌주의의 역사에 관한 이 책에서는 오직 사회적 진보와 정치적 변화를 이끈 일들, 이를테면 흑사병, 인쇄

발명, 화약의 이용, 직인 길드의 형성과 같은 일들에 집중하고 있었기 때문이다. 하지만 그런 태너라도 이런저런 일들과 밀접하게 연관되어 있는 왕이나 그 친척들에 대한 언급은 할 수밖에 없었다. 그리고 그런 밀접한 관계 중에는 인쇄술의 발명에 관련된 것도 있었다.

캑스턴이라는 남자는 켄트의 삼림 지역 출신으로, 나중에 런던 시장 자리에까지 오른 포목상 밑에서 견습공으로 일하며 사회생활을 시작했다. 그는 주인이 남긴 이십 메르크의 돈을 가지고 브뤼주로 갔다. 그리고 북해 연안 저지대에 엄청난 가을비가 내렸을 때 영국에서 도망친 두 명의 젊은이들이 물이 얕은 저지대 해안가에 도달했다. 켄트 삼림 지역 출신의 이 성공한 상인은 그들에게 도움의 손길을 내밀었다. 그 젊은이들이 바로 에드워드 4세와 동생인 리처드였다. 에드워드의 운명이 바뀌어 그가 다시 영국의 왕으로 복권되었을 때, 캑스턴 역시 영국으로 돌아왔다. 캑스턴이 영국에서 첫 번째로 인쇄한 책은 에드워드 4세를 위한 것으로 에드워드의 매부가 쓴 책이었다.

그랜트는 페이지를 넘기며 지루한 정보의 나열로는 개개인에 대해 알 수 없다는 사실을 깨달았다. 신문을 읽는 독자들이 이미 오래전에 깨달은 것처럼 인류의 슬픔은 개인의 슬픔이 아니었다. 대규모의 파괴를 보게 되면 두려운 마음에 전율이 일어날지 몰라도 마음은 전혀 움직이지 않는다. 중국에서 홍수가 일어나 천 명의 사람들이 빠져 죽었다는 것은 뉴스지만, 어린아이가 혼자 연못에 빠져 죽은 것은 비극이다. 그래서 영국인의 진보에 관한 태너의 서술은 감탄스럽긴 해도 흥미롭지는 않았다. 하지만 책의 여기저기에 드문드문 등장하는 개개인의 이야기만큼은 흥미로웠다. 이를테면 『패스턴 서한집』에서 발췌한 편지들이 그랬다. 패스턴의 편지들을 보면 샐러드 오일 주문서와 클레멘트가 케임브리지에서 어떤 일을 하고 있는지 안부를 묻는 편지 사이에 역사적인 단편들이 끼워져 있었다. 그 두 가지 가내 소식들 사이에 요크가의 소년 두 명이 등장하는데, 패스턴의 런던 집에 살고 있던 소년들을 보기 위해 형인 에드워드가 매일 찾아왔다고 되어 있었다.

그랜트는 잠시 책을 이불 위에 내려놓고 이제는 아무것도 보이지 않는 천장을 올려다보며 생각에 잠겼다. 확실히 그전까지는 에드워드 4세와 동생인 리처드처럼 평범한 사람들과 같은 생활을 하다가 영국 왕위를 물려받은 사람이 없었다. 그 뒤로는 찰스 2세가 그런 경험을 하긴 했다. 그렇지만 찰스는 가난 속에 쫓겨 다닐 때도 언제나 왕의 아들로, 특별한 존재로 대접을 받았다. 패스턴의 집에 살았던 어린 소년 두 명은 그저 요크 가문의 아이들일 뿐이었다. 가장 좋았던 시기에도 특별히 중요한 존재는 아니었으며, 그나마 패스턴이 편지를 썼을 무렵에는 집도 없고 미래도 없었다.

그랜트는 아마존이 빌려준 역사 교과서용 책을 다시 집어 들고 에드워드가 런던에서 살았던 시기에 무엇을 했는지 찾아보았다. 그 당시 그는 군대를 모으고 있었다.

> 런던에는 언제나 요크가의 지지자들이 많았고, 사람들은 젊은 에드워드의 깃발 아래 열성적으로 모여들었다.

그 책에는 그렇게 나와 있었다.

당시 열여덟 살이었던 젊은 에드워드는 도시의 인기 스타였고 인생에서의 첫 번째 승리를 맞이하려는 순간이었다. 그런 와중에 그는 매일같이 시간을 내어 어린 동생들을 만나러 갔던 것이다.

그랜트는 바로 이때 리처드가 형에게 보여주었던 놀랄 만한 헌신이 싹을 틔웠을 거라고 생각했다. 여기 있는 역사책들도 리처드가 평생에 걸쳐 형에게 흔들림 없이 헌신했다는 점은 부정하지 않을 뿐 아니라 실제로 그의 도덕성을 말해주는 일례로 쓰기도 했다.

> 리처드는 형이 죽기 전까지 흥망성쇠했던 모든 시간 동안 충실하고 믿음직한 조력자였다. 하지만 왕좌를 차지할 수 있는 기회가 오자 그로서도 어쩔 수가 없었다.

역사 교재에는 훨씬 간단하게 나와 있었다.

> 리처드는 에드워드에게 좋은 동생이었지만, 자신이 왕이 되어야겠

다는 탐욕이 그의 마음을 돌아서게 만들었다.

그랜트는 흘깃 그 초상화를 쳐다본 뒤, 역사 교재에 나오는 내용이 틀렸다고 단정했다. 살인을 불사할 정도로 리처드의 마음이 돌아선 것은 탐욕 때문이 아니었다. 어쩌면 이 역사 교재에서는 탐욕이라는 단어를 권력욕이라는 의미로 쓴 것일까? 그렇다면 그럴 수도 있다.

하지만 리처드는 이미 속세에서의 권력을 전부 다 가지고 있었다. 그는 왕의 동생이었고, 부유했다. 조카들을 살해하면서까지 조금 더 높은 곳으로 올라가는 것이 그렇게도 중요했던 것일까?

전체적으로 뭔가 이상하다.

그랜트가 그 문제에 대해 곰곰이 생각하고 있을 때 팅커 부인이 신문에서 읽은 이야깃거리와 함께 새 잠옷을 들고 나타났다. 보통 팅커 부인은 신문의 세 번째 기사부터는 읽는 법이 없었다. 하지만 살인 사건이 일어났을 경우에는, 팅커가의 저녁을 준비하러 집에 돌아가는 길에 직접 석간신문까지 사서 읽을 정도로 모든 기사들을 빠짐없이 읽곤 했다.

팅커 부인은 요크셔에서 발견된 시체에서 비소가 검출되었다는 사실에 관해 쉴 새 없이 이야기하다가, 그랜트가 탁자 위에 놓여 있는 책들 옆 조간신문에 손도 대지 않았다는 것을 알아차렸다. 그녀는 갑자기 입을 다물었다가 걱정스럽다는 듯 물었다.

"오늘은 몸 상태가 별로 안 좋은가 보죠?"

"아뇨, 아주 좋습니다. 괜찮아요. 왜요?"

"신문에 손도 대지 않았잖아요. 우리 조카가 몸 상태가 좋지 않을 때 그랬어요. 신문에 관심이 없어지더라고요."

"걱정하지 마세요. 난 좋아지고 있으니까. 기분도 더 좋아진 것 같아요. 그냥 역사책을 읽느라 신문 보는 걸 잊어버린 겁니다. 부인은 런던 탑에 갇힌 왕자들에 대해 아세요?"

"런던 탑에 갇힌 왕자들 얘기는 모르는 사람이 없을걸요."

"그럼 그 왕자들이 어떻게 죽었는지도 아십니까?"

"물론이죠. 그자가 잠든 아이들의 얼굴을 베개로 덮고 눌렀잖아요."

"그자가 누군데요?"

"그 아이들의 사악한 숙부 말이에요. 리처드 3세요. 몸이 안 좋을 때는 그런 이야기를 생각하면 안 돼요. 더 재미있고 힘이 날 만한 내용을 읽어야죠."

"시간이 나시면 집에 가는 길에 세인트 마틴스 레인에 들러주겠어요?"

"그럴게요. 시간 많으니까. 핼러드 양한테 가보라는 거죠? 저녁 6시 전에는 극장에 없을 텐데."

"알아요. 마르타가 극장에 도착했을 때 받아 볼 수 있게 쪽지를 남기려고요."

그는 편지지를 꺼내 연필로 뭔가를 적었다.

부탁인데 토머스 모어가 쓴 리처드 3세에 관한 역사책 좀 구해줘.

그랜트는 그 장을 뜯어내 접은 뒤, 위에 마르타의 이름을 썼다.

"분장실 입구를 지키는 색스턴 노인에게 전해주세요. 그 사람이 마르타에게 쪽지를 전해줄 거예요."

"분장실 입구까지 가려면 줄이 엄청 길 텐데. 그 연극은 대체 언제까지 공연하려는 건지."

팅커 부인이 말했다. 진심으로 하는 말이라기보다는 그저 가벼운 언급이었다.

그녀는 쪽지를 조심스럽게 가방에 집어넣었다. 가장자리가 해진 합성피혁 가방은 모자와 마찬가지로 팅커 부인의 분신이나 다름없었다. 그랜트는 크리스마스 때마다 팅커 부인에게 새 가방을 선물했다. 최고 전통을 자랑하는 영국제 가죽 제품으로 마르타 핼러드가 블라그에 점심 먹으러 갈 때 들고 가도 손색이 없을 만큼 뛰어난 디자인의 완벽한 가방들이었다. 하지만 그는 가방들을 선물한 뒤로 한 번도 본 적이 없었다. 팅커 부인은 전당포를 감옥만큼이나 수치스러운 곳이라고 생각하기 때문에, 그나마 그랜트는 선물로 준 가방들을 부인이 돈으로 바꿨을지도 모른다는 의심은 하지 않을 수 있었다. 그는 가방들이 포장지에 그대로 싸인 채 서랍 어딘가에 안전하게 보관되어 있을 거라고 생각했다. 팅커 부인은 가끔씩 가방들을 꺼내 사람들에게 보여주거나 혼자 만족스럽게 쳐다볼 것이다. 아니, 어쩌면 가방들이 너무 좋은 것이라고 생각해서 그중 하나를 '장례식 때 같이 넣어줄 물건' 정도로 소중하게 여기고 있을지도 모른다. 그랜트는 다음 크리스마스 때는 팅커 부인의 낡은 가방, 어떤 상황에서도 항상 가지고 다니는 그 가방 속에 돈을 넣어줄 것이다. 그렇게 하면 부인은 그 돈을 조금씩 소소하게 쓰다 결국에는 그 돈으로 무엇을 했는지도 모르게 될 것이다. 하지만 일상생활이라는 직물 위에 반짝이 장식 같은 작은 만족감들을 연이어 박아넣는 즐거움이, 서랍 깊은 곳에 좋은 물건을 간직하고 있다는 머릿속 만족감보다는 훨씬 클 것이다.

팅커 부인이 구두 소리와 함께 코르셋 스치는 소리를 내며 병실을 나가자, 그랜트는 다시 책을 들고 태너가 보여준 인류에 대한 관심에 흥미를 가져보려고 노력했다. 노력이 많이 필요했다. 그랜트는 천성적으로든 직업적인 이유로든 인류 전체에 대해 관심이 없었다. 그가 선천적으로 타고났고 후천적으로 습득한 것은 개개인에 대한 관심이었다. 그랜트는 떡갈나무의 왕이나, 돛대에 묶은 빗자루, 기병의 등자에 꽉 매달려 함께 진군하는 스코틀랜드 사람에 관한 이야기가 나오기를 꿈꾸며 태너의 책을 힘겹게 읽어나갔다. 15세기 영국인들이 고행할 때만 물을 마셨다는 사실을 알게 된 것은 만족스러웠다. 리처드 3세 시절 영국의 노동자는 유럽 대륙과 비교해

보면 감탄스러울 정도의 대우를 받았다. 태너는 당대 프랑스에 대해 쓰며 영국과 비교했다.

> 프랑스 왕은 국민들이 자신에게서만 소금을 사서 쓸 수 있도록 만들었다. 값은 마음대로 정해 팔았다. 군대는 물건을 살 때 돈을 내지 않았으며 마음에 들지 않는 사람들에게 잔인하게 굴었다. 포도 재배자들은 수확량의 4분의 1을 왕에게 바쳐야 했고 도시들은 해마다 군대 유지에 필요한 엄청난 액수의 세금을 바쳐야 했다. 농민들의 삶은 궁핍하고 비참했다. 그들은 모직 옷이 없었다. 삼베로 된 조끼와 밑단이 무릎 위로 올라와 다리가 다 드러나는 바지를 입었다. 여자들은 모두 맨발이었다. 사람들은 수프에 들어가는 베이컨 지방 외에는 고기를 먹지 못했다. 신사 계급이라고 해도 상황은 크게 나을 것이 없다. 만일 고소라도 당하는 날에는 비공개로 조사를 받고, 어쩌면 그 뒤로 사람들은 그들에 관한 이야기를 더이상 듣지 못하게 될 수도 있다.
>
> 영국은 이와는 많이 달랐다. 아무도 허락 없이 다른 사람 집에 침입할 수 없었다. 왕은 세금을 걷지 못했고 법률을 바꾸거나 새 법을 만들 수 없었다. 영국에서는 고행할 때를 제외하면 물을 마시지 않았다. 사람들은 온갖 종류의 고기와 생선을 먹었다. 좋은 모직으로 된 옷을 입고 온갖 살림살이들을 가지고 있었다. 영국인은 판사 앞에서가 아니면 심판을 받는 일이 없었다.

그랜트는 막 출시된 리지 자동차를 보러 가고 싶은데, 돈이 너무 없어 기차 요금이 얼마나 올랐을까 걱정하다 안심이 되는 사실을 안 순간 같은 느낌이 들었다. 모든 수도원에서 음식과 쉼터를 제공해준다는 사실을 깨달은 순간 말이다. 지난밤, 그가 잠들면서 꿈꾸었던 푸르른 영국에는 많은 장점들이 있었다.

그랜트는 15세기를 다룬 부분에서 개개인에 관한 내용들을 찾기 위해 책장을 넘겼다. 무대에서 원하는 부분을 집중적으로 밝혀주는 조명처럼, 자신에게 필요한 당시의 개인에 관련된 상황을 자세하게 알려주고 보여줄 수 있는 정보들을 찾았다. 하지만 이 책은 괴로울 정도로 사회 전반적인 상황을 설명하는 데만 전념하고 있었다. 태너의 말에 따르면 리처드 3세가 소집했던 단 한 번의 의회는 기록상으로 봤을 때 가장 자유롭고 진보적이었다. 그리고 태너의 훌륭한 저작에는 리처드 3세가 공공복지 정책을 펴는 데 자신이 저지른 범죄가 불리하게 작용하는 것을 보고 후회했다고 되어 있었다. 태너는 리처드 3세에 대해 더 할 말이 없는 것 같았다. 오랜 세월이 흐르는 동안에도 남아 있는 패스턴 일가의 잡담을 제외하면 이 책에는 인간에 대한 기록이 거의 없었다.

그랜트는 책을 옆으로 밀어놓고 손을 내밀어 『레이비의 장미』를 찾았다.

『레이비의 장미』는 소설이었다. 하지만 태너가 쓴 영국 입헌주의의 역사에 관한 책에 비해 읽기는 수월했다. 더군다나 이 작품은 상당히 괜찮은 역사 소설로 마치 실제로 일어난 일을 그대로 옮긴 것 같았다. 허구의 이야기가 아니라 창의적인 전기 같았다. 누군지 잘은 모르지만, 작가 에벌린 페인엘리스는 초상화와 가계도까지 싣고 있었다. 그리고 이 책에서는 그랜트와 사촌인 로라가 어린 시절 '정말 썼을까'라고 궁금해하곤 했던 고어들을 쓰려는 시도조차 없었다. '우리 숙녀분들'이라거나, '그럼에도 불구하옵고', '종복' 같은 표현이 나오지 않았다. 사실적으로 정직하게 이야기를 끌어나가고 있었다.

이 소설에서 태너의 책보다 많은 것을 알 수 있었다.

훨씬 많은 것을 알 수 있었다.

그랜트는 누군가에 대해 알고 싶을 때 당사자를 제외하면 어머니에 대해 알아보는 것이 가장 좋은 방법이라고 믿고 있었다.

그래서 그랜트는 절대적으로 믿을 수 있다는 토머스 모어 경이 쓴 리처드 3세에 관한 책을 마르타가 구해줄 때까지 요크 공작 부인 세실리 네빌에 관한 이 소설을 즐겁게 읽기로 했다.

그랜트는 가계도를 쭉 훑어보았다. 그리고 요크가의 형제인 에드워드와 리처드가 왕이 되기 전에 보통 사람들과 같은 평범한 생활을 경험했다는 것도 특이하지만, 순수 잉글랜드 혈통이라는 점 역시 특이하다는 것을 알게 되었다. 그는 가계도를 보고 깜짝 놀랐다. 네빌, 피츠앨런, 퍼시, 홀랜드, 모티머, 클리퍼드, 오들리, 거기에 더해 플랜태저넷 가문까지. 자랑스럽게도 엘리자베스 여왕 또한 순수한 잉글랜드인이었다, 웨일스 가문을 잉글랜드에 포함시켰을 때 말이지만. 하지만 정복자 윌리엄에서부터 조지 3세에 이르기까지 왕위를 이어받았던 군주들이 대부분 프랑스 혼혈, 스페인 혼혈, 덴마크 혼혈, 네덜란드 혼혈, 포르투갈 혼혈인 점을 감안한다면 에드워드 4세와 리처드 3세가 순수 잉글랜드 혈통이라는 점은 확실히 주목할 만하다.

또한 그랜트는 그들의 모계 혈통도 부계 혈통 못지않은 왕가의 혈통이라는 점을 알아차렸다. 세실리 네빌의 할아버지는 랭커스터 가문의 시조인 곤트의 존으로 에드워드 3세의 셋째 아들이었다. 그녀의 남편은 에드워드 3세의 다른 두 아들의 피를 이었다. 결국 이 요크가 형제 두 명은 에드워드 3세의 아들 다섯 명 중 세 명의 피를 이어받고 있었다.

> 네빌가의 일원이라는 것은, 네빌가가 거대한 영지를 소유하고 있으니 영향력이 큰 사람이라는 뜻이다. 또 네빌가 사람들이 모두 잘생겼으니 외모가 뛰어나다는 말이기도 하다. 네빌가 사람들은 성격이나 기질 면에서 눈에 띄는 사람들이었으니 개성이 확실한 사람이라는 뜻이기도 했다. 이 같은 네빌가의 훌륭한 세 가지 자질을 한 몸에 받고 태어난 행운아가 바로 세실리 네빌이었다. 그녀는 북부 지방이 흰 장미(요크가)와 붉은 장미(랭커스터가) 중에 한쪽을 선택하기 훨씬 이전에 북부 지방의 레이비 성에서 홀로 피어난 장미였다.

페인엘리스는 세실리 네빌과 요크 공작 리처드 플랜태저넷과의 결혼이 연애결혼이었다고 주장했다. 그랜트는 결혼의 결과를 알기 전까지는 그 주장에 대해 경멸에 가까울 정도로 회의적이었다. 15세기에 해마다 가족이 늘어났다는 것은 다산이었다는 것 이외에는 아무 증거가 되지 않았다. 따라서 세실리 네빌과 매력적인 남편이 오랫동안 가족들을 늘려나갔다는 것도 함께 살았다는 증거는 될지 몰라도, 사랑이 가득한 생활이었다는 증거는 되지 않는다. 하지만 아내의 역할이 집을 지키면서 식품 저장실이나 살피는 것이었던 시절에 세실리 네빌이 남편과 함께 끊임없이 여행을 다녔다는 것은 두 사람이 같이 다니는 것을 무척이나 좋아했다는 사실을 여실히 보여주고 있었다. 부부가 함께한 여행의 지리적인 범위와 지속성은 아이들의 각기 다른 출생지를 통해 확인할 수 있었다. 장녀인 앤은 본가인 노샘프턴셔의 포더링헤이에서 태어났다. 아기 때 죽은 헨리는 햇필드에서 태어났다. 에드워드는 요크 공작이 지키던 루앙에서 태어났다. 에드먼드와 엘리자베스 역시 루앙에서 태어났다. 마거릿은 포더링헤이에서 태어났다. 어릴 때 죽은 존은 웨일스의 니스에서 태어났다. 조지는 더블린에서 태어났다(그랜트는 도저히 말로 표현할 수 없는 조지의 아일랜드인 같은 괴팍함이 출생지 탓인지 궁금했다). 리처드는 포더링헤이에서 태어났다.

세실리 네빌은 노샘프턴셔의 집에 가만히 앉아서 남편이 마음 내킬 때 돌아오기만을 기다리지 않았다. 그녀는 어디를 가더라도 남편과 함께 있었다. 바로 그 점이 페인엘리스의 주장을 강력하게 뒷받침해주고 있었다. 아무리 조심스럽게 생각을 해보더라도 성공적인 결혼이었다는 것은 명백했다.

어쩌면 이런 분위기는 에드워드가 패스턴의 집에 머물고 있던 어린 동생들을 매일 만나러 가는 등 가족에게 헌신하던 배경이었을지도 모른다. 요크가의 식구들은 어떤 시련이 닥쳐도 하나였다.

그 생각은 몇 페이지 뒤에 나온 편지가 예기치 않게 입증해주었다. 바로 에드워드와 에드먼드가 아버지에게 쓴 편지였다. 러들로 성에서 교육을 받고 있던 두 소년은 어느 부활절 주간의 토요일, 전령이 오가는 것을 이용해 편지를 보냈다. 그들은 아버지에게 밉살스러운 가정 교사에 대한 불평을 늘어놓고, 자신들이 어떤 억압을 당하고 있는지 자세한 이야기는 전령인 윌리엄 스미스에게 들어보라고 부탁하고 있었다. 그 긴급 서한은 시작과 끝 인사가 예의 바른 관용 어구로 되어 있었고, 격식을 갖춘 문장을 쓰면서도 아버지가 옷을 보내준 것은 고맙지만 기도서는 잊어버리고 보내주지 않았다는 사실을 부드럽게 지적하기도 했다.

성실한 작가 페인엘리스는 편지의 출처를 밝혔기에(자기 이름을 단 도서관을 세웠던 정치인 코튼의 문서 중 하나로 보인다), 그랜트는 좀 더 많은 사실들을 찾아내기 위해 천천히 책장을 넘겼다. 경찰이 찾는 건 진짜 증거였다.

그랜트는 더이상 아무것도 찾지 못했지만 눈앞에 보이는 것처럼 그 가족에 대해 생생하게 묘사한 부분을 발견했다.

> 런던의 십이월 아침, 공작 부인은 옅지만 따가운 햇살 속에 밖으로 나와 계단에 서서 남편과 동생, 아들을 지켜보고 있었다. 더크와 그의 조카들이 안뜰로 말들을 끌고 왔다. 그러자 자갈길 위에 앉아 있던 비둘기들이 뿔뿔이 흩어지고 참새들도 부산스럽게 날아갔다. 그녀는 남편이 평소처럼 차분하고 신중하게 말에 오르는 모습을 지켜

보았다. 그의 모습은 전쟁터에 나가는 것이 아니라 새로 산 숫양들을 보러 포더링헤이로 내려가는 것 같은 느낌을 주었다. 동생인 솔즈베리 백작은 네빌가 사람다운 기질이 있었다. 하지만 어느 정도 주위를 의식한 듯 그에 맞춰 행동하고 있었다. 공작 부인은 두 사람을 쳐다보며 진심에서 우러나온 미소를 지었다. 하지만 그녀의 마음을 사로잡고 있는 건 에드먼드였다. 열일곱 살이 된 에드먼드는 몸도 호리호리한데다 경험도 없고 연약했다. 처음으로 전장에 나선다는 자부심과 흥분에 얼굴이 달아올라 있었다. 그녀는 남편에게 말하고 싶었다.

"에드먼드를 잘 보살펴줘요."

하지만 아무 말도 하지 못했다. 남편은 이해하지 못할 것이다. 에드먼드 역시 그녀가 자신을 미덥게 보지 않는다는 것을 알게 되면 몹시 화를 낼 것이다. 에드먼드보다 불과 한 살 많은 에드워드가 웨일스 경계선에서 자신의 군대를 지휘하고 있다는 것은 에드먼드 역시 직접 전쟁에 참가할 수 있는 나이가 되었다는 뜻이니까.

공작 부인은 자신의 뒤에 서 있는 세 명의 아이를 흘깃 쳐다보았다. 그녀가 직접 깨워 데리고 나온 아이들이었다. 금발머리의 예쁘고 건강한 마거릿과 조지가 서 있었고, 한 걸음 뒤에는 언제나처럼 리처드가 서 있었다. 요정이 다른 아이와 바꿔치기라도 한 듯 동기들과 다른 짙은 눈썹과 갈색 머리카락 때문에 리처드는 더 낯설게 보였다. 착하고 수더분한 성격을 가진 마거릿은 열네 살 감성에 어울리게 출정하는 이들을 촉촉한 눈으로 쳐다보고 있었다. 조지는 나이가 열한 살밖에 되지 않아 지금 전쟁터에 같이 나가지 못한다는 사실에 대한 심한 반발과 출정하는 형에 대한 부러움이 가득한 눈으로 쳐다보고 있었다. 그러나 비쩍 마르고 어린 리처드에게서는 어떤 흥분의 기미도 보이지 않았다. 하지만 공작 부인은 어린 리처드가 누군가 부드럽게 두드리는 북처럼 온몸을 떨고 있다는 것을 알았다.

세 사람을 태운 말이 군장이 부딪히는 소리와 말발굽 소리를 내며 뜰 밖으로 나가자 길에서 기다리고 있던 병사들이 합류했다. 아이들은 이제 대문 밖으로 나가는 그들을 보며 큰 소리로 이름을 부르며 펄쩍펄쩍 뛰기 시작했다.

이제껏 수없이 많은 남자들과 가족들을 전쟁터에 내보냈음에도 어쩐지 마음이 무거워지는 것을 느끼며 세실리는 집안으로 들어갔다. 꺼림칙한 마음속에서 이번에 돌아오지 못하는 사람이 누가 될 것인지 묻는 소리가 들렸다.

그녀는 세 사람이 다 돌아오지 못할지도 모른다는 끔찍한 일을 상상조차 할 수 없었다. 하지만 세실리는 이제 그들 중 누구와도 다시는 만나지 못할 것이다.

그로부터 일 년도 지나기 전에 그녀의 남편이 목숨을 잃었다. 그의 잘린 머리는 그를 모욕하는 종이 왕관을 쓴 채 요크의 미클게이트에 걸렸다. 그리고 동생과 아들의 머리 역시 다른 두 개의 게이트에 걸렸다.

베이너드 성 Baynard's Castle

/

에드워드 4세, 리처드 3세를 비롯해

세 명의 왕이 등극한 명소.

이건 소설이지만 리처드에 대해 어렴풋이나마 알 수 있었다. 금발머리 가족 중에 유일한 갈색 머리. 낯설게 보이는 아이. 요정이 바꿔친 아이.

그랜트는 그때부터 세실리 네빌의 이야기는 포기하고 책에서 그녀의 아들인 리처드가 나오는 부분을 찾기 시작했다. 하지만 이 책의 작가인 페인엘리스는 리처드에게 별로 관심이 없었던 모양이다. 그는 그저 자식들 중 막내에 불과했다. 페인엘리스에게는 리처드와는 정반대였던 젊고 아름다운 아들 쪽이 더 취향에 맞았는지, 에드워드에 관한 내용이 많았다. 에드워드는 솔즈베리 백작의 아들이자 외사촌인 워릭 백작과 함께 타우턴 전투에서 승리했다. 랭커스터가의 만행과 아버지의 머리가 여전히 미클게이트에 걸려 있다는 것을 잊지 않았음에도 특유의 너그러움으로 타우턴에서 수없이 많은 사람들을 살려주었다. 에드워드는 웨스트민스터 사원에서 영국의 왕이 되었다(그리고 위트레흐트로 도피했다가 고향에 돌아온 어린 두 명의 소년은 각각 클래런스 공과 글로스터 공이 되었다). 그리고 그는 포더링헤이의 교회에서 아버지와 동생 에드먼드의 장례식을 성대하게 치렀다(당시 열세 살밖에 되지 않았던 리처드가 뜨거운 칠월의 태양 아래 닷새에 걸쳐 요크셔에서 노샘프턴셔까지 가는 장례 행렬을 이끌었다. 런던의 베이너드 성 계단에 서서 그들이 말을 타고 떠나는 광경을 지켜보던 때로부터 육 년 가까이 지난 뒤였다).

에드워드가 왕이 되고 난 뒤, 얼마 지나지 않아 페인엘리스는 리처드를 다시 이야기에 등장시켰다. 그는 네빌가의 친척들과 함께 요크셔의 미들험에서 교육을 받고 있었다.

리처드는 말을 탄 채 웬즐리데일에 내리비치는 햇살과 살랑거리는 바람을 지나 성의 그림자 속으로 들어갔다. 어쩐지 성의 분위기가 이상했다. 문루에서 흥분한 듯 큰 소리로 떠들고 있던 경비병들도 그를 보자 당황하는 것 같았다. 리처드는 갑자기 입을 다물어버린 경비병들을 지나 성안으로 들어갔다. 평소 같으면 한참 활기차고 시끌벅적할 시간인데, 지금은 아무 소리도 들리지 않았다. 이제 곧 저녁 식사 시간이었다. 미들험에서 다양한 직종에 종사하며 살고 있는 주민들은 습관적으로, 혹은 허기를 느끼며 모두 집으로 돌아갔다. 매사냥을 나갔던 리처드 역시 저녁 식사를 하기 위해 돌아왔다. 성안은 평소와 달리 정적이 흐르고 사람들도 보이지 않았다. 말을 끌고 향한 마구간에도 아무도 없었다. 리처드는 말에서 안장을 내리다가 옆 칸에 적갈색 말이 한 마리 있는 것을 알아차렸다. 미들험 소유의 말이 아니었다. 그 말은 무척 피곤한 듯 먹이도 먹지 않은 채, 고개를 힘겹게 무릎에 의지하며 간신히 버티고 서 있었다.

리처드는 타고 온 말의 몸을 깨끗이 닦고 담요로 덮어준 뒤, 건초와 물을 가져다주고 마구간을 나섰다. 저 지쳐 보이는 말은 누가 타고 온 것이며, 이 불가사의한 정적은 무엇 때문인지 궁금했다. 입구에 들어선 리처드는 대형 홀 쪽에서 들리는 목소리에 잠시 발을 멈쳤다. 2층에 있는 처소로 올라가기 전에 그곳으로 가서 무슨 일인지 알아봐야 할 것인지 말 것인지를 고민했다. 리처드가 망설이고 있을 때, 계단 위에서 목소리가 들렸다.

"쉬-잇!"

그가 올려다보니 육촌인 앤•이 난간 위로 고개를 내밀고 있었다. 양옆으로 땋은 긴 머리카락이 초인종 끈처럼 밑으로 드리워졌다.

"리처드! 들었어?"

그녀가 반쯤 속삭이는 소리로 물었다.

"뭔가 잘못됐어? 대체 무슨 일이야?"

그가 물었다.

리처드가 앤이 있는 곳까지 계단을 올라가자 그녀는 그의 손을 잡더니 공부방 쪽으로 끌고 올라가려고 했다.

"무슨 일인데?"

다급하게 잡아끄는 앤에게 저항하듯 몸을 뒤로 젖히면서 그가 다시 물었다.

"대체 무슨 일이야? 여기서 말할 수 없을 정도로 심각한 일인 거야?"

앤은 그를 공부방으로 밀어넣고 문을 닫았다.

"에드워드 오빠 일이야!"

"에드워드 형? 어디 아픈 거야?"

"아니! 스캔들이 났어!"

• **앤 네빌** _ 워릭 백작의 둘째 딸로 후에 리처드 3세와 결혼했다.

"그런 거였구나."

리처드는 안심했다. 에드워드는 항상 스캔들을 일으켰다.

"이번엔 또 뭔데? 새 애인이라도 생긴 거야?"

"그보다 심각한 거야! 훨씬, 훨씬 많이 심각해. 에드워드 오빠 결혼했대."

"결혼? 그랬을 리 없어."

리처드가 말했다. 전혀 믿을 수 없는 일이라 그의 목소리는 도리어 차분했다.

"정말 했대. 한 시간 전에 런던에서 온 소식이야."

"형은 결혼할 수 없어. 왕의 결혼이란 오랜 시간이 걸리는 일이니까. 약혼도 해야 하고, 동의도 구해야 해. 내가 알기로는 의회의 승인도 받아야 하고. 어째서 형이 결혼했다고 생각하는 거지?"

리처드가 반박했다.

이런 엄청난 소식을 알려주었는데도 리처드의 호응이 없자 앤이 더 이상 못 참겠다는 듯 말했다.

"내 생각이 아니야. 가족 모두가 대형 홀에 모여 그 문제로 화를 내고 있으니까."

"앤! 문 앞에서 엿듣기라도 한 거야?"

"어머, 그렇게 도덕군자인 척하지 마. 사실 엿들으려고 했던 것도 아니니까. 지금 저 방에서 새어 나오는 말소리 정도면 강 건너편에서도 들릴걸. 에드워드 오빠가 그레이 부인과 결혼했대!"

"그레이 부인이 누구야? 엘리자베스 우드빌? 그로비의 그레이 부인• 말이야?"

"그래."

"하지만 형이 그랬을 리 없어. 그 여자는 아이가 둘이나 있는데다가 나이도 많잖아."

"그 여자는 에드워드 오빠보다 다섯 살 많고 엄청난 미인이라고 했어. 들은 이야기긴 하지만."

"언제 결혼을 했다는 거야?"

"다섯 달 전에 결혼했다나 봐. 노샘프턴셔에서 몰래 식을 올렸대."

"하지만 나는 형이 프랑스 왕의 여동생이랑 결혼할 거라고 생각했는데."

"우리 아버지도 그렇게 생각하고 계셨어."

앤이 의미심장한 어조로 말했다.

"그래. 그렇다면 이번 일로 형이 곤란해지겠는데. 얘기가 다 된 일이었으니까."

"런던에서 온 소식에 따르면 에드워드 오빠도 화가 많이 났다고 했어. 오빠를 우습게 만드는 건 그뿐만이 아니야. 그 여자한테는 친척들이 잔뜩 있는데, 그 사람들을 전부 싫어한다나 봐."

"에드워드 형은 틀림없이 뭔가에 홀린 게 분명해."

리처드는 영웅을 숭배하는 것처럼 에드워드가 하는 일은 항상 옳다고 생각했다. 뭔가에 홀리지 않고서야 이처럼 어리석고, 부인할 수

• **그레이 부인** _ 엘리자베스 우드빌은 에드워드 4세와 만났을 때 전 남편 존 그레이와 사별한 상태였다.

없고, 변명조차 할 수 없는 바보짓을 저지를 이유가 없었다.

"어머니가 실망이 크실 거야."

그가 말했다. 리처드는 아버지와 에드먼드가 살해당하고 랭커스터 가의 군대가 런던 초입까지 밀어닥쳤을 때 어머니가 보여주었던 용기를 떠올렸다. 어머니는 눈물을 흘리지 않았고, 자기 연민이라는 베일로 자신을 감싸지도 않았다. 그녀는 마치 학교에 보낼 준비를 하는 것처럼 리처드와 조지를 위트레흐트로 보낼 준비를 했다. 다시는 서로 만날 수 없을지도 모르는 상황이었지만 그녀는 침착하게 눈물 한 방울 흘리지 않고 겨울에 해협을 건너가야 할 아들들을 위해 따뜻한 옷들을 준비하느라 분주했다.

그때 어머니는 그 일을 어떻게 견뎌낸 것일까? 지금 이 충격적인 일은 또 어떻게 견뎌낼 것인가? 이번 일은 에드워드의 자멸로 이어질 만한 어리석은 짓이었다. 모든 것이 산산이 부서질지도 모를 바보짓이었다.

"그래. 불쌍한 세실리 이모. 이번에 에드워드 오빠가 너무 엄청난 짓을 저지르는 바람에 사람들이 모두 상처받았어. 너무 바보 같은 짓을 저지른 거야."

앤이 부드럽게 말했다.

하지만 에드워드에게 결점이 있을 리 없었다. 만일 에드워드가 그릇된 행동을 저질렀다면 그건 아프거나, 뭔가에 홀렸거나, 마법에 걸렸기 때문일 것이다. 리처드의 에드워드에 대한 충성심은 여전했다.

진심으로 믿고 따르는 맹목적인 충성심이었다.

이 충성심은 몇 년 뒤, 상대의 생각을 인정하고 받아들이는 어른스러운 충성심으로 바뀌지만 이때의 진심만큼은 그대로 남아 있었다.

그다음 이야기는 세실리 네빌의 시련으로 이어진다. 세실리는 결혼으로 반쯤은 기뻐하고 반쯤은 부끄러워하고 있는 아들 에드워드와 화가 몹시 난 조카 워릭 백작의 사이를 조정해보려고 노력했다. 그다음에는 다른 상냥한 미인들이 실패했던 상대를 손에 넣는 데 성공한 '금빛' 머리카락을 가진 정숙한 불멸의 미녀와 그녀가 레딩 수도원에서 왕비 자리에 오르는 장면 묘사가 길게 이어졌다(워릭 백작은 이 결혼에 내심 반발하고 있었다. 그는 우드빌가의 수많은 사람들이 이제 영국의 왕비가 된 엘리자베스 우드빌을 만나러 오는 것을 예의 주시하고 있었다).

리처드가 이 이야기에 다시 등장하는 건, 동전 한 푼 없는 상태로 린에서 빠져나가야 할 때 마침 항구에 들어온 네덜란드 배와 마주쳤을 때였다. 그 자리에는 리처드와 에드워드, 에드워드의 친구인 헤이스팅스 경과 몇몇 추종자들이 함께 있었다. 그들 모두 몸에 걸치고 있던 옷 이외에는 아무것도 가진 게 없었다. 뱃삯 때문에 잠시 옥신각신하던 선장은 에드워드의 털 달린 망토를 받고 그들을 태워주기로 했다.

마침내 워릭 백작이 우드빌 일가의 득세를 견딜 수가 없게 된 것이다. 사촌인 에드워드가 영국의 왕좌에 오르는 데 결정적인 역할을 했던 그인지라, 에드워드를 다시 왕좌에서 끌어내리는 것도 쉬웠다. 워릭 백작은 그 일을 하기 위해 네빌 일가의 조력을 총동원했으며, 차마 믿기 힘든 이야기지만 조지의 적극적인 지지를 받았다. 워릭 백작의 딸인 이저벨과의 결혼으로 몬터규, 네빌, 보챔프 영지 절반의 상속을 약속받게 되자 조지는 형인 에드워드에게 충성을 바치는 것보다는 워릭 백작의 편에 서는 게 낫다고 판단했다. 백작은 놀랍게도 십일 일 만에 영국을 장악했고, 에드워드와 리처드는 그해 시월 내내 알크마르와 헤이그에 꼼짝없이 숨어 지내야만 했다.

그때부터 리처드는 계속 이야기의 배경으로 등장했다. 브뤼주에서 황량한 겨울을 나는 동안에도, 부르고뉴에서 마거릿과 함께 지내는 동안에도. 리처드와 조지와 함께 베이너드 성에서 아버지가 말을 타고 전쟁터에 나가는 것을 눈물이 그렁그렁한 눈으로 지켜보았던 착한 마거릿은 이제 부르고뉴의 공작 부인이 되어 있었다. 마거릿, 친절한 마거릿은 조지의 이해할 수 없는 배신에 실망하고 슬퍼했다. 앞으로 실망하고 슬퍼할 많은 사람들처럼. 그리고 그녀는 눈앞에 있는 듬직한 남자 형제들을 위해 직접 나서서 자금을 모으기 시작했다.

아무리 페인엘리스의 관심이 잘난 에드워드에게 집중되어 있다 하더라도 마거릿의 돈으로 배를 빌리고 장비를 구하는 실질적인 일을 한 것이 리처드였다는 것을 숨길 수는 없었다. 그때 리처드는 채 열여덟 살도 되지 않았을 때였다. 또한 에드워드가 터무니없이 적은 수의 병사들을 데리고 영국의 초원에서 조지의 군대와 마주쳤을 때, 그쪽 진영으로 찾아가 마거릿에게 약한 조지를 설득해 다시 동맹을 맺고 런던으로 입성할 수 있는 길을 튼 것도 리처드였다.

마지막 일화는 대단한 것이 아니라고 그랜트는 생각했다. 조지는 무슨 말을 했어도 넘어왔을 테니까. 그는 원래 다른 사람의 말에 잘 넘어가는 인물이었다.

006

다음날 아침 11시, 마르타가 보낸 소포가 도착할 때까지 그랜트는 『레이비의 장미』와 그 소설이 주는 금지된 즐거움을 만끽하며 지치지도 않고 책을 읽었다. 소포 안에는 보다 고상한 즐거움을 안겨다 줄 토머스 경의 역사서가 들어 있었다.

값비싼 두꺼운 메모지에 커다랗게 휘갈겨 쓴 마르타의 메모도 들어 있었다.

직접 가져가는 대신 책을 소포로 보내. 눈이 돌아갈 정도로 바빠서 말이야. 어떻게 해야 매들린 마치가 블레싱턴 백작 부인에 대한 희곡을 쓸 것인지 생각중이거든. 토머스 모어의 책은 서점에 없었어.

그래서 도서관을 찾아보기로 했지. 사람들은 어째서 도서관을 이용할 생각을 안 하는 걸까. 아마 책들이 많이 더럽다고 생각하기 때문일 거야. 이 책은 상태도 좋고, 그렇게 더럽지도 않은 것 같아. 십사일이야. 대여 기간이라기보다는 마치 선고받은 날짜처럼 들리지. 그 곱사등이에 관한 관심으로 더이상 쐐기풀로 맞는 것처럼 아프지 않기를 바랄게. 조만간 찾아갈게.

마르타

책은 약간 오래됐는지는 몰라도 상태가 좋았고, 더럽지도 않았다. 하지만 『레이비의 장미』를 보고 난 다음이라 그런지 재미가 없어 보였고, 문장들도 무서울 정도로 딱딱해 보였다. 그래도 그랜트는 흥미를 가지고 책을 펼쳐보았다. 어쨌든 이 책은 리처드 3세에 관해서는 정확한 소식통이었으니까.

한 시간 뒤, 그랜트는 어렴풋하고 이유를 알 수 없는 불쾌한 느낌을 받으며 책장을 덮고 현실로 돌아왔다. 그를 놀라게 한 건 당시 사건들 자체가 아니었다. 그 책에는 기대했던 만큼 아주 많은 일들이 나와 있었다. 하지만 토머스 경에게 기대했던 서술 방식이 아니었다.

그는 밤에도 제대로 쉴 수 없었다. 오랫동안 잠들지 못한 채 생각에 잠겼다. 보는 사람이 피곤할 정도로 그는 잠을 깊게 자지 못하고 선

잠이 들곤 했다. 그렇게 그의 불안한 마음은 끊임없이 이어지는 지긋지긋한 생각들과 자신이 저지른 가장 가증스러운 행위에 관한 또렷한 기억들 때문에 요동치곤 했다.

이 부분은 괜찮았다. 하지만 여기에 토머스 모어는 덧붙였다.

그는 그런 것을 시종들한테까지 비밀로 했다.

그 문장을 보자 갑자기 역겨워졌다. 그 페이지에는 뒷소문들과 시종들이 리처드를 염탐한 내용들이 담겨 있었다. 그랜트는 결국 토머스 경의 독선적인 해설 때문에 자기도 모르게 침대에서 고통스러워하며 잠을 이루지 못하고 있는 인물에게 동정심이 기울었다. 그 살인자가 이 글을 쓴 작가보다 더 위대한 사람인 것처럼 느껴졌다.

이건 뭔가 잘못된 것이다.

마치 어딘가 허점이 있어야 할 이야기를 너무나 완벽하게 진술하는 목격자의 말을 들었을 때처럼 불편한 기분이 들었다.

그리고 그 때문에 더욱 알 수 없어졌다. 사 세기에 걸쳐 정직함으로 존경받고 있는 토머스 모어 같은 위인이 누군가에 대해 틀린 이야기를 썼다는 것이 가능한 일일까?

모어의 책에 나오는 리처드는 수간호사가 말했던 것과 같은 모습이라고 그랜트는 생각했다. 아주 예민하고, 능력이 뛰어나며 엄청난 악행을 저지르면서도 크나큰 고통에 시달리는 인물.

> 그는 절대로 안전하지 않다고 생각했기에 결코 마음이 편안하지 못했다. 그는 불안한 눈빛을 하고 남몰래 방어구를 착용했으며 단검에 손을 올린 채 언제라도 반격할 준비가 되어 있는 것 같은 표정과 태도를 보였다.

사실 그랜트가 학창 시절에 배웠던 희곡의 한 장면은 신경질적이라기보다는 극적이라고 해야 할 것이다. 학생들은 모두 기억하고 있을 것이다. 리처드가 왕위를 요구하기 전에 런던 탑에서 열렸던 자문 회의 장면•을 말이다. 리처드는 갑작스럽게 헤이스팅스를 공격하는 것으로 섭정의 암살을 계획한 자가 어떤 대가를 치르게 될 것인지 알려주고 있었다. 리처드는 에드워드의 왕비인 엘리자베스 우드빌과 에드워드의 정부(제인 쇼어)가 마법으로 자신의 팔을 오그라들게 만들었다는 말도 안 되는 주장을 한 뒤 분노에 떨며 탁자를 내리쳤다. 그것을 신호로 무장한 부하들이 안으로 몰려들어와 헤이스팅스 경과 스탠리 경, 일리 주교인 존 모턴을 체포했다. 그들은 황급히 헤이스팅스 경을 안뜰로 끌고 내려가 옆에 있던 성직자에게 대충 고해성사를 받게 한 뒤 바로 앞에 놓여 있던 통나무 위에서 참수형에 처했다.

이 장면에 등장하는 남자는 분노와 두려움, 복수심 때문에 먼저 일을 저지른 뒤 틀림없이 나중에 후회할 사람으로 보였다.

하지만 이 책에 나오는 리처드는 악행을 좀더 치밀하게 저지를 수 있는 사람으로 보였다. 그는 6월 22일에 세인트 폴 대성당의 십자형 설교대 위에서 시장의 형제인 쇼 박사에게 '서자들이 미끄러지는 것은 뿌리가 없기 때문이다'라는 주제로 설교를 하게 했다. 쇼 박사는 그 설교에서 에드워드와 조지는 요크 공작 부인과 다른 남자 사이의 아이고, 리처드만이 요크 공작 부부의 합법적인 유일한 아들이라고 주장했다.

도저히 믿을 수 없고 터무니없는 내용이었다. 그랜트는 다시 한 번 그 부분을 처음부터 읽어보았다. 하지만 내용은 똑같았다. 리처드는 자신의 이득을 위해 사람들 앞에서 어머니에게 입에 담을 수도 없는 오명을 씌우며 비방했다.

자, 이건 토머스 모어 경이 한 말이다. 이 내용을 알고 있는 사람도 토머스 모어일 것이다. 이야기의 진위를 따진 것도 영국의 대법관인 토머스 모어일 것이다.

토머스 모어 경의 말에 따르면 리처드의 어머니는 그런 아들의 중상모략에 심하게 항의했다고 했다. 그랜트는 정말 그랬을 거라고 생각했다.

쇼 박사는 양심의 가책을 이기지 못했다. 며칠 지나지 않아 그는 부쩍 야윈 몸으로 세상을 떠났다.

• **런던 탑의 자문 회의 장면** _ 셰익스피어의 『리처드 3세』 중 3막 4장.

그랜트는 쇼 박사가 뇌졸중 같은 병에 걸렸을 거라고 생각했다. 별로 놀랄 일도 아니다. 그 자리에 서서 런던 시민들에게 그런 이야기를 하는 건 신경에 굉장한 부담이 되었을 테니까.

토머스 모어 경이 쓴 '런던 탑에 갇힌 왕자들'의 이야기는 아마존이 해준 이야기와 똑같았다. 하지만 토머스 경의 이야기가 좀 더 자세했다. 리처드는 런던 탑의 관리 장관이었던 로버트 브래컨베리 경에게 왕자들이 사라진다면 좋을 거라고 말했지만 브래컨베리 경은 그 일에 가담하지 않았다. 리처드는 대관식을 마친 뒤 잉글랜드 순회에 나섰고 워릭 성에 도착할 때까지 기다렸다. 그곳에서 티럴을 런던으로 보내 그날 밤 런던 탑의 열쇠를 받아놓으라고 지시했다. 그리고 바로 그날 밤 두 악당, 마부와 보초병이었던 다이턴과 포러스트가 명령을 받고 어린 왕자들을 질식시켜 죽였다.

그 순간 점심을 들고 나타난 꼬마가 그랜트에게서 책을 빼앗았다. 그는 접시에 놓여 있는 양고기파이를 포크로 떠서 입에 집어넣으며 다시 한번 피고석에 앉아야 할 남자의 얼굴에 대해 생각했다. 완전히 악마로 변해버린 충실하고 인내심이 많았던 왕의 동생을.

그랜트는 쟁반을 치우러 다시 나타난 꼬마에게 말했다.

"리처드 3세가 아주 인기 많았다는 걸 알고 있어요? 왕위에 오르기 전에요."

꼬마가 그 초상화를 사나운 눈빛으로 쳐다보았다.

"적은 언제나 숨어 있는 법이에요. 다른 사람들한테 사근사근하게 굴었을 거예요, 저런 사람은. 한마디로 붙임성이 좋은 거죠. 그러면서 때를 기다리는 거예요."

무슨 때를 기다렸다는 걸까? 꼬마가 가볍게 발소리를 내며 복도로 나가자 그랜트는 생각에 잠겼다. 리처드는 에드워드가 사십대 초반의 나이에 갑자기 죽을 거라는 것을 전혀 알지 못했다. 심지어 보기 드물게 아주 친밀한 어린 시절을 함께 보냈던 조지가 반란을 일으켜 끝내 지위를 박탈당하고, 조지의 두 자녀도 왕위 계승권을 잃어버리게 될 거라는 것을 예측하지 못했다. 기다릴 것이 없다면 때를 기다린다는 것은 의미가 없을 것이다. 금빛 머리카락을 가진 정숙한 불멸의 미녀는 심각한 족벌주의만 제외하면 존경할 만한 왕비였고, 에드워드와의 사이에 두 어린 왕자들을 비롯해 건강한 아이들을 많이 낳았다. 리처드와 왕위 사이에는 그 아이들은 물론 조지와 조지의 아들, 딸까지 버티고 있었다. 게다가 잉글랜드 북부 지방을 다스리며 스코틀랜드와 전투(빛나는 승리로 끝난)를 치르는 것만으로도 바쁜 남자가 다른 사람들한테 사근사근하게 굴 정도로 시간이 많았을 것 같지 않았다.

무슨 일이 있었기에 그 짧은 시간 안에 사람이 근본부터 변하게 된 것일까?

그랜트는 페인엘리스가 세실리 네빌의 막내아들이 이처럼 유감스러운 변화를 맞이한 것에 대해 어떻게 말하고 있는지 알아보기 위해 『레이비의 장미』를 다시 집어 들었다. 하지만 교활한 작가는 그 문제를 아예 묵살해버렸다. 그녀는 소설이 행복하게 끝나기를 원했고, 그렇게 만들기 위해 예정된 비극을 뒤로 미루었다. 마지막 장에는 에드워드의 장녀인 어린 엘리자베스를 등장시켜 소설의 분위기를 화사하게 만들었다. 엘리자베스의 남동생 두 명의 비극과 리처드가 전투에서 패하고 죽음을 맞이하는 내용은 피했다.

그래서 이 책은 궁전 파티로 끝을 맺고 있었다. 그 속에서는 상기된 얼굴로 행복해 보이는 젊은 엘리자베스가 하얀 새 드레스와 진주 목걸이로 화려하게 꾸미고 동화 속에 나오는 공주들처럼 무도화의 밑창이 닳을 때까지 춤을 추고 있었다. 리처드와 앤은 이 파티를 위해 몸이 허약한 어린 아들과 함께 미들험에서 왔다. 하지만 조지와 이저벨의 모습은 보이지 않았다. 이저벨은 몇 년 전 아이를 낳다가 죽었는데, 조지는 그 죽음에 크게 슬퍼하는 것처럼 보이지 않았다. 조지 역시 죽었는데, 불분명한 사인이 그가 저질렀던 괴팍한 기행과 더해져 그에게 불멸의 명성을 남겨주었다.

한마디로 조지의 인생은 무절제한 정신이 만들어낸 극적인 단면들의 연속이었다. 그럴 때마다 가족들은 이렇게 말했을 것이 분명했다. 이보다 더 심한 것은 이제 없을 거라고. 아무리 조지라 해도 이보다 더 심한 일을 생각해내진 못할 거라고. 그때마다 조지는 가족들의 기대를 뛰어넘었다. 조지의 기행에는 한계가 없었다.

모든 일의 시초는 아마 장인인 워릭 백작의 편에 섰던 때로 돌아가야 할 것 같다. 그때 백작은 사촌인 에드워드를 왕좌에서 끌어

내린 다음 살짝 미친 허수아비 왕 헨리 6세를 다시 왕위에 앉혔다. 그 뒤로 조지가 왕위를 잇고 자신의 딸이 왕비가 되는 것을 보고 싶었던 백작의 소망은 리처드가 랭커스터 가문의 진영으로 찾아와 조지를 설득했던 그날 밤 물거품이 되고 말았다. 하지만 조지에게 권력의 맛은 무척이나 달콤했던 모양이다. 그 뒤에도 몇 년 동안 가족들은 조지가 저지르는 온갖 예상치 못한 엉뚱한 짓이나, 부주의한 행동들의 뒤치다꺼리를 해야 했다.

조지는 이저벨이 죽자 몸종에게 독살당한 것이고 어린 아들 역시 다른 누군가에게 독살당했다고 확신했다. 에드워드는 이 사건들을 런던 법원에서 재판해야 할 만큼 중요한 사건들로 보고 공식 서한을 내려보냈지만, 조지가 그자들을 자기 영지 안에서 즉결 재판으로 교수형에 처한 것을 알게 되었다. 크게 분노한 에드워드는 동생을 야단치고 버릇을 잡기 위해 조지의 부하 두 명을 반역죄로 재판에 회부했다. 하지만 형의 속뜻을 알아차리지 못한 조지는 부당한 재판이라고 단언하고는 계속 대역죄에 해당되는 이야기들을 큰소리로 떠들어댔다.

그런 다음 조지는 유럽에서 가장 부유한 상속녀이자 마거릿의 의붓딸인 부르고뉴의 메리와 결혼하기를 원했다. 친절한 마거릿은 동생이 부르고뉴에서 지내는 것도 괜찮을 거라고 생각했지만 에드워드가 이미 메리를 오스트리아의 막시밀리안과 혼인시키기로 결정한 뒤였다. 조지는 그 일로 또다시 마음이 많이 상했다.

부르고뉴를 손에 넣겠다는 조지의 계획이 무산되자 가족들은 잠시 동안만이라도 아무 일 없이 평화롭기를 원했다. 사실 조지는 이미 네빌가의 영지 절반을 소유하고 있었기에 재산이나 아이 때문에 다시 결혼해야 할 필요가 없었다. 그럼에도 조지는 스코틀랜드의 왕 제임스 3세의 여동생인 마거릿과 결혼할 계획을 다시 세웠다.

마침내 조지는 과대망상을 가지고 외국 왕실들에 도움을 청하는 비밀 협상을 시작했고, 자신이 헨리 6세를 잇는 왕위 계승자라는 랭커스터 의회의 법령까지 발표하고 말았다. 결국 그는 자신에게 그리 우호적이지 않은 다른 의회 앞에 서게 되었다.

그 재판에서는 주로 에드워드와 조지, 두 형제 사이의 격렬한 설전이 눈에 띄었다. 예상대로 사권 박탈은 통과되었지만 사형 집행은 잠시 유예되었다. 조지의 지위를 박탈하는 것은 바람직하고 꼭 필요한 일이었다. 하지만 그를 처형하는 것은 또 다른 문제였다.

며칠이 지나도 처형이 이행되지 않자 하원에서 독촉장이 날아왔다. 그런데 다음날, 클래런스 공작 조지가 런던 탑에서 죽었다는 발표가 났다.

"맘지주酒 통에 빠져 죽었을 거야."

런던에 그런 소문이 퍼지기 시작했다. 런던 사람들이 주정뱅이에게 하던 농담이 역사에 남게 되면서 그럴 자격이 없는 조지에게 불멸의 명성이 남았다.

그래서 조지는 웨스트민스터에서 열린 파티에 없었다. 그리고 페인엘리스는 이 책의 마지막 장에서 세실리 네빌을 그런 아들들을 두었던 어머니로서보다 좋은 혈통을 물려준 할머니라는 것을 강조하고 있었다. 조지는 우애를 낙엽 더미처럼 바닥에 떨어뜨린 채 신임을 잃고 죽어갔지만 새로운 워릭 백작이었던 그의 아들은 착하고 정직한 소년이었고 열 살 먹은 딸 마거릿은 벌써부터 네빌가의 전통적인 아름다움을 이어받았음을 보여주고 있었다. 열일곱 살에 전쟁터에서 죽은 에드먼드가 젊은 목숨을 멋대로 낭비한 것 같았지만 세실리가 보기에 제대로 자라지 못할 것 같던 리처드가 훌륭하게 성장하여 균형을 맞추었다. 그리고 리처드는 아들을 낳았다. 이십 대가 된 리처드는 여전히 다른 형제들과 어울리는 외모는 아니어도 잡초 뿌리처럼 튼튼했다. 그의 허약해 보이는 아들도 성장하면서 점점 더 튼튼해질 것이다. 에드워드, 금발에 훤칠했던 에드워드의 아름다움은 비대해짐과 동시에 사라졌고, 나태해지면서 성격은 더욱 순해졌지만, 어린 두 아들과 다섯 명의 딸들은 선조들의 성격과 훌륭한 외모를 고스란히 물려받았다.

세실리 네빌은 할머니의 입장에서 아이들을 보면서 자부심을 느꼈고 영국 왕실의 모후라는 입장에서는 아이들을 보며 확신을 가졌다. 왕위는 앞으로도 대대손손 요크 가문 안에서 이어질 것이라는 것을.

만일 그 파티에 앞날을 볼 수 있는 누가 있어서 세실리 네빌에게 앞으로 사 년 이내에 요크 가문만이 아니라 플랜태저넷 왕가 전체가 영원히 사라지게 될 거라는 것을 말해주었다면 그녀는 그 말을 해준 사람을 미친 사람이나, 반역자로 받아들였을 것이다.

한편 페인엘리스는 앞으로 일어날 일의 원인이 네빌가와 결합한 플랜태저넷 왕가의 지배 속에 득세한 우드빌 일가라는 것을 그냥 넘어가지 않았다.

그녀는 방안을 둘러보면서 며느리인 엘리자베스가 조금 덜 관대했거나, 친척들의 숫자가 적었으면 좋았을 거라고 생각했다. 우드빌과의 결혼은 바라던 것보다 훨씬 더 행복한 결과를 가져왔다. 엘리자베스는 바랄 나위 없는 좋은 아내였다. 하지만 부부 사이에 태어난 왕자들에게 좋은 어머니는 아니었다. 엘리자베스의 오빠, 벼락출세한 것을 약간은 과시하고 싶어 하고 조금씩 야망을 드러내기 시작했던 리버스 백작은 러들로에서 공부하는 왕자들이 보기에는 교양인이자 존경할 만한 인물이었다. 백작이야 부득이하게 왕자들의 훈육을 맡았다지만, 그 외 다른 사람들, 엘리자베스의 네 명의 형제들과 일곱 명의 자매들, 그리고 전남편과의 사이에 낳은 아들 두 명에 그들 각각의 배우자들까지 합치면 수가 지나치게 많았다.

세실리는 아이들이 눈 가리기 놀이를 하는 것을 웃으며 쳐다보다가 저녁 식사 테이블을 빙 둘러싸고 서 있는 어른들 쪽을 쳐다보았다. 앤 우드빌은 에식스 백작의 후계자와 결혼했다. 엘리너 우드빌은 켄트 백작의 후계자와 결혼했다. 마거릿 우드빌은 어런들 백작의 후계자와 결혼했다. 캐서린 우드빌은 버킹엄 공작과 결혼했다. 자케트 우드빌은 스트레인지 경과 결혼했고, 메리 우드빌은 허버트 경의 후계자와 결혼했다. 그리고 존 우드빌은 부끄러운 줄도 모르고 나이가 자기 할머니뻘인 노퍽 가문의 미망인과 결혼했다. 오래된 가문에 새로운 피가 더해지는 것은 좋은 일이다. 물론 항상 새로운 피가 스며들어오긴 하지만. 그러나 특별한 하나의 원천에서 갑자기 홍수처럼 흘러들어오는 것은 좋지 않다. 한 나라의 정치적 혈맥에 열병처럼 번질 수도 있기 때문이다. 이질적인 유입은 받아들이기 어렵다. 무분별한 유입은 후회할 일이 될 수도 있다.

그렇지만 오랜 시간에 걸쳐 진행되다 보면 그런 유입도 받아들여질 수 있다. 이처럼 갑작스럽게 몰려온 새로운 힘은 그대로 사라질 수도 있고, 펼쳐질 수도 있고, 정착할 수도 있으며, 위기와 소동이 벌어지는 것을 막을 수도 있다. 에드워드는 온화했으며 상황 판단이 빨랐다. 그는 거의 이십 년 동안 나라를 평온하게 이끌어갔다. 정말 게으르고 여자를 좋아함에도 불구하고 에드워드보다 수월하게, 자기 마음대로 영국을 다스린 사람은 이제껏 아무도 없었다.

결국 모든 일이 잘될 것이다.

세실리 네빌은 자리에서 일어나 당과를 먹으며 이야기를 나누고 있는 사람들 틈에 합류했다. 그녀가 이렇게 냉정하게 비판적인 생각을 하고 있었다는 것을 그들은 전혀 알지 못할 것이다. 눈 가리기 놀이를 하던 엘리자베스가 환하게 웃는 얼굴로 숨차게 달려와 세실리 옆에 앉았다.

“이제 이런 놀이를 하기에는 나이가 너무 많이 들었나 봐요.”

엘리자베스가 숨을 가쁘게 몰아쉬며 말했다.

“옷도 망가지고요. 제 드레스 어때요, 할마마마? 이 옷을 얻으려고 아바마마한테 얼마나 매달렸다고요. 아바마마는 제게 그냥 낡은 황갈색 공단 드레스를 입으라고 했거든요. 부르고뉴에서 마거릿 고모님이 오셨을 때 제가 입었던 드레스요. 여자들이 무슨 옷을 입고 있는지 알고 있는 아버지는 정말 최악이에요. 아바마마는 여자들의 옷에 대해 너무 많이 알고 있어요. 프랑스 황태자가 절 거절했다는 이야기 들으셨어요? 아바마마는 언짢아하지만, 전 좋아요. 세인트 캐서린 성당에 가서 촛불 열 개를 밝히고 빌었어요. 용돈을 전부 다 털어서 말이에요. 전 영국을 떠나고 싶지 않아요. 앞으로도 떠나지 않았으면 좋겠어요. 그렇게 되도록 할마마마가 도와주시면 안 돼요?”

세실리는 미소를 지으며 그렇게 하겠다고 대답했다.

“앞날을 본다는 앙카레트 노파 말로는 제가 왕비가 될 거라고 했어요. 하지만 저와 결혼할 왕자가 없는데 어떻게 그럴 수 있을지 모르겠어요.”

엘리자베스가 잠시 말을 멈췄다가 작은 목소리로 덧붙였다.

“그 노파는 영국 왕비라고 말했어요. 하지만 아무래도 그 노파가 잠깐 취해서 그런 소리를 한 것 같아요. 향료를 탄 포도주를 좋아하거든요.”

이건 비예술적이라고 할 순 없지만 공정하진 않았다. 페인엘리스는 작가로서 이 장면과 엘리자베스의 결혼 사이에 놓여 있는 불쾌한 사건들과 마주할 준비가 되어 있지 않다는 것처럼, 이런 식으로 엘리자베스가 장차 헨리 7세의 아내가 될 거라는 것을 암시했다. 그녀의 작품을 읽는 독자들이 엘리자베스가 튜더가의 첫 번째 왕과 결혼한다는 것을 알고 있다고 전제한다면 그녀의 동생들이 살해당한다는 것 또한 알고 있다고 가정해야 할 것이다. 그래서 페인엘리스가 소설의 마지막으로 고른 파티 장면에는 그런 어두운 그림자가 드리워져 있었다.

하지만 그랜트가 읽어본 바로는 페인엘리스가 전반적으로 아주 좋은 소설을 썼다는 생각이 들었다. 어쩌면 소설에서 건너뛰었던 부분들을 언젠가 읽게 될지도 모르겠다.

그랜트는 밤이 되자 침대 옆에 놓여 있는 램프 불을 끄고 잠을 청했다. 반쯤 잠이 들었을 때 마음속에서 누군가의 목소리가 들렸다.

'하지만 토머스 모어는 헨리 8세였다.'

그는 그 말에 완전히 잠이 깼다. 그랜트는 다시 램프 불을 켰다.

그 목소리가 한 말은 당연히 토머스 모어와 헨리 8세가 같은 인물이라는 뜻이 아니라 치세별로 분류를 했을 때 토머스 모어는 헨리 8세의 치세 기간에 속해 있다는 의미였다.

그랜트는 램프 불빛이 희미하게 드리워진 천장을 올려다보며 계산해보았다. 토머스 모어가 헨리 8세의 대법관이었다면 틀림없이 리처드 3세 시대뿐만 아니라 헨리 7세 시대에도 살았을 것이다. 어딘가에서 뭔가가 잘못되었다.

그랜트는 모어가 쓴 『리처드 3세전』을 집어 들었다. 읽지 않고 넘어간 서문에 모어의 생애가 짧게 나와 있었다. 그제야 그는 모어가 어떻게 리처드 3세에 관한 역사학자이면서 헨리 8세의 대법관을 할 수 있었는지를 알게 되었다. 리처드가 왕위에 올랐을 때 모어는 몇 살이었을까?

여섯 살이었다.

런던 탑에서 극적인 회합이 벌어지고 있을 때 토머스 모어는 여섯 살이었다. 리처드가 보즈워스 전투에서 죽었을 때 토머스 모어는 겨우 여덟 살이었다.

이 책에 실려 있는 모든 역사가 소문이었던 것이다.

경찰이 다른 무엇보다 싫어하는 것이 바로 소문이다. 특히 소문이 증거로 채택되었을 경우에는 더했다.

그랜트는 너무 화가 나서 바닥에 귀중한 책을 던져버렸다. 그러다가 도서관 책은 두 주일 동안만 가지고 있을 수 있다는 사실을 떠올렸다.

모어는 리처드 3세에 대해 전혀 알지 못했다. 그는 튜더 왕가의 지배를 받으며 성장했다. 리처드 3세라는 주제에 관한 한 이 책은 역사학계의 관점에서 보면 성서나 마찬가지였다. 모어의 책에 나온 이야기를 바탕으로 홀린셰드는 연대기를 썼고, 셰익스피어는 희곡을 썼다. 그중 모어만 자신이 쓴 이야기를 사실이라고 믿고 있었는데, 그 이야기는 스파이가 하는 이야기보다도 가치가 없었다. 그랜트의 사촌인 로라는 그런 것을 스파이의 전보에 실려 있던 '장화 위에 쌓인 눈'이나 다름없다고 말했다. 절대적 진실이라던 일들이 사실은 글을 쓴 사람이 본 것이 아니라, 다른 사람이 보았다는 것을 듣고 쓴 것이었다. 모어가 비판 정신과 훌륭한 도덕성을 가지고 있다고 해서 모어의 이야기를 증거로 받아들일 수는 없다. 다른 훌륭한 사람들 중에도 러시아 군대가 영국을 지나갈 거라는 스파이의 전보 내용을 그대로 믿은 사람들이 많았다. 그랜트는 오랫동안 사람들을 상대하면서 다른 사람이 보았다거나 다른 사람에게 들었던 기억이 난다고 하는 말들은 진실로 받아들이지 않게 되었다.

그랜트는 화가 났다.

그는 리처드의 짧은 치세 기간에 관한 당대의 기록을 처음으로 보게 될 거라 기대하고 있었다. 도서관은 토머스 모어 경의 책을 이 주일 뒤가 아니라 바로 내일 돌려받을 것이다. 토머스 경이 순교자이며 위인이라고 해도 리처드와 관련한 부분에서만큼은 앨런 그랜트에게 아무 영향도 줄 수 없었다. 앨런 그랜트는 위인이라는 사람들도 얼굴이 화끈거릴 정도로 말이 안 되는 이야기들을 무비판적으로 믿는 경우가 많다는 것을 예전부터 잘 알고 있었다. 그랜트는 플리머스 뒷골목에서 엉터리 얘기를 들은 뒤, 버터 싸는 천 조각 하나만 보고 누군지도 모를 여자를 자기 고모할머니 소피아라고 믿었던 위대한 과학자를 알고 있었다. 또 인간의 정신과 그 진화를 연구하는 분야에서 대단한 권위를 가진 사람이 경찰에 알리지 않고 스스로 판단하는 바람에 불한당에게 재산을 모두 빼앗긴 일도 알고 있었다. 앨런 그랜트가 아는 한 위대한 지성을 가지고 있다는 사람들만큼 무비판적이고 어리석은 사람들이 또 없었다. 이제 토머스 모어는 지워버리고, 잊어버리고, 날려버려야 했다. 앨런 그랜트는 내일 아침 다시 백지에서 시작할 것이다.

그랜트는 머리끝까지 화가 난 채 잠이 들었고, 잠에서 깬 뒤에도 화가 가라앉지 않았다.

"토머스 모어 경은 리처드 3세에 대해 아무것도 모른다는 것을 압니까?"

그랜트는 커다란 몸집의 아마존이 병실에 들어오자 비난하듯 물었다.

그녀는 그랜트가 말한 내용 때문이 아니라 화를 내고 있다는 사실에 깜짝 놀란 것처럼 보였다. 한마디만 더 심한 소리를 들으면 아마존의 눈에서는 금세라도 눈물이 떨어져 내릴 것처럼 보였다.

"하지만 모어 경은 잘 알고 있었어요! 그 시대에 살았으니까."

아마존이 반박했다.

"모어 경은 리처드 3세가 죽었을 때 여덟 살이었어요. 그러니 그 사람이 알고 있는 내용은 전부 들은 이야기죠, 나처럼. 당신처럼. 기억력이 좋았던 배우 윌 로저스처럼 말입니다. 토머스 모어 경이 쓴 리처드 3세에 대한 역사는 존경할 만한 부분이 하나도 없어요. 전부 소문을 듣고 쓴 엉터리니까."

그랜트가 가차없이 말했다.

"오늘 아침에 몸 상태가 좋지 않으세요? 열이 나는 것 같아요?"

아마존이 걱정스럽다는 듯 물었다.

"열이 나는지는 모르겠어요. 하지만 혈압은 오른 것 같네요."

"오, 이런, 이런. 지금까지는 아주 좋았는데. 잉엄 간호사가 걱정할 거예요. 그랜트 씨가 빨리 회복되고 있다고 자랑하고 다녔거든요."

그녀가 곧이곧대로 듣고 말했다.

꼬마가 그랜트에 대해 자랑하고 다닌다는 새로운 사실을 알게 됐지만 그리 만족스럽지 않았다. 열이 나는 방법을 알고 있다면 꼬마를 실망시키기 위해 열이라도 내고 싶은 기분이었다.

하지만 아침에 마르타가 찾아오자 그랜트는 정신력으로 열이 오르게 해보려던 실험은 그만 잊어버리고 말았다.

꼬마가 그랜트의 몸이 건강해지고 있는 것이 자기 덕분이라고 자랑했다면, 마르타는 그가 정신적으로 활기를 되찾은 것이 자기 덕분이라고 자랑할 쪽이기 때문이다. 그녀는 제임스와 함께 초상화 상점에서 고른 그림들이 효과가 있었다는 사실에 기뻐하고 있었다.

"이제 퍼킨 워벡을 살펴보기로 결정한 거야?"

마르타가 물었다.

"아니. 워벡은 아니야. 그보다 먼저 말해봐. 나한테 리처드 3세의 그림을 가져다준 이유가 뭐야? 리처드에 관해서는 미스터리랄 게 없잖아?"

"없지. 난 워벡 사건 때문에 이 그림을 가져온 거라고 생각했는데. 아니다, 잠깐만 기다려봐. 기억났어. 제임스가 초상화를 들어 올리면서 이렇게 말했어.

'형사님이 관상에 빠져 계시다면 이 그림이 좋겠어요! 역사상 가장 악명 높은 살인자지만, 이 사람의 얼굴은 제가 보기엔 성인聖人의 얼굴이거든요.'"

"성인의 얼굴이라고!"

그랜트가 말했다. 순간 뭔가가 떠올랐다.

"'지나치게 양심적'이지."

"뭐라고?"

"아무것도 아니야. 그냥 이 초상화에 대한 첫인상이 떠올랐어. 당신이 보기엔 어때. 성인처럼 보여?"

마르타는 책 더미에 세워놓은 초상화를 보았다.

"역광이라 잘 안 보이네."

그녀는 그렇게 말하고는 그림을 들어올려 가까이에서 들여다보았다.

그랜트는 순간 윌리엄스 경사처럼 마르타 역시 다른 사람의 얼굴을 들여다보는 데 전문가라는 것을 깨달았다. 윌리엄스만큼이나 마르타 역시 눈썹의 비스듬한 각도나 입매를 보면서 상대방의 특징을 찾아낼 수 있었다. 더군다나 그녀는 맡은 배역에 어울리게 온갖 표정들을 만들어내곤 했다.

"잉엄 간호사는 리처드가 음침해 보이고 소름 끼친다고 했어. 담당 의사는 소아마비 환자처럼 보인다고 하더군. 윌리엄스 경사는 판사처럼 생겼다고 했고. 수간호사는 고통스러운 영혼을 가지고 있는 사람 같다고 했지."

마르타는 잠시 아무 말도 하지 않았다. 그런 다음 말했다.

"묘하네. 이 그림을 처음 봤을 때는 비열하고 의심스러워 보이는 얼굴이라고 생각했어. 심지어 심술궂어 보인다고도 생각했지. 그런데 한참 더 쳐다보니 전혀 그렇게 보이지 않아. 아주 차분하고 온화한 인상이야. 아무래도 제임스가 말했던 성인의 의미가 이런 건가 봐."

"아니, 아니야. 난 그렇게 생각하지 않아. 그 사람이 그런 말을 한 건 지나치게 양심적이었다는 뜻일 거야."

"뭐라고 하든 간에 이건 사람 얼굴이야! 보고, 숨쉬고, 먹는 기관들을 단순히 모아놓은 것이 아니란 말이야. 뿐만 아니라 아주 근사한 얼굴이지. 약간만 고치면 위대한 로렌초 데메디치의 초상화처럼 보일지도 몰라."

"이 초상화 속 인물은 로렌초인데 우리 모두가 엉뚱한 사람으로 잘못 알고 있었던 건 아니겠지?"

"물론 아니지. 왜 그렇게 생각하는 건데?"

"역사적인 사실들과 어울리지 않는 얼굴이니까. 그리고 애초에 그림들이 뒤섞여 있었잖아."

"그래. 그렇긴 하지. 하지만 이 그림은 리처드 3세가 맞아. 원본, 그러니까 원본으로 추정되는 그림이 윈저 궁에 있으니까. 제임스가 말해줬어. 그 그림은 헨리 8세의 재산 목록에 포함되어 사백 년 전부터 거기 있었대. 그리고 햇필드와 앨버리에 있는 건 복제화야."

"리처드 3세가 맞단 말이지. 난 얼굴에 대해 아무것도 몰랐던 건가 봐. 혹시 영국 박물관에 아는 사람 있어?"

그랜트가 체념한 듯 말했다.

"영국 박물관?"

마르타는 여전히 초상화에 관심을 기울이고 있었다.

"아니. 모르겠어. 당장은 생각 안 나. 예전에 클레오파트라 역을 했을 때 제프리와 함께 이집트 보석 전시관에 갔던 적이 있었어. 제프리가 안토니우스 역을 하는 걸 본 적 있어? 더할 나위 없이 우아했었지……. 어쨌든 그곳은 좀 무서웠어. 마치 시간을 압축해 쌓아 놓은 것 같았거든. 당신이 별을 보고 느끼는 것과 비슷한 느낌일 거야. 내가 아주 작고 하찮은 것 같은 느낌. 그런데 영국 박물관은 왜?"

"리처드 3세 시절에 관해 쓰인 역사책에 대한 정보가 필요해서.

당대 사람이 쓴 것으로 말이야."

"토머스 경의 책이 별로였나 보네?"

"토머스 경의 책에는 소문들만 적혀 있었어."

그랜트가 불쾌한 듯 말했다. 그는 모어가 지나칠 정도로 존경받는 것이 싫었다.

"아, 그렇다면 도서관에 있던 친절한 남자가 토머스 경을 지나치게 존경하는 모양이네. 리처드 3세에 관해서는 토머스 모어 경의 책이 절대 진리라고 하던데."

그랜트는 퉁명스레 대꾸했다.

"진리는 무슨. 그 사람은 튜더 왕조 때 다른 사람들에게 플랜태저넷 왕가에서 있었던 사건들에 대해 전해 들은 내용으로 책을 쓴 거야. 실제로 사건들이 일어났을 때 토머스 모어는 여섯 살이었으니까."

"여섯 살이었다고?"

"그래."

"정확한 소식통이라고 할 순 없겠네."

"심지어 방향부터 똑바르지가 않아. 솔직히 책에서 주는 정보만큼은 믿을 수 있어야 하잖아. 그런데 토머스 모어는 믿을 수 있는 정보 제공과는 아예 반대 방향의 철로 위에 서 있었어. 튜더가를 위해 일했다고 하더라도, 리처드 3세에 관해 쓰려면 적어도 나란히는 서 있었어야지."

"그래. 나도 그렇게 생각해. 그런데 조사해야 할 미스터리도 없는데 당신은 리처드 3세에 관해 뭘 찾고 있는 거야?"

"난 이 남자를 움직이게 한 것이 무엇인지 알고 싶어. 이건 최근 내가 마주했던 어떤 일보다도 심오한 미스터리야. 그가 하루아침에 돌변한 이유는 대체 무엇일까? 형이 죽는 순간까지 리처드는 완전히 존경받는 인물이었어. 또 형에게도 헌신적이었고."

"항상 최고의 자리에 오르고 싶다는 욕망이 있었을 거야."

"리처드는 어린 왕세자가 성년이 될 때까지 섭정을 맡았어. 영국의 보호자였지. 그때까지 리처드의 이력을 생각해본다면 그 정도로도 충분했을 거야. 에드워드의 두 아들과 왕국의 보호자라는 지위에 만족했을 거란 말이지."

"어쩌면 그 꼬맹이를 도저히 참기 힘들었을지도 몰라. 리처드는 왕자에게 본때를 보여주고 싶었을 수도 있어. 희생자들에게는 아무 죄도 없을 거라고 생각하는 건 이상하지 않아? 성경에 나오는 요셉처럼 말이야. 난 실제로 리처드가 어린 조카를 상대하는 것을 힘들어하다가, 오래전부터 구덩이에 밀어넣을 준비를 하고 있었을 거라고 생각해. 어쩌면 어린 에드워드 왕세자가 그냥 왕위에서 조용히 물러나게 해달라고 빌었을지도 몰라."

"왕자들은 두 명이었어."

그랜트가 마르타에게 알려주었다.

"그래, 그랬지. 쓸데없는 말을 했네. 어쨌든 그건 너무나도 야만

적인 짓이었어. 불쌍한 어린 양들 같으니라고. 앗!"

"'앗'은 또 뭐야?"

"갑자기 생각나는 게 있어서. 어린 양이라는 말을 하다 보니 떠오르네."

"뭔데?"

"아니야. 확실해지기 전까지는 당신한테 말하지 않을 거야. 그만 가봐야겠어."

"그 매력적인 매들린 마치가 당신한테 희곡을 써주겠대?"

"글쎄, 아직 계약서에 서명을 하진 않았지만 생각은 있는 것 같아. 잘 있어. 조만간 다시 찾아올게."

마르타는 얼굴이 달아오른 아마존 옆을 지나쳐 병실 밖으로 나갔다. 그랜트는 다음날 저녁, 진짜 어린 양이 병실 앞에 나타나기 전까지 어린 양에 대해 완전히 잊고 있었다. 그 양은 뿔테 안경을 쓰고 있었는데 희한하게도 안경 때문에 훨씬 더 양과 닮은 것처럼 보였다. 그랜트는 막 졸음이 몰려오기 시작한 참이었다. 그보다 더 평온할 수 없는 상태였다. 수간호사가 말한 대로 역사는 올바른 시각을 가지게 해주는 특별한 방법이었다. 그랜트는 병실 문을 두드리는 소리가 너무 작아서 잘못 들은 거라고 생각했다. 병실 문을 두드리는 소리가 이렇게 작게 들리는 경우는 없었다. 하지만 어쩐지 대답을 해야 할 것 같았다.

"들어오세요!"

그러자 문이 열리고, 틀림없이 마르타가 말한 어린 양이 분명한 사람의 모습이 보이자마자 그랜트는 하마터면 웃음을 터뜨릴 뻔했다.

젊은이는 가늘고 긴 집게손가락으로 안경테를 밀어 올리며 수줍은 듯 어색한 미소를 짓고 있었다. 그가 목소리를 가다듬은 뒤 말했다.

"그랜트 씨? 전 캐러딘이라고 합니다. 브렌트 캐러딘요. 쉬고 계시는데 방해한 건 아닌지 모르겠네요."

"아닙니다. 괜찮아요. 들어오세요, 캐러딘 씨. 만나서 반갑습니다."

"마르타, 그러니까 핼러드 양이 가보라고 해서 왔습니다. 제가 도와드릴 일이 있다고 하던데요."

"마르타가 그렇게 말했습니까? 앉으세요. 문 뒤에 의자가 있을 겁니다. 이리 가져와서 앉으세요."

캐러딘은 키가 컸다. 모자를 쓰지 않아 넓은 이마와 부드러운 금발의 곱슬머리가 그대로 드러났다. 그리고 지나치게 커 보이는 트위드 코트를 허리를 묶지 않고 미국식으로 헐렁하게 늘어뜨리고 있었다. 그는 진짜 미국인인 것처럼 보였다. 캐러딘은 의자를 가져오더니 코트를 왕의 망토처럼 펼치며 자리에 앉았다. 그리고 뿔테 안경으로도 가려지지 않는 반짝거리는 선한 갈색 눈동자로 그랜트를 쳐다보았다.

"마르타, 그러니까 핼러드 양의 말로는 그랜트 씨가 뭔가 찾고 있다고 하던데요."

"당신이 찾아줄 수 있습니까?"

"전 여기 런던에서 연구를 하고 있습니다. 사료 조사죠. 핼러드 양 말로는 그랜트 씨가 찾는 것도 그쪽 계통이라고 하더군요. 핼러드 양은 제가 오전에 대부분 영국 박물관에서 일을 하고 있다는 것을 알고 있거든요. 제가 도움이 된다면 기쁠 겁니다, 그랜트 씨."

"정말 친절하시군요. 진짜 친절하세요. 그런데 무엇을 하고 계셨습니까? 그러니까 당신이 하고 있다는 연구 말입니다."

"농민반란요."

"아, 리처드 2세 때 일이군요."

"네."

"사회현상에 관심 있습니까?"

그러자 갑자기 젊은이가 학생답지 않게 싱긋 웃으며 대답했다.

"아뇨. 영국에 머무는 일에 관심이 있습니다."

"연구를 하지 않으면 영국에 머무를 수 없나 보죠?"

"쉽지는 않죠. 제겐 구실이 필요합니다. 아버지는 제가 가업을 이어야 한다고 생각하시거든요. 가구업, 그러니까 가구 판매 일이죠. 우편 주문도 가능합니다. 제품 목록을 보고서요. 제 말을 오해하진 말아주세요, 그랜트 씨. 아주 좋은 가구랍니다. 정말 튼튼하죠. 다만 제가 관심이 없을 뿐입니다."

"그렇다면 극지 탐험을 제외하고, 영국 박물관이 당신이 생각하는 가장 좋은 은신처였던 모양이네요."

"일단 따뜻하니까요. 그리고 전 정말 역사가 좋습니다. 전공도 그쪽이에요. 그랜트 씨, 혹시 궁금하게 여기실지 모르니 말씀드릴게요. 전 애틀랜타 셔골드를 따라 영국에 왔습니다. 마르타, 그러니까 핼러드 양의 연극에 나오는 머리 나쁜 미인이죠. 제 말은 애틀랜타가 머리 나쁜 미인 역을 맡았다는 말입니다. 정말 머리가 나쁜 건 아니에요."

"물론이죠. 게다가 아주 재능이 많은 젊은 여배우 아닙니까."

"그녀를 본 적이 있으세요?"

"런던에 있는 사람들 중에 그녀를 보지 못한 사람은 거의 없을 텐데요."

"네, 그럴 겁니다. 공연이 계속되고 있으니까요. 우리, 그러니까 애틀랜타와 저는 공연이 몇 주일이면 끝날 거라고 생각했어요. 그래서 작별 인사를 나눌 때 '다음달 초에 만나!'라고 했었죠. 하지만 공연이 무기한으로 연장되자 제가 영국에 와야 할 구실을 만들어야 했어요."

"애틀랜타만으로는 이유가 안 됩니까?"

"아버지한테는 안 되죠! 가족들이 모두 애틀랜타를 못마땅하게 여기는데, 그중에서도 아버지가 제일 심해요. 아버지는 그녀에 대해 말할 때마다 '네가 아는 젊은 여배우'라고 부르실 정도니까요.

아버지는 캐러딘 3세인데, 애틀랜타의 아버지는 셔골드 1세시거든요. 그분은 메인 스트리트에서 작은 식품점을 운영하고 계세요. 아주 착한, 말하자면 세상의 소금 같은 분이죠. 애틀랜타는 당연히 미국으로 돌아가고 싶어 하지 않아요. 제 말은 무대 때문에 그렇다는 거예요. 이번에 맡은 역할로 처음으로 크게 성공했거든요. 저도 애틀랜타가 계약을 깨고 미국으로 돌아가는 것을 원하지 않고요. 사실 그녀를 데리고 집에 가려면 가족들과 엄청 싸워야 할 거예요. 애틀랜타조차도 우리 가족이 자기를 절대로 받아들이지 않을 거라고 말할 정도니까요."

"그래서 여기서 연구를 시작했다는 말이군요."

"런던에서만 할 수 있는 일이 뭐가 있을지 생각해봤어요. 그래서 대학에서 연구를 시작했죠. 영국 박물관에서 일하는 건 정말 좋아요. 아버지에게 제가 정말로 일하고 있다는 것을 보여주는 동시에 저도 즐거우니까요."

"그렇군요. 내가 본 중에 제일 좋은 구실입니다. 그런데 어째서 농민반란을 연구하는 거죠?"

"아주 흥미로운 시대잖아요. 그리고 제가 이 연구를 하면 아버지가 좋아하실 거라고 생각했어요."

"아버님이 사회 개혁에 관심이 있으신가 보죠?"

"그런 건 아닌데 왕을 싫어하세요."

"캐러딘 3세께서?"

"네. 정말 웃기죠. 안 그래요? 전 아버지가 대여 금고 중 한 곳에 왕관을 가지고 있다고 해도 이상할 것이 없다고 생각해요. 가끔씩 그 왕관을 가지고 나가 슬그머니 그랜드 센트럴 역의 남자 화장실에 들어가서 왕관을 써보고 있을지도 모르죠. 저 때문에 피곤하신 건 아닌지 걱정이네요, 그랜트 씨. 제 이야기만 떠들어댔으니. 이렇게 하려고 찾아온 건 아니었어요. 제가 온 건……."

"무슨 일 때문에 왔든 당신은 하늘이 보내준 선물입니다. 그러니 바쁘지 않다면 천천히 이야기해요."

"전혀 바쁘지 않아요."

그는 꼬았던 다리를 풀더니 다리를 앞으로 쭉 내밀며 대답했다. 긴 다리를 길이대로 뻗자 발끝이 침대 옆 탁자에 닿았다. 책 더미에 불안정하게 기대서 있던 리처드 3세의 초상화가 흔들리더니 그대로 바닥에 떨어져버렸다.

"이런, 죄송합니다! 제가 부주의했어요. 아직도 제 다리 길이에 익숙하지가 않아서요. 남자는 스물두 살은 돼야 성장이 끝나는 것 같아요. 안 그런가요?"

캐러딘은 초상화를 집어 들더니 소매로 조심스럽게 먼지를 털어냈다. 그런 다음 초상화를 흥미롭게 쳐다보았다.

"리처드 3세. 영국의 국왕."

그가 큰 소리로 읽자 그랜트가 말했다.

"초상화의 배경에 글씨가 씌어 있다는 것을 알아차린 건 당신이 처음입니다."

"이 글씨는 그림을 아주 자세히 들여다봐야 보일 거예요. 이제껏 제가 만났던 사람들 중에 왕의 초상화를 세워놓은 건 그랜트 씨가 처음이에요."

"잘생기진 않았죠."

"잘 모르겠어요. 얼굴만 놓고 보면 그렇게 못생기진 않았어요. 대학에 이 그림과 꼭 닮은 교수님이 있어요. 그분은 인생관이 좀 삐딱해서 창연과 우유를 많이 드세요. 하지만 정말 친절하신 분이랍니다. 그러니까 그랜트 씨는 리처드 3세에 관한 정보를 찾고 계시는 건가요?"

"네. 아주 어렵거나 전문적인 내용까지는 필요 없고 그저 당대에 어떤 영향력을 행사했는지 알고 싶습니다."

"그건 어렵지 않을 것 같은데요. 제 시대에서 그리 멀지도 않고요. 제가 연구하고 있는 시대 말이에요. 더군다나 리처드 2세 시대의 권위자인 커스버트 올리펀트 경은 리처드 3세 시대까지 섭렵하고 계시죠. 올리펀트 경의 저서를 읽어보셨나요?"

그랜트는 역사 교재들과 토머스 모어 경의 책밖에 읽지 못했다고 대답했다.

"모어? 헨리 8세 때 대법관 말인가요?"

"그래요."

"그 책은 자기들한테 유리하게 썼을 것 같은데!"

"정당 선전물을 읽는 기분이더군요."

그랜트가 말했다. 그리고 처음으로 입안에 남아 있는 뒷맛을 깨달았다. 정치인의 보고서가 아니라 정당 선전물로 봤어야 했다.

아니, 칼럼을 읽는 것처럼 읽었어야 했다. 그것도 저질 정보나 알려주는 칼럼으로.

"리처드 3세에 대해 알고 있는 게 있습니까?"

"조카들을 질식시켜 죽였다는 것과 말 한 마리에 나라를 내주려고 했다는 것 정도요. 그리고 리처드 3세에게는 고양이와 쥐로 알려진 두 명의 끄나풀이 있었죠."

"뭐라고요!"

"'고양이, 쥐, 우리 개 러벨, 멧돼지 밑에서 영국을 다스리네.'• 아시죠?"

"물론이죠. 까맣게 잊고 있었지만. 무슨 뜻인지 아십니까?"

"아뇨. 모르겠어요. 그 시절에 대해서는 잘 몰라서요. 그런데 그랜트 씨는 어쩌다 리처드 3세에게 관심을 가지게 된 겁니까?"

"진짜 사건 수사를 하지 못하는 동안 뭔가 학구적인 조사를 해보라고 마르타가 그러더군요. 그리고 내가 관상에 관심 있어 한다는 것을 알고 유명한 사람들의 초상화를 가져왔어요. 그녀가 보기에 미스터리를 가지고 있는 다양한 사람들이었죠. 그중에서 우연히 리처드 3세의 초상화를 보게 됐는데, 이 사람이 가장 큰 미스터리를 가지고 있는 것처럼 보이더군요."

"그래요? 어떻게요?"

"리처드 3세는 역사상 가장 혐오스러운 범죄를 저지른 주인공입니다. 그런데 그는 판사나 뛰어난 통치자의 얼굴을 하고 있어요. 더군다나 누구 말을 들어보아도 그는 아주 교양인이고 생각이 바른 인물이었죠. 어쨌든 리처드는 실제로 좋은 통치자였습니다. 잉글랜드 북부 지방을 훌륭하게 다스렸으니까. 뿐만 아니라 리처드는 뛰어난 참모였고 훌륭한 군인이기도 했어요. 그리고 사생활로 구설수에 오른 일이 없죠. 알고 있겠지만 찰스 2세를 제외하면 리처드의 형은 여자관계가 가장 복잡한 왕이었을 거예요."

"에드워드 4세 말이군요. 네, 알고 있어요. 키가 180센티미터인 당당한 체격에 아주 잘생긴 왕이었죠. 어쩌면 리처드는 그런 외적인 차이 때문에 분노하고 고통스러워했을지도 몰라요. 그렇게 생각하면 형의 자식들을 없애버린 것도 설명이 되죠."

그랜트가 생각하지 못했던 관점이었다.

"그렇다면 리처드가 형에 대한 분노를 숨기고 있었다는 말입니까?"

"왜 숨겼다고 생각하시는 거죠?"

"리처드에 대해 아주 심하게 비방을 하는 사람들도 그가 에드워드에게 헌신했다는 것만큼은 인정하니까요. 리처드가 열두 살, 열세 살 되던 무렵부터 두 사람은 언제나 함께 있으면서 모든 일을 같이했어요. 다른 형제는 아무 쓸모가 없었죠. 조지 말입니다."

• **고양이, 쥐, 우리 개 러벨, 멧돼지 밑에서 영국을 다스리네** _ 리처드 3세의 정적 중 하나였던 윌리엄 콜링본이 리처드 3세와 그의 세 측근을 묶어 만든 당대의 풍자문.

"조지가 누구죠?"

"클래런스 공작요."

"아, 그 사람요! 맘지주 통에 빠져 죽었다는 클래런스 공 말이군요."

"바로 그 사람요. 그래서 그들은 두 사람뿐이었어요. 에드워드와 리처드 말입니다. 두 사람은 나이 차이가 열 살 정도 났는데, 그 정도 차이면 형을 영웅처럼 숭배하기 딱 좋죠."

"만일 제가 곱사등이였다면, 뭇사람들이 보는 앞에서 내가 차지할 수도 있었던 자리와 명성과 여자를 가져가버린 형을 틀림없이 증오했을 겁니다."

캐러딘은 생각에 잠긴 투로 말했다.

"그럴 수도 있겠죠."

그랜트는 잠시 간격을 두었다가 말을 이었다.

"이제까지 들어본 중에 가장 좋은 해석이었어요."

"그런 감정이 확실하진 않았을 거예요. 심지어 의식하지 못했을 수도 있죠. 그러다가 왕위에 오를 기회가 생기자, 모든 생각들이 갑자기 솟구쳐 올랐을 겁니다. 리처드는 말했겠죠. 그의 혈기가 말했을 거라는 뜻입니다.

'이제 기회가 왔어! 그동안 한 걸음 뒤에 서서 온갖 뒤치다꺼리를 다 해줬는데도 고맙다는 인사조차 듣지 못했잖아, 이제 대가를 받아야지. 여기서 원한을 풀 테야.'"

그랜트는 우연히도 캐러딘이 페인엘리스가 리처드를 떠올리며 묘사했던 것과 똑같은 표현을 사용했다는 것을 깨달았다. 한 걸음 뒤에 서서. 소설가는 베이너드 성의 계단 위에서 아버지가 전장에 나가는 것을 배웅할 때 금발머리에 건강한 마거릿과 조지와 함께 서 있는 리처드를 이렇게 표현했다. '언제나처럼' 한 걸음 뒤에 떨어져 있었다고.

"어쨌든 리처드가 범행을 저지르기 전까지는 좋은 사람이었을 거라는 그랜트 씨의 생각은 무척 흥미롭군요."

캐러딘이 긴 집게손가락으로 뿔테 안경의 한쪽 다리를 밀어 올리는 특유의 동작을 취하며 말했다.

"리처드를 인간적으로 이해하게 해주니까 말이에요. 아시다시피 셰익스피어의 극에 나오는 리처드는 희화화만 되어 있잖아요. 아예 사람 같지 않죠. 그랜트 씨가 원하신다면 무슨 조사든 기꺼이 하겠습니다. 농민 반란 대신 그쪽을 조사해보죠."

"반란 주도자 존 볼과 와트 타일러 대신 고양이와 쥐가 된 셈이군요."

"그렇죠."

"정말 고마워요. 당신이 찾을 수 있는 자료라면 무엇이든 좋습니다. 하지만 지금 내가 가장 원하는 건 사건에 관한 당대의 기록이에요. 당시엔 그 사건과 관련된 모든 일들이 나라를 뒤흔들었을 겁니다. 그 일들에 관한 당대의 기록이 읽고 싶어요. 누구처럼 다른 정권 아래에서 자기가 여섯 살 때 일어났던 일들에 대한 소문을 적은 책이 아니라."

"당대 역사학자를 찾으면 되겠군요. 페이비언이 거기에 해당될지 모르겠어요. 아니다, 페이비언은 헨리 7세 때 인물이던가? 어쨌든 찾아볼게요. 그때까지는 올리펀트의 책을 보시면 도움이 될 거예요. 그 사람은 현재 그 시대에 관한 최고 권위자니까. 적어도 전 그렇게 생각해요."

그랜트는 기꺼이 올리펀트 경의 책을 읽겠다고 대답했다.

"내일 중에 책을 가져다드리겠습니다. 사무실에 책이 있으니까 그렇게 하는 게 좋을 것 같은데요. 그리고 당대 작가들은 찾아내자마자 바로 연락드릴게요. 그렇게 하면 될까요?"

그랜트는 완벽하다고 대답했다.

리처드에 관한 새로운 접근 방식에 흥분한 그랜트는 캐러딘이 새삼 수줍어하자 그때까지 까맣게 잊고 있었던 어린 양의 이미지를 다시 떠올렸다. 캐러딘은 아주 작은 소리로 작별 인사를 한 뒤 긴 코트 자락으로 바닥을 쓸며 천천히 병실에서 나갔다.

그랜트는 캐러딘가의 재산과는 별도로, 애틀랜타 셔골드가 좋은 남자를 만난 것 같다고 생각했다.

008

"내가 보낸 어린 양은 어땠어?"

다시 병실에 찾아온 마르타가 물었다.

"나를 위해 그 사람을 찾아주다니, 정말 고마워."

"일부러 찾은 건 아니야. 계속 거치적거렸으니까. 극장에서 거의 살다시피 하거든. 그 사람은 〈어항 속의 바다〉를 오백 번은 봤을 거야. 애틀랜타의 분장실에 있지 않으면 맨 앞줄에 앉아 있으니까. 난 두 사람이 결혼했으면 좋겠어. 그럼 우리가 브렌트를 좀 덜 보게 될지도 모르니까. ……저 두 사람은 심지어 같이 살지도 않아. 정말 순수한 목가적인 사이인지."

마르타는 잠깐 동안 여배우 목소리에서 자기 목소리로 돌아와 말했다.

“저 두 사람은 같이 있으면 정말 좋은 모양이야. 연인이라기보다는 쌍둥이처럼 보인달까. 서로를 완전히 신뢰하고 있어. 다른 반쪽에게 의지해 완전한 하나가 되는 거지. 그리고 말다툼도 안 해. 내가 알기론 이제껏 싸움 한번 안 했다니까. 이 정도면 내가 말한 대로 목가라고 할 만하지. 이건 브렌트가 가져다준 책이야?”

마르타가 의심스럽다는 듯 올리펀트의 두꺼운 책을 손가락으로 쿡쿡 찔렀다.

“그래. 수위한테 맡기고 갔어.”

“소화하기 힘들 것처럼 보이는데.”

“맛이 없어 보이긴 하지. 그렇지만 일단 한번 삼키면 쉽게 소화될 거야. 학생들을 위한 역사책이니까. 아주 세세한 내용부터 시작하거든.”

“윽!”

“적어도 존경받는 토머스 모어 경이 리처드에 관한 이야기를 어디서 들었는지는 찾아냈어.”

“그래? 어디서 들었는데?”

“존 모턴에게서 들었어.”

“처음 듣는 이름인데.”

“나도 그래. 하지만 우리가 무지해서 그런 거야.”

“그 사람이 누군데?”

"존 모턴은 헨리 7세 때 캔터베리 대주교였어. 그리고 리처드와는 철천지원수 사이였지."

만일 마르타가 휘파람을 불 줄 알았다면 틀림없이 그때 휘파람을 불었을 것이다.

"정말 정확한 소식통이네!"

그녀가 말했다.

"정확한 소식통이긴 하지. 그 뒤에 나온 리처드 3세에 관한 이야기는 모두 여기서 시작된 거야. 홀린셰드가 연대기를 써서 이야기를 널리 퍼뜨렸고, 셰익스피어가 그 이야기를 통해 리처드 3세의 캐릭터를 만들어낸 거지."

"결국 그 이야기는 리처드 3세를 싫어하는 사람 입장에서 말한 거네. 그런데 잘 모르겠어. 토머스 경이 어째서 다른 사람이 아닌 모턴의 이야기를 듣고 책을 쓴 거지?"

"당시에는 누구 이야기를 들어도 튜더 왕조 편에 유리하게 해석한 이야기였을 거야. 다만 토머스 모어 경이 모턴에게서 그 이야기를 듣게 된 건, 어렸을 때 모턴의 시동이었기 때문인 것 같아. 어쨌든 모턴은 당사자였으니 토머스 모어 경으로서도 가장 가까이 있는 목격자의 이야기를 듣고 쓰는 게 자연스러웠겠지."

마르타가 다시 한번 손가락으로 올리펀트의 책을 찔렀다.

"이 재미없어 보이는 두꺼운 역사책에도 그렇게 편파적인 내용이 실려 있어?"

"올리펀트? 암묵적으로는 그래. 솔직히 말하면 올리펀트는 안타깝게도 리처드에 관해서는 혼란스러워하고 있어. 리처드가 성실하고 올곧은 생활을 했으며, 훌륭한 통치자이자 장군으로서의 평판도 뛰어나 벼락출세한 우드빌가 사람들(왕비의 친척들)과 대조적으로 아주 인기가 많았다는 내용이 '완벽하게 비양심적인 인물로, 왕좌에 앉기 위해서라면 아무리 많은 피라도 흘릴 준비가 되어 있었다'는 내용과 같은 페이지에 실려 있으니 말이야. 또 다른 페이지에서는 마지못해 '여러 이유로 리처드 3세가 양심이 없지는 않았다는 것을 알 수 있다'라고 적기도 했어. 그리고 그다음 페이지에는 자신이 저지른 행동에 고통스러워 잠을 이루지 못하는 남자에 대한 모어의 글을 인용하고 있어. 계속 그런 식이야."

"그렇다면 올리펀트라는 사람이 쓴 재미없어 보이고 두꺼운 역사책은 붉은 장미 쪽을 응원하고 있다는 뜻이야?"

"그런 것 같지는 않아. 이 사람은 자기가 랭커스터 가문 편이라는 것을 의식하지 못하는 것 같아. 물론 다시 생각해보니 올리펀트가 헨리 7세의 왕위 찬탈에 대해 무척 관대한 것 같긴 하지만 말이야. 정확하게 어느 부분에 이 말이 나오는지 모르겠는데, 헨리가 왕위를 전혀 탐내지 않는 것처럼 보인다고 했어."

"그럼 누가 그 사람을 왕에 올린 거야? 헨리 말이야."

"내가 보기에는 랭커스터 가문에 남아 있던 사람들과 벼락출세한 우드빌 가문 사람들이 어린 왕자들을 죽인 리처드에게서 나라를 빼앗기 위해 헨리를 지지했던 것 같아. 랭커스터 가문의 피가 조금이라도 흐르기만 하면 누구라도 상관없었겠지. 헨리는 무척 신중한 사람이었으니 왕위 계승권을 얻기 위해 우선 이겨야 한다고 생각했을 것이고, 그다음에는 자신이 랭커스터 가문의 핏줄이라는 명분을 생각했을 거야.

'먼저 전쟁의 법, 그리고 랭커스터가의 법.'•

헨리의 어머니는 에드워드 3세의 셋째 아들의 서자의 후계자였으니까."

"내가 헨리 7세에 대해 아는 건 엄청난 부자였고 터무니없을 정도로 비열한 인간이었다는 것뿐이야. 키플링 작품 중에 훌륭한 작품을 만들어서가 아니라 두루마리 값을 깎아준 대가로 헨리가 장인에게 기사 작위를 내렸다는 재미있는 소설이 있는데 알고 있어?"

"아라스 천 아래 녹슨 검으로 말이지. 키플링의 작품 중에 그 소설을 아는 여자들은 별로 없는데."

"오, 나야 여러 가지 면에서 아주 눈에 띄는 여자잖아. 결국 그 책에서도 리처드가 어떤 사람인지 알아내지 못했다는 거야?"

"그래. 커스버트 올리펀트 경처럼 나 역시 많이 당혹스러워. 우리 두 사람이 다른 점은 나는 내가 당혹스러워하고 있다는 것을 알고 있는데, 올리펀트 경은 그 사실을 모르고 있다는 것뿐이지."

"그동안 내가 보낸 어린 양은 자주 만났어?"

"그 친구가 여기 처음 찾아온 뒤로 한 번도 보지 못했어. 삼 일

• **먼저 전쟁의 법, 그리고 랭커스터가의 법** _ 랭커스터가의 방계였던 헨리 튜더가 랭커스터가의 혈통에 따라 높은 왕위 계승 순위를 가졌느냐보다 전쟁에서 이겼느냐가 왕위 계승에 우선한다는 주장을 펴며 한 말이다.

전이었지. 아무래도 캐러딘이 자기가 한 약속을 후회하고 있는 건 아닌지 생각하고 있던 참이야."

"그건 아닐 거야. 잘은 모르지만. 충실함이 브렌트의 가치이자 신조거든."

"리처드와 같네."

"리처드?"

"리처드의 좌우명이 바로 이거야. 루아요테 머 리, 충성심은 나의 의무다."

그때 조심스럽게 문을 두드리는 소리가 들려 그랜트가 들어오라고 대답하자, 브렌트 캐러딘이 저번처럼 커다란 코트를 걸친 채로 어슬렁거리며 들어왔다.

"아! 제가 방해했나 봐요. 여기 계신 줄 몰랐어요, 핼러드 양. 복도에서 자유의 여신상을 만났는데 그 사람은 그랜트 씨가 혼자 계신 줄 알았나 봐요."

그랜트는 자유의 여신상이 누군지 금세 알아차렸다. 마르타는 막 가려는 참이었다면서 어쨌든 지금은 자기보다 캐러딘이 더 반가운 손님일 거라고 말했다. 그녀는 두 사람이 조용히 살인자의 영혼을 탐구할 수 있도록 자리를 피해주었다.

문 앞에서 마르타를 정중하게 배웅한 뒤 캐러딘은 다시 돌아와 손님용 의자에 앉았다. 그 모습에서 여자가 테이블을 떠난 뒤에 각자 포트와인을 들고 자리에 앉을 때의 영국 남자들과 똑같은 분위기를 느낄 수 있었다. 그랜트는 미국에서도 여자들이 없으면 자동적으로 남자들만의 모임에 온 것 같은 편안함을 느끼는지 궁금했다. 올리펀트의 책은 읽을 만하냐고 묻는 캐러딘의 질문에 그랜트는 그 사람이 감탄스러울 정도로 이성적이라는 것을 알게 되었다고 대답하고 덧붙였다.

"말이 나와서 말인데, 고양이와 쥐가 누군지 알아냈습니다. 윌리엄 캐츠비Catesby와 리처드 랫클리프Ratcliffe로 영국에서 전적으로 존경받는 기사들이었어요. 캐츠비는 하원 의장이었고 랫클리프는 스코틀랜드 평화 위원회에 속해 있었죠. 사람의 이름을 이용해 정치를 풍자하는 노래를 만들다니 정말 특이하다니까. 멧돼지는 당연히 리처드의 문장에서 따온 거겠죠. 흰색 멧돼지. 그런데 영국 선술집에는 많이 가봤습니까?"

"물론이죠. 선술집은 영국이 미국보다 나은 것 중 하나인걸요."

"멧돼지 술집에서 마시는 맥주를 위해서라면 이 나라의 배수 시설조차 참을 수 있을 것 같죠?"

"아직 그 정도까지는 아닌데요. 그래도 참을 수 있긴 하죠."

"마음이 넓군요. 그렇다면 이 이야기도 조금 참고 들어줘요. 당신은 리처드가 형을 증오한 이유가 형은 아름다운데 자신은 곱사등이라는 대조적인 상황 때문일 거라고 했었죠. 커스버트 경에 따르면 리처드가 곱사등이라는 건 지어낸 이야기라고 해요. 오그라든 팔도 마찬가지고. 리처드에게 신체장애가 있었다는 근거가 없다고

리처드 3세의 문장 Crest of Richard III

/

상단에

"충성심은 나의 의무다" 라는

좌우명이 있다.

했습니다. 누군가 문제 삼을 정도는 아니었다는 거죠. 리처드의 왼쪽 어깨가 오른쪽 어깨보다 약간 내려가 있었다는 것 말고는요. 당대 역사학자들은 좀 찾아냈나요?"

"아직 못 찾았어요."

"한 명도 없었습니까?"

"그랜트 씨가 생각하는 관점에 맞는 사람은 없어요. 리처드와 당대에 살았던 작가들은 있지만, 모두 리처드가 죽은 뒤에 글을 썼어요. 튜더 왕가를 위해서 말이죠. 튜더 왕가의 눈 밖에 나고 싶은 사람은 없었을 테니까요. 어딘가에 라틴어로 쓴 수도사 연대기가 있다는데 아직까지 구하지 못했어요. 그래도 한 가지는 알아냈어요. 토머스 모어 경이 『리처드 3세전』을 썼다고 전해지는 건, 직접 글을 쓴 것이 확실해서가 아니라 사본이 모어 경의 저작들 사이에서 발견되었기 때문이에요. 미완성 사본이었으니, 어딘가에 완성된 원본이 있었겠죠."

"오!"

그랜트는 그 사실에 흥미를 느끼며 생각에 잠겼다.

"그렇다면 모어 경이 직접 옮겨 적었다는 겁니까?"

"네. 모어 경의 필체였어요. 모어 경이 서른다섯 살 때 쓴 사본이죠. 그 시절에는 인쇄술이 널리 보급되지 않았기 때문에 책의 사본을 만들 때는 보통 손으로 옮겨 적었어요."

"좋아요. 그렇다면 그 이야기가 원래 존 모턴에게서 나왔다고 했으니, 원본 역시 모턴이 썼을 수도 있겠군요."

"맞아요."

"확실히 그 책의 내용은 감성이 부족하긴 했어요. 모턴 같은 출세주의자는 뒷공론을 쓰면서도 부끄러운 줄 몰랐을 겁니다. 모턴에 대해 압니까?"

"아니요."

"그 사람은 법관을 하다가 성직자가 되었어요. 기록상으로 봐도 줄을 여러 번 갈아탔더군요. 모턴은 처음에는 랭커스터가의 편이었지만 에드워드 4세가 왕이 될 때까지 가만히 상황을 지켜보았습니다. 후에 요크가와 화해를 했고 에드워드는 그를 일리의 주교로 임명했죠. 그는 수많은 교구들을 맡고 있었어요. 그러다가 리처드가 왕위를 계승하자 먼저 우드빌가와 손을 잡았고 그다음에는 헨리 튜더를 지지한 끝에 마침내 헨리 7세의 대주교로서 추기경 모자까지 손에 넣게 되었죠."

"잠깐만요!"

캐러딘이 재미있다는 듯 말했다.

"모턴이 누군지 알겠어요. 바로 '모턴의 이중 논법'의 모턴이었군요. '돈을 아껴 써야 왕에게 세금을 낼 수 있고, 돈을 많이 써도 부자라면 왕에게 세금을 낼 수 있지 않겠는가?'"

"맞아요. 바로 그 모턴이에요. 헨리 7세의 최고 조력자였죠. 갑자기 든 생각인데, 모턴이 그런 글을 쓴 것은 리처드가 어린 왕자들을 살해하기 훨씬 전부터 개인적인 원한을 가지고 있었기 때문일지도 모릅니다."

"네?"

"에드워드는 루이 11세로부터 거액의 뇌물을 받고 프랑스와 불명예스러운 화해를 했어요. 리처드는 그 일로 화가 많이 났습니다. 사실 수치스러운 일이긴 했으니까요. 그리고 그 일에서 손을 뗍니다. 엄청난 뇌물을 거절했던 거죠. 하지만 모턴은 거래와 뇌물 양쪽 다 좋아했어요. 더군다나 모턴은 루이 왕에게 연금까지 받았죠. 액수가 어마어마했습니다, 일 년에 이천 크라운이었으니까. 재물을 좇는 사람이었으니 리처드의 정직한 태도가 마음에 들지 않았을 거예요."

"그렇죠. 그랬을 거예요."

"모턴은 너그러웠던 에드워드와 달리 엄격하기 그지없는 리처드에게는 발탁되지 못했을 겁니다. 그러니 리처드가 살인을 저지르지 않았다 하더라도 모턴은 우드빌 편에 섰을 거예요."

"그 살인 사건에 대해……."

캐러딘이 말을 꺼내다가 잠시 멈췄다. 그랜트가 말을 받았다.

"무슨 할 말이 있습니까?"

"그 살인 사건에 대해, 그러니까 어린 왕자 두 명이 살해당한 사건에 대해 아무도 말을 하지 않았다는 것이 이상하지 않나요?"

"아무도 말을 하지 않았다는 게 무슨 뜻입니까?"

"지난 사흘 동안 당대 문서들을 샅샅이 살펴보았어요. 편지들을 비롯해 이것저것요. 그런데 죽은 왕자들에 대한 언급이 아무데도 없었어요."

"두려웠기 때문일지도 모르죠. 아무래도 눈에 띄고 싶지 않았을 테니까."

"그래요. 하지만 그래서 더 이상하다는 거예요. 헨리는 보즈워스 전투 뒤에 리처드에 대한 사권 박탈을 명했어요. 그러니까 의회 앞에서 말이에요. 그 자리에서 헨리는 리처드를 무자비한 폭군이라고 고소하면서도 살인에 대해서는 언급조차 하지 않았어요."

"그럴 수가!"

그랜트가 깜짝 놀라 소리쳤다.

"사실이에요. 정말 놀라운 일이죠?"

"확실한 겁니까!"

"확실하다마다요."

"하지만 헨리는 보즈워스 전투 후에 런던에 도착하자마자 런던 탑을 손에 넣었습니다. 왕자들이 실종됐다면 헨리가 그 사실을 즉시 공개하지 않았다는 건 정말 이상한 일이네요. 자기 손에 들어온 결정적인 카드였는데."

그랜트는 갑자기 입을 다물고 조용히 누워 있었다. 창문턱에 앉아 있던 참새들이 시끄럽게 울기 시작했다.

"말이 되지 않아요. 여기서 가능한 설명은 헨리가 왕자들이 실종되었다는 사실을 알고도 정치적으로 이용하지 않았다는 거잖아요."

그랜트가 말했다.

캐러딘은 좀더 편한 자세를 잡기 위해 긴 다리를 움직였다.

"그것밖에는 설명이 되지 않죠. 아니면 왕자들이 실종되지 않았거나."

이번에는 좀더 긴 침묵이 이어졌다. 그동안 두 사람은 서로를 쳐다보고 있었다.

"아, 아니에요. 그건 말이 안 됩니다. 우리가 간과한 확실한 이유가 있을 겁니다."

그랜트가 말했다.

"예를 들면 어떤 거요?"

"모르겠군요. 생각해보지 않아서."

"전 사흘 동안 생각해봤는데, 아직도 합당한 이유를 떠올리지 못했어요. 헨리가 런던 탑을 넘겨받았을 때 왕자들이 살아 있었다는 것 말고 들어맞는 설명이 없어요. 사실 리처드의 추종자들을 반역죄로 고소한 것은 완전히 불법적인 사권 박탈 방식이었어요. 왕으로 지명된 사람을 따르던 신하들이 침략자에 맞서 싸웠던 거니까요. 헨리는 그들이 법의 틀에서 전혀 빠져나올 희망이 없게끔 할 수 있는 모든 고소를 다 했어요. 그중에서도 최악은 리처드가 평소에 잔인한 폭군이었다는 고소였죠. 그런 상황에서도 왕자들의 이야기는 언급조차 하지 않았어요."

"정말 이상하군요."

"믿을 수 없는 일이죠. 하지만 사실이에요."

"그렇다는 건 당시에는 살인에 관해 어떤 비난도 없었다는 뜻이네요."

"그렇게 봐야죠."

"하지만, 잠깐만요. 티럴은 살인죄로 교수형을 당했어요. 그자는 죽기 전에 실제로 범행을 자백했죠. 잠깐만요."

그랜트는 올리펀트의 책을 집어 들고, 찾는 부분이 나올 때까지 빠르게 책장을 넘겼다.

"여기 어딘가에 사건의 전말이 다 나와 있었는데. 그 일에 관한 한 미스터리 같은 건 전혀 없었어요. 심지어 자유의 여신상도 알고 있는 일인데."

"누구요?"

"당신이 복도에서 마주쳤다는 간호사 말입니다. 티럴은 살인을 직접 저질렀고, 유죄 판결을 받은 뒤 죽기 전에 자백했다고 했어요."

"그건 헨리가 런던을 손에 넣은 뒤에 있었던 일인가요?"

"잠깐만요. 여기 있네."

그랜트는 그 단락을 훑어보았다.

"아뇨. 1502년입니다."

그러다 갑자기 자기가 무슨 말을 했는지 깨닫고, 당혹스러운 목소리로 그 단락을 새로 읽기 시작했다.

"1502년에……."

"하지만…… 하지만…… 하지만 그렇게 되면……."

"맞아요. 거의 이십 년 뒤의 일입니다."

캐러딘이 담뱃갑을 더듬거리며 찾아 꺼냈다가 다시 급하게 집어넣었다.

"피우고 싶으면 피워요. 난 독한 술이나 한잔 마시고 싶군요. 머리가 잘 돌아가지 않는 것 같습니다. 마치 어릴 때 하던 눈 가리기 놀이에서 술래가 되어 눈가리개를 하고 게임이 시작되기 전에 빙글빙글 돌고 있는 듯한 느낌이에요."

"정말 그래요."

캐러딘이 말했다. 그는 담배 한 개비를 꺼내 불을 붙였다.

"앞이 완전히 깜깜한데다가 약간 어지럽기까지 한 느낌이죠."

캐러딘은 참새를 쳐다보았다.

"사십만 명이 보는 교과서가 틀렸을 리 없어요."

잠시 뜸을 들이다 그랜트가 말했다.

"그럴까요?"

"그럼요!"

"저도 그렇게 생각하지만, 요즘은 확신이 들지 않아요."

"갑자기 회의론이라도 생긴 겁니까?"

"아, 이번 일 때문에 그런 건 아니에요."

"그럼 무엇 때문에?"

"미국 독립 전쟁을 촉발한 보스턴 학살 사건 때문에요. 들어보셨죠?"

"물론이죠."

"대학에서 뭔가 조사하다가 우연히 보스턴 학살 사건은 폭도들이 주둔군 보초에게 돌을 던지면서 시작되었다는 것을 알게 되었어요. 사상자는 모두 다섯 명이었죠. 그랜트 씨, 전 어릴 때부터 보스턴 학살 사건에 대한 이야기를 들으며 자랐어요. 그 일만 생각하면 제 칠십 센티미터짜리 가슴이 부풀어오르곤 했죠. 힘없는 시민들이 영국 주둔군의 총에 맞아 쓰러졌다는 것을 생각할 때마다 싱싱한 시금치를 먹은 것처럼 붉은 피가 끓어오르곤 했어요. 그런데 사실은 미국에서 해고에 반대해 파업에 참가한 노동자들과 경찰들이 충돌한 수준의 흔한 사건이며, 지역 신문에서나 보도할 정도의 소동이었다는 것을 알았을 때 제가 얼마나 큰 충격을 받았을지는 상상조차 할 수 없을 거예요."

그랜트가 아무 대꾸도 하지 않자 자신의 이야기를 제대로 듣고 있는지 확인하는 것처럼 캐러딘이 곁눈질로 흘깃 쳐다보았다. 그랜트는 무늬라도 그리고 있는 것처럼 천장을 쳐다보고 있었다.

"제가 사료 조사를 하기 시작한 건 그 일하고도 연관이 있어요."

캐러딘이 다시 참새를 쳐다보기 시작했다.

그랜트가 아무 말 없이 손을 내밀었다. 캐러딘이 담배 한 개비를 건네준 뒤 불을 붙여주었다.

두 사람은 조용히 담배를 피웠다.

참새들의 공연을 방해한 사람은 그랜트였다.

"토니팬디."

"그게 뭔데요?"

하지만 그랜트는 여전히 멍한 눈으로 천장만 올려다보았다.

"요즘도 그런 일은 계속 벌어지고 있습니다. 안 그래요?"

그랜트는 캐러딘이 아닌 천장에 대고 말하는 것처럼 말하기 시작했다.

"그게 토니팬디죠."

"그 토니팬디라는 게 대체 뭔데요? 무슨 약 이름처럼 들리는데요. 아이가 기운이 없습니까? 작은 얼굴이 빨갛게 달아오르고, 자꾸 보채고, 팔다리가 축 늘어지나요? 이 작은 토니팬디 한 알이면 눈부신 효과를 보게 될 겁니다."

캐러딘의 농담에 그랜트는 아무 대꾸도 하지 않았다.

"좋아요. 그럼 토니팬디는 잘 보관하세요. 거저 준다고 해도 필요 없으니까."

"토니팬디는 웨일스 남부에 있는 지역입니다."

그랜트가 여전히 몽유병에 걸린 사람 같은 목소리로 말했다.

"전 무슨 약 이름인 줄 알았어요."

"웨일스 남부에 가게 되면 1910년에 정부가 군대를 동원해 자신들의 권익을 위해 시위를 하던 웨일스 광부들을 총으로 쏴서 죽였다는 이야기를 듣게 될 겁니다. 당시 내무 장관은 윈스턴 처칠이었죠. 당신도 그 이름을 들어봤을 겁니다. 웨일스 남부는 토니팬디를 결코 잊지 않을 것이다! 그런 말도 듣게 될 거예요."

캐러딘의 태도가 진지해졌다.

"그건 보통 일이 아니지 않습니까?"

"실상은 이랬어요. 시위대가 론다 계곡의 험준한 지역에 모여 있었기 때문에 손을 쓰기 쉽지 않았죠. 상점들은 온통 약탈당했고 엉망으로 부서졌어요. 글러모건의 경찰서장은 무고한 시민들을 보호해야 한다며 내무부에 군대를 파견해줄 것을 요청했죠. 경찰서장이 내무부에 군대를 요청했다면 선택의 여지가 없는 심각한 상황이었기 때문일 겁니다. 하지만 처칠은 군대가 시위대와 정면으로 충돌했다가 발포하는 상황이 벌어질까 봐 겁이 났어요. 군대의 이동을 중단시키고 믿음직스러운 런던 경찰청의 경찰들을 대신 파견했죠. 경찰들은 우비만 껴입은 비무장 상태였어요. 군대는 예비로 남겨두고 시위대와의 모든 접촉은 비무장한 런던 경찰이 담당했어요. 그 사건에서 흘린 피는 한두 명 코피 터진 게 다였어요. 하지만 하원은 내무 장관인 처칠의 이례적인 개입에 대해 심하게 비판했습니다. 그게 토니팬디의 전말이에요. 그런데도 웨일스에서는 사람들이 군대가 쏜 총에 맞아 죽은 것을 결코 잊지 않겠다고 하고 있죠."

캐러딘이 생각에 잠긴 채 대답했다.

"그랬군요. 그래요. 보스턴 학살 사건과 비슷한 사건이었군요. 단순한 사건을 정치적인 목적을 위해 엄청난 사건으로 크게 부풀리는 거죠."

"여기서 중요한 건 비슷하다는 게 아닙니다. 그 자리에 있던 사람들은 터무니없는 이야기라는 것을 알고 있었지만, 아무도 반박하지 않았어요. 그래서 이제는 뒤집을 수가 없죠. 사실이 아니라는 것을 알고 있는 사람들이 아무 말도 하지 않는 동안, 사실이 아닌 이야기가 완전히 전설이 되어버렸으니까."

"맞아요. 정말 흥미로워요, 정말요. 역사가 그렇게 만들어지는군요."

"그렇습니다, 그게 역사죠."

"조사를 해봐야겠어요. 일단 모든 일의 진상을 밝히는 데 누군가의 이야기에 기대서는 안 될 것 같아요. 그 시대에 실제로 있었던 작은 사실들을 모아야겠어요. 광고지라든가, 주택 매매, 반지 가격 같은 것들 말이에요."

그랜트는 계속 천장을 쳐다보고 있었다. 참새들의 울음소리가 병실 안에 울려 퍼졌다.

"뭐가 그렇게 재미있습니까?"

마침내 고개를 돌린 그랜트가 손님의 얼굴에 떠오른 표정을 보고 물었다.

"그랜트 씨가 처음으로 경찰처럼 보여서요."

"난 경찰로서 느끼죠. 경찰로서 생각합니다. 모든 경찰들은 살인 사건이 일어날 때마다 스스로에게 이렇게 물어요. 이 살인으로 이득을 보는 건 누구인가? 리처드가 어린 왕자들을 죽인 것이 왕위를 안전하게 지키기 위해서라는 그럴듯한 이론을 들었을 때 제일 먼저 든 생각은 말도 안 된다는 거였어요. 리처드가 어린 왕자들을 죽였다고 가정해봅시다. 여전히 리처드와 왕위 사이에는 왕자들의 다섯 누이들이 버티고 있어요. 조지의 아들과 딸도 마찬가지고요. 물론 조지의 자식들은 아버지의 사권 박탈로 왕위 계승권을 박탈당했죠. 하지만 복권이 될 수도 있고 사권 박탈이 무효가 될 수도 있어요. 리처드가 자기 자리를 그렇게 불안히 여겼다면 그 아이들 모두가 왕위를 위협한다고 느꼈을 거예요."

"그 애들은 모두 살아 있었나요?"

"모르겠습니다. 하지만 내가 찾아볼 거예요. 죽은 왕자들의 누나는 확실히 살아 있었습니다. 나중에 헨리와 결혼해서 잉글랜드의 왕비가 됐으니까."

"그랜트 씨, 보세요. 우린 처음부터 이렇게 시작했어야 해요. 역사책이나, 현대판 각색, 다른 사람의 의견 같은 것은 보지 않고 말이에요. 진실은 이야기가 아니라 회계 장부에 있어요."

"멋진 말이네요."

그랜트가 칭찬했다.

"그런데 그 안에서 무엇을 알아낼 수 있습니까?"

"모든 것을 알 수 있죠. 진짜 역사는 역사로 기록되지 못하는 이런 문서들을 통해 알 수 있는 거예요. 의상비나 국왕의 개인적인 지출 내역, 사적인 편지, 부동산 장부 같은 것들을 통해서 말이죠. 이를테면 누군가 거시기 부인에게는 아이가 없다고 주장한다면 회계 장부 목록을 통해 사실을 확인해 볼 수 있다는 거죠.

'성 미카엘 축일 전날, 아들을 낳은 부인을 위해 : 푸른 리본 오 미터, 사 펜스 반 페니.'

이 내용을 보면 부인이 성 미카엘 축일 전날에 아들을 낳았다는 사실을 무리 없이 확인할 수 있어요."

"그래요. 알겠어요. 그럼 어디서부터 시작하면 좋을까요?"

"수사관은 그랜트 씨잖아요. 전 그냥 구경하는 사람이고요."

"조사원이죠."

"그렇게 말씀해주시니 고맙습니다. 그랜트 씨가 알고 싶은 건 뭐죠?"

"말하지 않아도 알겠지만 사건에 등장하는 주요 인물들이 에드워드의 죽음에 대해 어떻게 반응했는지를 알아내는 것부터 시작하는 게 좋을 것 같군요. 그러니까 에드워드 4세 말이에요. 에드워드는 갑자기 죽었으니 주변 사람들이 모두 정신없이 분주하게 움직였을 겁니다. 그 일에 관련된 사람들이 어떤 반응을 보였는지 알고 싶어요."

"그리 어렵지 않은 일이네요. 그러니까 그 사람들이 무슨 생각을 했는지가 아니라, 어떻게 행동했는지 알고 싶다는 뜻으로 받아들여도 될까요?"

"물론입니다."

"그들이 무슨 생각을 했는지 말하는 건 역사학자들뿐이죠. 조사원은 그들이 무엇을 했는지를 알아내고요."

"내가 알고 싶은 건 그들이 무엇을 했느냐는 겁니다. 말보다는 행동이라는 옛말을 언제나 믿고 있으니까."

"그런데 토머스 경은 형의 죽음을 들었을 때 리처드가 무엇을 했다고 하던가요?"

캐러딘이 알고 싶어 했다.

"존 모턴이라 할 수 있는 토머스 경은 리처드가 왕비를 구슬려 러들로에서 오는 어린 왕세자에게 호위병들을 많이 붙이지 말라고 설득하는 한편, 왕세자가 런던으로 오는 중간에 납치할 계획을 세우느라 바빴다고 하더군요."

"그러니까 토머스 경에 따르면 리처드는 처음부터 어린 왕세자의 자리를 빼앗을 셈이었다는 말이군요."

"그렇죠."

"그들의 의도를 밝힐 수 있든지 없든지 간에, 우리는 누가 어디서 무엇을 했는지 알아내야겠고요."

"내 말이 그 말입니다, 정확하게."

"경찰관님!"

캐러딘이 놀렸다.

"'당신은 이번 달 15일 저녁, 오후 5시에 어디에 있었습니까?'"

"제법인데요. 제법이에요."

그랜트가 칭찬했다.

"그만 가서 일해야겠어요. 새로운 정보를 알게 되면 바로 연락드릴게요. 정말 감사드려요, 그랜트 씨. 이 조사가 농민반란 조사보다 훨씬 재미있어요."

그는 가냘픈 몸을 학구적이고 기품 있어 보이게 해주는 긴 코트자락을 질질 끌며 겨울날 오후의 어둑어둑해지는 황혼 속으로 사라졌다.

그랜트는 램프를 켰다. 그리고 생전 처음 보는 것처럼 천장에 보이는 무늬들을 살피기 시작했다.

캐러딘은 무심코 독특하고 매혹적인 문제를 던지고 갔다. 당혹스러울 정도로 전혀 예상하지 못했던 문제였다.

그 시대에 고소를 피할 수 있었던 이유는 무엇일까?

헨리는 리처드가 범인이라는 것을 입증할 필요조차 없었다. 그 왕자들은 리처드가 보살피고 있었기 때문이다. 런던 탑이 헨리의 수중에 들어왔을 때, 왕자들이 없어졌다는 것을 알았다면 이미 죽어버린 리처드를 잔인무도한 독재자로 고발하는 것보다 훨씬 더 깊은 진흙 구덩이 속에 밀어 넣을 빌미가 되었을 텐데.

그랜트는 그 상태로 맛이 어떤지 무엇을 먹었는지 의식하지 못한 채 저녁 식사를 했다.

쟁반을 치우러 들어온 아마존이 친절하게 말했다.

"아주 좋은 징조네요. 튀긴 고기만두 두 개를 부스러기 하나 남기지 않고 다 드셨으니 말이에요!"

그랜트는 그제야 무슨 음식을 먹었는지 알아차렸다.

한 시간 동안 그랜트는 램프 불빛이 비친 천장을 쳐다보며 계속 생각에 잠겨 있었다. 사건의 핵심으로 들어가는 길을 알려줄지도 모를 작은 틈을 끝없이 찾고 있었다.

결국 그랜트는 그 문제에 대해서는 생각을 접기로 마음먹었다. 수수께끼가 있을 때마다 그는 즉각적인 해답을 찾기 위해 끝없이 생각하다가, 잠시 생각을 접었다가, 그다음에 확실한 결론에 도달하곤 했다. 공식대로라면 잠을 자고 일어났을 때 놓치고 있던 작은 사실을 발견하게 될지도 모른다.

그랜트는 리처드 3세와 사권 박탈까지의 모든 일들을 더이상 생각하지 않게 해줄 것이 없나 찾다가 답장을 기다리고 있는 편지 뭉치를 발견했다. 전과자 몇 명을 포함해 여러 사람들이 친절과 호의로 보내준 병문안 편지들이었다. 전과자들 중에서도 정이 가는 건 시대에 뒤떨어진 부류로 요즘은 점점 그런 사람들을 찾아보기 힘들었다. 예전에 그들이 있던 자리는 이제 자신만만하며 자기중심적이고 인간성이라고는 찾아보기 힘들며, 강아지처럼 문맹인데다가 둥근 전기톱처럼 무자비한 젊은 불량배들이 대신 차지하고 있었다. 예전 도둑들은 다른 전문 직업에 종사하는 사람들과 마찬가지로 각각 개성적이었으며 심성도 그리 나쁘지 않았다. 제법 가정적인 사람들은 가족 휴가나 아이들의 편도선에도 관심을 가지곤 했다. 그렇지 않으면 특이하게도 새장에 새를 키우거나 헌책방을 좋아한다거나 복잡하지만 오류가 없는 현대식 도박에 빠지는 부류들도 있었다. 확실히 시대에 뒤떨어진 부류다.

요즘 불량배들은 바빠서 편지를 보내지 못해 미안하다고 말하기는커녕 아예 편지를 써야겠다는 생각조차 하지 않는다.

침대에 누워 있는 채로 답장을 쓰는 건 힘든 일이었다. 그래서 그랜트는 편지 뭉치에서 다시 시선을 돌렸다. 하지만 맨 위에 놓여 있는 편지는 사촌 로라가 보낸 것이었다. 답장을 보내주지 않으면 로라가 많이 걱정할 것이다. 로라와 그랜트는 어릴 때 여름 방학마다 함께 지냈다. 여름 내내 하일랜드에서 시간을 보내는 일을 그리 좋아하지 않았던 두 사람 사이에는 결코 깨지지 않는 유대감이 형성되었다. 그랜트는 로라에게 자신이 생생하게 살아 있다는 것을 알려야겠다는 생각이 들었다.

그는 로라의 편지를 다시 읽으며 살짝 미소를 지었다. 튤리 강의 물소리가 귓가에 들리는 것 같아 그랜트는 눈을 스르르 감았다. 겨울철 하일랜드 황야에서 나는 차갑고 달콤한 냄새를 맡을 수 있었다. 자신이 환자라는 사실과 답답하고 지루한 폐쇄적인 병원 생활을 잠시 잊을 수 있었다.

팻이 조금만 나이가 많았거나 어렸더라면 사랑을 전해달라고 했을 텐데. 아홉 살짜리가 이렇게 말하지 뭐야.

"앨런 삼촌에게 안부 전해줘."

그리고 오빠가 요양하러 이곳에 오면 자기가 발명한 비행기를 선물하겠다고 전해달래. 이번에 팻이 학교에서 처음으로 스코틀랜드가 찰스 1세를 영국에 팔았다•는 것을 배우더니 몹시 수치스러운 기분이 들었나 봐. 그러더니 자기는 더이상 이런 나라에 속해 있지 않겠다고 결심했대. 뭐, 이해는 하지만, 그 뒤로 스코틀랜드와 관련된 모든 것들을 거부하겠다며 혼자 시위하는 중이야. 앞으로 역사도 배우지 않을 거고 노래도 부르지 않을 거며 이 지독한 나라의 지리도 외우지 않을 거래. 팻은 지난밤에 잠자러 들어가면서 노르웨이 시민권을 따기로 결심했다고 선언했어.

그랜트는 탁자에 놓여 있던 편지지를 가져와 연필로 답장을 썼다.

사랑하는 로라에게

리처드 3세가 런던 탑에 갇힌 왕자들을 죽이지 않았다는 것을 알면 깜짝 놀라겠지?

변함없는

앨런

추신. 몸은 거의 다 나았어.

009

"의회에서 리처드 3세의 사권을 박탈할 때 런던 탑에 갇힌 왕자들을 살해했다는 것이 전혀 언급되지 않았다는 걸 아십니까?"

다음날 아침, 그랜트는 담당 의사에게 물었다.

"정말요? 그거 이상하군요."

의사가 대답했다.

"많이 이상하죠. 이유가 뭐라고 생각하십니까?"

"스캔들을 최대한 축소하기 위한 게 아닐까요. 가문의 명예를 위해서 말입니다."

"리처드의 왕위는 그 가계 사람에게 계승되지 않았어요. 그는 플랜태저넷 왕가의 마지막 인물이었으니까요. 다음 왕위를 차지한

• **스코틀랜드가 찰스 1세를 영국에 팔았다** _ 청교도 혁명에서 패한 찰스 1세가 스코틀랜드로 망명가자, 올리버 크롬웰이 철기군을 끌고 와 스코틀랜드를 친 뒤 몇 파운드에 찰스 1세를 샀다.

건 튜더가의 첫 번째 왕인 헨리 7세였죠."

"아, 그렇군요. 잊어버리고 있었네요. 역사 점수가 늘 시원찮았거든요. 역사 시간에 대수 숙제를 했으니까요. 사실 학교에서 가르쳐주는 역사는 재미가 없잖아요. 역사책에 이런 초상화라도 많이 들어 있다면 도움이 될지도 모르지만요."

의사는 리처드의 초상화를 흘깃 쳐다보더니 전문 분야로 돌아왔다.

"많이 좋아졌고, 건강해 보인다는 말씀을 드릴 수 있어서 기쁘군요. 이제 어디 아픈 곳은 없으시죠?"

담당 의사는 여느 때처럼 친절한 모습으로 그 자리를 떠났다. 의사가 얼굴에 관심을 보인 것은 전문 분야의 일부이기 때문이다. 하지만 역사는 다른 목적으로 이용했던 무언가에 불과했다. 역사 시간에 대수 공부를 했던 것처럼. 살아 있는 사람들을 치료해야 하고 그 사람들의 미래가 손에 달려 있는 의사로서는 이런 학구적인 문제들을 생각할 여유가 없을 것이다.

수간호사 역시 좀더 직접적인 고민들을 많이 안고 있었다. 그랜트가 고민하고 있는 문제를 털어놓자 정중하게 이야기를 들어주긴 했지만 금방이라도 이렇게 말할 것 같아 보였다.

"제가 그랜트 씨라면 의료 관련 사회복지사를 만나볼 겁니다."

역사는 수간호사의 일이 아니었다. 거대한 벌집의 여왕벌이 자기 밑에서 일벌들이 윙윙거리며 열심히 일하고 있는 것을 지켜보는 것처럼 그녀는 병원 안에서 무엇이 급하고 중요한 일인지를 살피고 있었다. 그런 수간호사가 사백 년 전에 일어났던 사건에 대해 집중해줄 거라고 기대하기는 어려웠다.

그랜트는 이렇게 말하고 싶었다.

"그렇지만 그때 왕실에서 무슨 일이 있었는지는 관심이 있으실 겁니다. 당신이 쌓아올린 명예라는 가치가 얼마나 쉽게 무너질 수 있는지에 대해서도 말이죠. 어쩌면 내일 당장, 한마디 말이 당신을 무너뜨릴 수도 있습니다."

하지만 그는 이미 별다른 이유나 핑계도 없이 수간호사를 너무 오래 붙잡아 아침 회진을 방해했다는 자책감을 느끼고 있었다.

꼬마는 사권 박탈이 무엇인지조차 아예 몰랐기 때문에 당연히 아무 관심이 없었다.

"너무 저기에 집착하는 것 같아요."

그녀가 고개로 리처드의 초상화 쪽을 가리키며 말했다.

"건강에 좋지 않아요. 어째서 다른 책들을 읽지 않는 거예요?"

이 일이 얼마나 이상한지 이야기해주고, 어떤 반응을 보일지 기대하며 병실을 찾아주기만 기다렸던 마르타조차도 지금은 매들린 마치에 대한 분노가 너무 커서 이야기에 관심을 가지지 않았다.

"사실상 희곡을 쓰겠다고 나하고 약속한 뒤였어! 여러 번 만나서 계획을 끝없이 이야기하고 설득한 끝에 마침내 허락을 받아냈단 말이야. 심지어 자크한테 의상까지 이야기했다고! 그런데 이제 와서 잔인한 탐정 소설 시리즈의 새 작품을 써야 한다고 하잖아. 착상이 떠올랐을 때 바로 써야 한대, 그게 뭐가 됐든."

그랜트는 마르타의 한탄에 공감하며 그녀의 이야기를 듣고 있었다. 좋은 희곡은 이 세상에 극소수이고 좋은 극작가들의 가치는 그들의 몸무게와 같은 무게의 백금에 비할 정도다. 하지만 그랜트는 유리창 너머로 구경하는 것 같은 느낌이 들었다. 오늘 아침만큼은 섀프츠베리 애버뉴에서 벌어지고 있는 일보다 15세기에 일어났던 일들이 훨씬 더 현실적으로 느껴졌다.

"매들린 마치가 탐정 소설을 쓰는 데 시간이 오래 걸리진 않을 거야."

그랜트가 위로하듯 말했다.

"아니야. 그 여자 말로는 육 주 이상 걸릴 거래. 무엇보다 지금 이렇게 연이 끊겼으니 다음에 다시 그 여자한테 작품을 얻으려면 어떻게 해야 할지 모르겠어. 토니 새빌러도 매들린 마치에게 말버러 총사령관에 관한 희곡을 부탁하고 싶어 해. 당신도 토니가 뭔가 원하는 게 있으면 어떻게 하는지 알지. 토니는 애드미럴티 아치에서 비둘기들한테까지 말을 할 거야."

마르타는 병실을 떠나기 전에 리처드의 사권 박탈에 관해 간단하게 평했다.

"확실히 뭔가 설명이 필요하긴 하네."

그녀가 문 앞에서 말했다.

당연히 설명이 필요하지. 그랜트는 마르타의 뒤에 대고 소리치고 싶었다. 하지만 정말 무엇 때문일까? 어떻게 생각해도 이치에 들어맞지 않는다. 역사학자들은 그 살인 때문에 리처드에게 엄청난 반감이 생기기 시작했고 평범한 국민들 역시 그를 증오하게 되었다고 했다. 또한 그 때문에 낯선 사람을 자신들의 왕으로 기꺼이 맞이했다. 그렇지만 의회에 리처드가 저질렀던 잘못들이 안건으로 올라왔을 때 그 범죄는 언급조차 되지 않았다.

고발을 당했을 때 리처드는 이미 죽은 뒤였고 추종자들은 모두 도망갔거나 망명한 상태였다. 리처드의 적들은 생각한 모든 죄를 자유롭게 리처드에게 뒤집어씌울 수 있었다. 그러나 그 극적인 살인 사건은 건드리지 않았다.

어째서?

온 나라에 어린 왕자들이 실종되었다는 소문이 파다하게 퍼졌다고 했다. 당시로서는 최신 소문이었을 것이다. 정적들은 리처드의 도덕성을 훼손시킬 진술들을 끌어모으고 있었다. 그런 상황에서도 리처드에게 가장 지독한 악명을 씌울 수 있는 사건은 내버려두었다.

왜?

헨리는 안정적으로 왕위를 계승하는 데 도움이 된다면 아무리 작은 것이라도 필요한 상황이었다. 헨리는 영국에 낯선 인물이었던데다 혈통에 따른 우선적인 계승 권리도 가지고 있지 않았다. 그런데 그는 리처드의 범죄를 이용하지 않았다. 대단히 도움이 되었을 텐데도 말이다.

어째서?

리처드는 웨일스 국경 지대부터 스코틀랜드 접경 지역까지 모르는 사람이 없을 만큼 명망이 높았고 조카들이 실종되기 전까지 모두에게 사랑받고 존경받던 왕이었다. 그런 리처드를 상대로 헨리는 자신의 입지를 아주 공고히 다질 수 있을, 용서받을 수 없고 혐오스러운 사건을 이용하지 않았다.

도대체 왜?

오직 아마존만이 그랜트의 마음을 괴롭히고 있는 이상한 문제에 대해 관심을 보였다. 리처드에 대해 어떤 감정이 생겨서가 아니라 혹시라도 실수했을지도 모를 가능성이 양심에 걸렸던 것이다. 아마존은 다른 사람이 뜨는 것을 잊어버린 일력을 뜯기 위해 긴 복도를 왔다갔다하는 사람이었다. 하지만 그녀의 본능적인 양심도 편안함을 추구하는 본능보다 강하지 않았다.

아마존은 그랜트를 다독이듯 말했다.

"그 문제는 고민할 필요가 없어요. 미처 생각하지 못한 아주 간단한 해답이 있을 테니까. 뭔가 다른 생각을 하다 보면 언젠가는 떠오를 거예요. 엉뚱한 곳에 놔두었던 물건이 어디에 있는지 갑자기 떠오르는 것처럼요. 전 식기실에 주전자를 갖다 놓을 때나, 수간호사님이 나눠주신 살균 붕대를 세다가 갑자기 생각이 나곤 해요. '맙

소사 버버리 코트 주머니 안에 넣어뒀었구나'라는 식으로 말이에요. 그러니까 그랜트 씨도 그 문제에 대해서는 더이상 신경쓰지 마세요."

윌리엄스 경사는 지금 에식스에 가 있었다. 지역 경찰의 요청을 받아 수사를 도우러 간 것이다. 늙은 상점 주인이 놋쇠 저울추에 머리를 맞아 목숨을 잃고 구두끈과 온갖 종류의 감초들 사이에 쓰러져 있던 사건이었다. 그래서 경찰청에서도 그랜트를 도와줄 사람이 없었다.

사흘 뒤, 캐러딘이 다시 찾아올 때까지 그랜트의 고민을 덜어준 사람은 아무도 없었다. 그랜트는 평소 무심해 보이는 자신의 얼굴에 평상시보다 반가운 기색이 떠올랐을 거라고 생각했다. 기뻐하는 티를 숨길 수 없었다. 반듯한 청년인 캐러딘은 먼저 정중하게 그랜트의 몸 상태를 물어본 뒤 괜찮다는 소리를 듣자 큼직한 코트 주머니에서 메모지들을 꺼냈다. 그리고 그랜트를 보며 뿔테 안경 뒤에서 미소 지었다.

"모어 경은 전혀 필요 없었어요."

그가 기분 좋게 말했다.

"처음부터 모어는 고려하지도 않았잖습니까. 건질 게 없다고."

"모어는 진실에서 멀리 떨어져 있어요. 아주 멀리."

"그럴 줄 알았어요. 이제 실제로 있었던 일들만 다룹시다. 에드워드가 죽던 날부터 시작해줄래요?"

"그렇게 하죠. 에드워드는 1483년 4월 9일에 죽었어요. 런던, 다시 말해 웨스트민스터에서요. 지금과 같은 위치는 아니지만. 왕비와 딸들도 그곳에 살고 있었는데 제 생각에는 둘째 왕자도 거기 있었던 것 같아요. 왕세자는 왕비의 오빠인 리버스 백작의 책임 아래 러들로 성에서 공부를 하고 있었어요. 왕비의 친척들이 요직을 차지하고 있었던 건 아시죠? 온통 우드빌가 사람들뿐이었어요."

"알고 있어요. 계속해봐요. 그때 리처드는 어디에 있었습니까?"

"스코틀랜드 국경 지역에 있었어요."

"뭐라고요!"

"정말이에요. 스코틀랜드 국경 지역에 있었어요. 멀리 떨어져 있었죠. 그렇다면 그 소식을 듣자마자 리처드가 말을 잡아타고 런던을 향해 달려갔을까요? 그러지 않았어요."

"그럼 뭘 했습니까?"

"리처드는 요크에서 사람들을 모아놓고 추도 미사를 준비했어요. 그리고 북부 지방의 귀족들을 모두 불러모은 뒤 자기 앞에서 왕세자에 대한 충성을 맹세하라고 했죠."

"흥미롭군요."

그랜트가 담담하게 대꾸한 뒤 다시 물었다.

"그때 리버스 백작은 뭘 하고 있었죠? 왕비의 오빠 말입니다."

"4월 24일에 왕세자와 함께 런던으로 출발했어요. 이천 명의 군사들과 엄청난 양의 무기를 가지고서요."

"무기들로 무엇을 할 생각이었을까요?"

"저한테 묻지 마세요. 전 그저 조사원일 뿐이니까. 왕비가 첫 번째 결혼에서 낳은 두 아들 중 장남이었던 도싯 후작은 런던 탑에 있는 무기들과 보물들을 인수한 뒤 해협에 배들을 띄울 준비를 하기 시작했어요. 그리고 자문 회의를 시켜 리처드는 언급하지도 않고 리버스 백작과 도싯 후작의 이름에 각각 '왕의 외삼촌'과 '왕의 이부형제'라는 호칭을 달아 발표하게 했죠. 혹시 알고 계신지 모르겠지만, 에드워드는 건강이 나빠지자 왕세자가 성인이 될 때까지 후견인이자 섭정으로 리처드를 지목했어요. 다른 사람 없이 리처드 단독으로요."

"그랬을 테죠. 그 상황에서는 리처드가 가장 적임자였으니까요. 에드워드는 리처드를 완전히 신뢰하고 있었어요. 인격자로서나 지도자로서나. 그렇다면 리처드도 군대를 끌고 남쪽으로 출발했습니까?"

"아뇨. 리처드는 상복을 입은 북부 지역의 신사 계급 육백 명만 데리고 왔어요. 리처드는 4월 29일에 노샘프턴셔에 도착했죠. 거기서 러들로 성에서 출발한 사람들과 합류하기로 되어 있었거든요. 이건 오직 역사학자 한 명의 기록에서만 찾아볼 수 있는 이야기이긴 하지만요. 하지만 러들로 성을 출발한 일행, 곧 리버스와 왕세자는 리처드를 기다리지 않고 스토니 스트랫퍼드에 가 있었어요. 리처드가 막상 노샘프턴에서 만난 사람은 버킹엄 공작이 이끄는 삼백 명의 병사들이었죠. 버킹엄 공작에 대해 아시나요?"

"이름만 아는 정도죠. 에드워드 4세의 친구였잖아요."

"맞아요. 버킹엄 공은 런던에서 막 도착한 상황이었죠."

"정황을 알려주러 온 것이겠군요."

"말씀대로입니다. 단순히 애도를 표하기 위해 삼백 명이나 되는 부하들을 끌고 오진 않았을 테니까요. 어쨌든 그 자리에서 자문 회의가 열렸습니다. 리처드에겐 그 회의를 버킹엄 공과 자신의 뜻대로 이끌 수 있는 모든 명분이 다 있었죠. 결국 리버스 백작과 세 명의 조력자들은 체포되어 북쪽으로 이송되었죠. 그사이에 리처드는 왕세자와 함께 런던으로 갔어요. 두 사람은 5월 4일에 런던에 도착했죠."

"아주 정확하고, 확실하군요. 시간과 거리를 고려했을 때 모어 경이 말한 것처럼 리처드가 왕세자를 경호할 호위대의 수를 줄이라고 왕비를 구슬렸다는 건 있을 수 없는 일이라는 점이 분명해졌습니다."

"완전 허풍이었죠."

"리처드는 모두가 예상한 대로 행동했어요. 에드워드의 유언 조항들을 알고 있었던 게 분명합니다. 그가 한 행동들, 형의 죽음에 대한 애도와 조카를 보살피는 일, 추도 미사와 충성의 맹세, 전부 다 사람들이 예상했던 일이었죠."

"맞아요."

"이런 정상적인 흐름은 어느 지점에서 무너졌을까요? 그러니까 리처드의 행동이 변한 시점 말입니다."

"오, 그리 멀지 않았답니다. 리처드는 런던에 도착한 뒤, 왕비와 둘째 왕자, 공주들과 왕비의 전남편 소생인 도싯 후작을 찾아내 전부 웨스트민스터 사원에 가둬버렸으니까요. 하지만 다른 일들은 모두 정상적으로 처리한 것처럼 보였어요."

"리처드가 왕세자를 런던 탑으로 데리고 갔습니까?"

캐러딘은 메모들을 뒤적거렸다.

"기억이 나지 않네요. 어쩌면 확인하지 못했는지도 모르겠어요. 전 그저…… 앗, 여기 있네요. 아니요. 리처드는 왕세자를 세인트 폴 대성당의 주교 관저로 데려갔어요. 그리고 리처드 본인은 베이너드 성에서 모친과 함께 지냈고요. 여기가 어딘지 아세요? 전 모르겠는데."

"알아요. 요크가의 저택입니다. 세인트 폴 대성당 서쪽에서 멀지 않은 강둑에 서 있죠."

"그렇군요. 어쨌든 리처드는 그곳에서 6월 5일까지 머물렀어요. 그리고 부인이 북부 지방에서 런던으로 돌아오자, 크로즈비 플레이스라는 곳에서 지내기 시작했죠."

"지금도 크로즈비 플레이스라고 불려요. 첼시로 이전했는데, 창문은 리처드 3세 때 것이 아닐지 몰라도 건물은 그대로 남아 있습니다. 최근에는 통 가보지 못했네요."

캐러딘이 반색했다.

"그래요? 당장 보러 가야겠어요. 정말 가정적인 이야기라고 생각하지 않으세요? 어머니와 함께 지내다가 아내가 돌아오니까, 아내와 같이 이사했다는 거 말이에요. 그럼 크로즈비 플레이스는 리처드의 소유였나요?"

"리처드가 빌린 집이라고 알고 있어요. 거긴 런던 시의원 중 한 명의 소유였으니까. 그렇다는 건 리처드가 런던에 도착했을 때 그가 섭정이 되는 것에 대한 반대나 계획의 변경 같은 건 없었다는 말이군요."

"맞아요. 리처드는 런던에 도착하기 이전부터 자기가 섭정이 될 거라는 것을 알고 있었어요."

"어떻게 알았던 거죠?"

"개봉 칙허 장부를 보면 리처드를 섭정이라고 부른 기록이 두 번 나와 있어요. 에드워드가 죽고 이 주일이 채 지나지 않았던 4월 21일과 리처드가 런던에 도착하기 이틀 전이었던 5월 2일에요."

"그렇군요. 무슨 말인지 알아들었습니다. 그리고 아무 일도 없었나요? 소동이 일어날 징조는요?"

"아직 찾지 못했어요. 리처드는 6월 5일에, 그달 22일에 있을 소년 왕의 대관식 준비를 위해 세세한 지시를 내려요. 심지어 기사로 임명될 예정인 바스의 지주 마흔 명에게까지 소환장을 보냈어요. 대관식 때 왕이 기사 임명을 하는 것이 관습이었던 것 같아요."

“5일이라. 그리고 대관식은 22일로 잡았다는 거군요. 리처드가 마음을 돌릴 시간이 많진 않네요.”

그랜트가 생각에 잠기며 말했다.

“그렇죠. 심지어 왕세자의 대관식 예복까지 주문한 기록이 있으니까요.”

“그런데 어떻게 된 걸까요?”

캐러딘이 사과하듯 대답했다.

“그게, 제가 조사한 건 여기까지예요. 아무래도 6월 8일에 있었던 자문 회의에서 무슨 일이 있었던 것 같아요. 그 무렵의 기록이 프랑스 외교관인 필리프 드 코민의 회고록 안에 있을 거예요. 아직 손에 넣지 못했지만 맨드롯이 1901년에 출판한 그 회고록의 사본을 내일 볼 수 있을 거예요. 거기에 바스의 주교가 6월 8일자 자문 회의에서 했던 이야기가 기록되어 있을 거예요. 바스의 주교에 대해 아세요? 이름이 스틸링턴이라고 하던데.”

“처음 듣는 이름인데요.”

“스틸링턴은 올 소울스의 소속이에요. 어떤 단체인지는 잘 모르겠지만요. 그리고 확실하진 않지만 요크 성당 참사회 의원이기도 했답니다.”

“양쪽 다 전통이 깊고 점잖은 단체인 것처럼 들리는군요.”

“글쎄, 곧 알게 되겠죠.”

“코민 이외에 다른 역사학자들은 찾지 못했습니까?”

"아직 리처드의 죽음 이전의 일들을 쓴 역사학자는 찾지 못했어요. 코민이 프랑스 쪽 성향을 띠긴 하지만 튜더가와 아무 관계가 없으니 튜더 왕가의 통치를 받으며 리처드에 대한 이야기를 쓴 영국인들보다는 훨씬 믿을 만할 겁니다. 뿐만 아니라 여기서 역사가 어떻게 만들어지는지를 단적으로 보여주는 좋은 사례를 알게 됐어요. 당대 작가들을 살펴보다가 알게 된 건데요. 튜크스베리 전투•가 끝난 뒤에 리처드 3세가 헨리 6세의 아들을 잔인하게 살해했다는 이야기를 들어본 적 있으세요? 믿기 힘들겠지만, 날조된 이야기랍니다. 처음 이야기가 어디서 나왔는지 되짚어가다 보면 알 수 있는 일이죠. 아니 땐 굴뚝에 연기가 나겠느냐고 말하는 사람들에게 완벽하게 대답할 수 있습니다. 마른 나뭇가지 두 개를 문지르기만 해도 연기가 난다고요."

"튜크스베리 전투라면 리처드가 많이 어렸을 땐데요."

"열여덟 살쯤 됐을 겁니다. 당시 기록에 따르면 훌륭한 전사였다고 하더군요. 헨리의 아들과 리처드는 동갑이었어요. 당시 기록들에 따르면 어떤 양상이었든지 간에 만장일치로 리처드가 그를 전투중에 죽였다고 말하고 있죠. 그런데 그다음부터가 재미있어요."

캐러딘이 조급하게 메모지들을 뒤적거리기 시작했다.

"빌어먹을. 내가 그걸 어떻게 했지? 찾았다. 여기 있네요. 페이비언은 헨리 7세에 관련된 글에서 에드워드 4세 앞에 포로로 끌려온 헨리 6세의 아들이 에드워드의 얼굴에 갑옷용 장갑을 집어던지자, 즉시 왕의 부하들에게 목숨을 잃었다고 했어요. 재미있죠? 하지만 폴리도르 버질은 더 재미있어요. 헨리 6세의 아들을 죽인 살인자가 클래런스 공작인 조지, 글로스터 공작인 리처드, 헤이스팅스 경 윌리엄이라고 했거든요. 제임스 홀은 살인자들 무리에 도싯 후작도 포함시켰죠. 하지만 홀린셰드는 그 정도로도 만족하지 못했어요. 홀린셰드는 그들 중에서 글로스터 공작인 리처드가 선수를 쳤다고 기록했어요. 어때요, 마음에 드시나요? 이 정도면 최고 수준의 토니팬디라고 할 수 있을 것 같은데."

"토니팬디와 완전히 똑같군요. 진실이라고는 전혀 찾아볼 수 없는 극적인 이야기니까. 모어 경이 쓴 글을 조금만 읽어볼 테니까 참고 들어볼래요? 역사가 어떻게 만들어지는가에 대한 다른 예를 볼 수 있을 겁니다."

"모어 경의 이름만 들어도 속이 뒤집어지는 것 같지만, 한번 들어보도록 하죠."

그랜트는 원하는 부분을 찾아 읽기 시작했다.

> 일부 현명한 사람들은 형인 클래런스 공이 죽게 되었을 때 돕지 않는 것을 보고 그의 의도(그러니까 리처드의 의도)를 넌지시 알아차렸다. 어느 정도 형의 처형 집행을 공개적으로 반대하는 모습을 보였지만 사람들이 보기에 그는 자신의 안위가 우선이었고, 마음에서 우러나왔다기보다는 마지못해 반대하는 느낌이 강했다. 그들이 보

• **튜크스베리 전투** _ 장미전쟁 때 랭커스터가의 직계 후계자가 최후의 결전을 치르고 전사한 전투.

기에 그는 에드워드 왕이 살아 있는데도 아이들이 아직 어릴 때 큰 형인 왕(나쁜 식습관 때문에 일찍 죽을 것처럼 보이는)이 사망(실제로 그렇게 되었다)할 경우 자신이 왕이 될 수도 있겠다는 생각을 오래전부터 해온 것 같았다. 그리고 그런 속셈이 있었기 때문에 작은 형인 클래런스 공이 죽었을 때 굉장히 기뻐하는 듯했다. 클래런스 공작이 조카인 어린 왕을 지키거나 직접 왕이 될 계획을 세운다면 계획에 방해가 되기 때문이다. 그러나 이 모든 생각들이 확실한 것은 아니다. 추측은 맞을 수도 있고 틀릴 수도 있기 때문이다.

"노망난 늙은이가 넌지시 빗대서 비열하게 지껄이고 있네요."

캐러딘이 재미있다는 듯 말했다.

"이 추론들 중에서 단 한 가지 명확한 진술이 무엇인지 알아차렸습니까?"

"그럼요."

"바로 알아차렸어요? 정말 머리가 좋네요. 난 세 번을 읽고 난 뒤에야 알아냈는데."

"리처드가 형인 조지가 처형을 앞두고 있었을 때 공개적으로 집행을 반대했다는 거죠."

"맞습니다."

"사람들이 보기에 어떻다는 말들로 정반대의 느낌을 줄 수도 있는데 말이에요. 아까도 말했지만 모어 경에게서는 정말 얻을 게 없는 것 같아요."

캐러딘이 말했다.

"이건 모어 경이 아니라 존 모턴의 이야기라는 것을 잊지 말아야 합니다."

"부르기는 모어 경이 더 좋아요. 그리고 모어 경도 글이 마음에 들었으니 옮겨 적었겠죠."

한때 군인이었던 그랜트는 리처드가 노샘프턴셔에서의 곤란했던 상황을 해결했던 방법에 대해 생각하고 있었다.

"리버스 백작의 이천 명의 군사들과는 쓸데없는 충돌 없이 깔끔하게 처리했어요."

"병사들도 여차하면 왕비의 오빠보다는 왕의 동생 쪽에 서고 싶었을 거예요."

"그렇죠. 병사들로서는 책을 쓰는 남자 밑에 있는 것보다는 군대에 함께 있는 편이 더 좋았을 테니까."

"리버스 백작이 책을 썼어요?"

"그가 쓴 책이 영국에서 최초로 인쇄되었어요. 아주 교양 있는 인물이었죠."

"흠. 아무도 리버스 백작에게 열여덟 살에 준장을 달고 스물다섯 살이 되기도 전에 장군이 된 남자와는 싸울 생각을 하지 말아야 한다는 것을 가르쳐주지 않았나 봐요. 그런데 정말 깜짝 놀랐어요."

"군인으로서 리처드가 보여준 자질 말입니까?"

"아뇨. 리처드의 나이요. 전 항상 리처드 3세를 불만이 많은 중년 남자라고 생각했거든요. 그런데 리처드가 보즈워스에서 죽었을 때 나이가 겨우 서른두 살이었잖아요."

"말해봐요. 리처드가 스토니 스트랫퍼드에서 왕세자의 후견인이 된 후 러들로 성의 병사들을 전부 제거했습니까? 그러니까 내 말은, 왕세자가 어릴 때부터 같이 지내던 사람들과 전부 헤어졌나요?"

"아니에요. 런던까지 가정교사인 올콕 박사가 따라왔어요."

"그렇다면 우드빌 쪽 사람들, 그러니까 리처드에게 대항하라고 왕세자에게 영향을 끼쳤던 사람들을 모두 제거하진 않았군요."

"그럴 거예요. 체포한 건 네 명뿐이었으니까."

"그래요. 아주 깔끔하고, 대단한 판단력을 발휘한 작전이었어요. 리처드 플랜태저넷에게 축하를 해주고 싶을 정도예요."

"저도 이제 이 남자가 정말 좋아지기 시작했어요. 이제 크로즈비 플레이스를 보러 가봐야겠어요. 리처드가 살았던 곳을 실제로 보고 나면 갑자기 무슨 생각이 떠오를지도 모르죠. 내일 코민의 사본을 받아보면 1483년 영국에서 있었던 일들에 대해 알게 될 거예요. 바스의 주교였던 로버트 스틸링턴이 그해 유월 자문 회의에서 무슨 이야기를 했는지도 말이에요."

1483년 그 여름날, 스틸링턴이 자문 회의에서 털어놓은 이야기는 에드워드 4세가 엘리자베스 우드빌과 결혼하기 전에 슈루즈베리 백작의 장녀인 엘리너 버틀러와 결혼했다는 것이었다.

"그렇다면 어째서 그때까지 오랫동안 그 사실을 숨겨왔던 걸까요?"

이야기를 듣고 난 뒤 그랜트가 물었다.

"당연히 에드워드가 비밀을 지키라고 했겠죠."

"아무래도 에드워드는 비밀 결혼이 취미인 모양입니다."

그랜트가 비꼬듯 말했다.

"에드워드라고 해도 정숙이라는 덕목과 맞서는 건 힘든 일이었을 테니까요. 결혼하는 수밖에 방법이 없었을 거예요. 그런 다음 그대로 발목 잡히는 게 아니라, 외모와 왕위를 이용해 여자들을 떼어내곤 했을 겁니다."

"그랬죠. 우드빌과의 결혼 역시 그 일례였으니까. 금빛 머리카락을 가진 정숙한 불멸의 미녀와의 비밀 결혼 말입니다. 만일 스틸링턴의 이야기가 사실이라면 에드워드는 예전에도 그랬다는 것이군요. 스틸링턴의 이야기가 사실이었습니까?"

"스틸링턴은 에드워드 4세 시대에 옥새상서와 대법관을 차례로 거쳤고 브르타뉴 대사도 지냈어요. 그건 에드워드가 그자에게 뭔가 빚을 졌거나 그를 아주 총애했다는 뜻이죠. 스틸링턴의 입장에서는 에드워드에 관한 안 좋은 이야기를 날조할 이유는 없어요. 다른 꿍꿍이가 있다면 모를까."

"아뇨, 그건 아니었을 것 같군요."

"어쨌든 그 일은 의회에 상정되었어요. 그러니 스틸링턴의 말에만 의존하지 않아도 돼요."

"의회에!"

"그 비밀 결혼은 사실이었어요. 모든 일들이 공명정대하게 이루어졌죠. 상원은 6월 9일 웨스트민스터에 모여 오랜 시간 동안 회합을 가졌어요. 스틸링턴은 자신의 주장을 뒷받침해줄 증거와 증인을 데려왔고 25일에 열릴 의회에 앞서 보고서를 준비했죠. 리처드는 그달 10일에 자신을 지켜줄 군대를 보내달라고 요청하는 편지를 요크 시에 보냈어요."

"하! 마침내 일이 터졌군요."

"네. 리처드는 11일에 친척인 네빌 경에게도 비슷한 편지를 보냈어요. 실제로 위험했던 거죠."

"정말 위험이 닥쳤을 겁니다. 전혀 예상치 못했던 노샘프턴셔의 위기도 그렇게 효율적으로 해결했던 사람이 한낱 위협에 허둥대진 않았을 테니까요."

"리처드는 6월 21일에 아주 적은 수의 부하들만 데리고 런던 탑으로 갔어요. 런던 탑은 감옥이 아니라 왕족들이 사는 곳이었다는 건 아시죠?"

"네, 알고 있습니다. 런던 탑이 감옥으로 알려지게 된 건 오늘날 그런 의미로만 런던 탑을 언급하기 때문이죠. 진짜 감옥들이 생기기 전에 런던에서 범죄자들을 안전하게 가둘 수 있는 튼튼한 곳은 왕족들의 성밖에 없었으니까요. 그런데 리처드는 런던 탑에 무슨 일로 간 겁니까?"

"리처드는 반역자들의 회합을 중단시키고, 헤이스팅스 경, 스탠리 경, 일리의 주교였던 존 모턴을 체포했어요."

"안 그래도 머지않아 존 모턴이 등장할 거라고 생각하고 있었습니다!"

"당시에 리처드 살해 계획이 상세히 나와 있는 포고문이 발표되었다고 하는데 지금까지 남아 있는 사본이 없어요. 그리고 반역자들 중 한 명만 참수형을 당했는데, 정말 이상한 건 그 사람이 에드워드와 리처드의 오랜 친구인 헤이스팅스 경이었다는 거죠."

"그래요. 모어 경의 말에 따르면 그 자리에서 바로 안뜰로 끌고 나가 앞에 놓여 있던 통나무 위에서 참수를 했다고 하더군요."

"바로 죽인 건 아니에요. 헤이스팅스 경은 일주일 뒤에 참수당했으니까. 당시 편지에 처형 날짜가 나와 있어요. 그리고 리처드는 단순한 복수심으로 헤이스팅스를 죽인 건 아니었어요. 왜냐하면 헤이스팅스에게서 몰수한 재산을 그의 부인에게 돌려주었고, 자동으로 박탈당했던 아이들의 상속권도 복권시켜주었으니까요."

캐러딘이 혐오스럽다는 듯이 말했다.

"맞아요. 헤이스팅스의 처형은 틀림없이 불가피한 일이었을 겁니다."

모어의 『리처드 3세전』을 뒤적거리며 그랜트가 말했다.

"모어 경조차 이렇게 말하고 있으니까요. '섭정이 헤이스팅스를 총애했다는 것은 의심의 여지가 없으며, 그를 잃고 싶어 하지 않았다.' 그럼 스탠리와 존 모턴은 어떻게 됐습니까?"

"스탠리는 사면받았어요……. 신음 소리는 왜 내세요?"

"불쌍한 리처드. 그 관용이 바로 리처드를 죽게 만든 원흉이었습니다."

"원흉요? 스탠리의 사면이 어째서 리처드를 죽인 원흉이라는 거죠?"

"스탠리가 갑자기 배신하고 적군 편에 서는 바람에 리처드가 보즈워스 전투에서 목숨을 잃었으니까요."

"그랬어요?"

"이상한 생각일지 몰라도 리처드가 만일 총애했던 헤이스팅스처럼 스탠리 역시 참수시켰더라면 보즈워스 전투에서 승리해 튜더 왕조가 아예 등장하지 않았을 수도 있고, 튜더가에서 대대손손 리처드를 곱사등이 괴물로 날조하는 일도 없었을지도 모릅니다. 그 이전까지 보여주었던 모습들을 봐서는 리처드가 영국 역사상 최고의 태평성대를 구가했을지도 모르죠. 모턴은 어떻게 됐습니까?"

"아무 일도 없었어요."

"그것도 잘못한 거예요."

"어쨌든 눈에 띄는 일은 없었어요. 모턴은 버킹엄 공의 신사적인 감시 아래 구금되었죠. 참수형을 받은 건 반역의 주모자들로 리처드가 노샘프턴셔에서 체포한 리버스 백작과 그 부하들이었어요. 제인 쇼어는 참회형을 선고받았고."

"제인 쇼어? 그 여자가 사건과 무슨 관계가 있는 거죠? 에드워드의 정부였던 걸로 아는데?"

"맞아요. 에드워드가 그 여자를 헤이스팅스에게 넘겨주었던 것 같아요. 어디 보자, 정확하게 말하자면 도싯 후작에게 넘겨주었다고 해야겠죠. 덕분에 그때 제인 쇼어가 헤이스팅스 쪽과 우드빌가를 중개했던 거예요. 현재 남아 있는 리처드의 편지에 그 여자에 관한 이야기도 있어요. 제인 쇼어 말이에요."

"무슨 내용이었나요?"

"리처드의 법무 차관이 제인 쇼어와 결혼하고 싶다고 했나 봐요. 리처드가 왕이 된 뒤의 일이었죠."

"리처드가 허락했습니까?"

"네. 아주 재미있는 편지였어요. 그 일로 화를 낸다기보다는 유감스럽다는 빛을 언뜻 비치고 있었죠."

"'주여, 인간들이란 어찌 이리 어리석은 걸까요!'"

"그런 식이었죠."

"앙심을 품고 있는 것처럼 보이진 않네요."

"맞아요. 정반대였죠. 그랜트 씨도 아시다시피, 무슨 생각을 하거나 추론을 끌어내는 건 제가 할 일이 아니라고 생각합니다. 전 조사원에 불과하니까요. 하지만 리처드의 포부는 요크가와 랭커스터가의 전쟁을 완전히 끝마치는 것이 아니었을까 하는 생각이 자꾸 들어요."

"어째서 그런 생각을 하게 된 건가요?"

"대관식 참석 명단을 봤어요. 말이 나와서 하는 말이지만 기록상으로 대관식 참석률이 최고였거든요. 랭커스터가 사람이든 요크가 사람이든 불참한 사람이 단 한 명도 없었어요. 그걸 보니 그런 생각이 절로 들더군요."

"변덕쟁이 스탠리도 참석했겠군요."

"그랬을 겁니다. 명단에 있던 사람들을 일일이 기억하지는 못하지만요."

"리처드가 요크가와 랭커스터가의 불화를 완전히 끝내고 싶어 했을 거라는 생각이 맞을 겁니다. 그래서 스탠리에게도 관대한 처분을 내린 거겠죠."

"스탠리가 랭커스터 가문 쪽 사람이었나요?"

"아니요. 하지만 스탠리는 아주 극성스러운 여자와 결혼했어요. 그 여자가 바로 마거릿 보퍼트로, 보퍼트가는 랭커스터가의 방계에다 소위 서출 집안이었지요. 그 여자는 서출 집안 출신이라는 것을 전혀 신경쓰지 않았어요. 아들 역시 마찬가지였고."

"아들이 누군데요?"

"헨리 7세요."

캐러딘이 낮은 소리로 길게 휘파람을 불었다.

"그렇다면 스탠리 부인이 헨리의 모친이라는 말이군요."

"맞아요. 그 여자의 첫 번째 남편이 에드먼드 튜더였죠."

"하지만…… 그럼에도 스탠리 부인은 리처드의 대관식에서 명예로운 역할을 맡았어요. 왕비의 길게 늘어진 드레스 자락을 들어주는 일이었죠. 굉장히 고풍스러운 일인 것 같아요. 옷자락을 들어주는 일 말이에요. 우리 나라에는 그런 게 없거든요. 정말 영광이었을 것 같아요."

"아주 큰 영광이죠. 불쌍한 리처드. 불쌍한 리처드. 그러지 말았어야 했는데."

"뭘요?"

"아량을 베풀지 말았어야 했어요."

그랜트는 캐러딘이 메모들을 뒤적거리는 동안 계속 그 문제에 대해 생각했다.

"그렇다면 의회에서는 결국 스틸링턴이 제시한 증거를 받아들였던 모양이군요."

"그 이상이었죠. 의회는 티툴루스 레기우스•라고 불리는 법령을 선포하고 리처드에게 왕위를 안겨주었으니까요."

"신의 대리인으로서 스틸링턴의 인상이 과히 좋진 않네요. 그 사람은 위험해질까 봐 좀더 빨리 이야기를 하지 못했던 거겠죠."

"스틸링턴한테 좀 심하신 것 같네요. 이야기를 더 빨리 할 필요는 없었어요. 아무도 해를 입을 일이 없었으니까."

"엘리너 버틀러는 어떻게 됐습니까?"

"수녀원에서 죽었어요. 여기까지 관심이 있으실지 모르겠지만 엘리너는 노리치의 카르멜 수녀회의 성당에 매장됐어요. 사실 그 일은 에드워드가 살아 있는 동안에는 아무에게도 문제될 게 없었어요. 하지만 왕위 계승 문제가 불거지자 스틸링턴의 입장에서는 그 이야기를 할 수밖에 없었고, 누군가 피해를 입게 된 거죠."

"그래요. 그 말이 맞아요. 결국 의회에서 왕자들을 혼외 자식이라고 선포했으니까요. 그리고 리처드가 왕위에 올랐어요. 영국의 모든 귀족들이 참석한 가운데 말입니다. 에드워드의 왕비는 계속 웨스트민스터 사원에 있었나요?"

"네. 하지만 둘째 왕자는 왕세자가 있는 곳으로 보내야 했죠."

"그게 언제였습니까?"

캐러딘이 메모를 뒤적거렸다.

"6월 16일요. 이렇게 적혀 있네요. '캔터베리 대주교의 요청에 의해 두 소년은 런던 탑에 머무르고 있었다.'"

"그 소식이 전해진 뒤의 일이군요. 소년들을 혼외 자식으로 인정한다는 소식 말입니다."

"맞아요."

캐러딘은 메모지들을 가지런히 모아 커다란 코트 주머니 속에 집어넣었다.

"날짜별로 알아볼 수 있는 건 이 정도가 전부인 것 같아요. 하지만 또 다른 성과가 있었답니다."

그는 마르타와 리처드 왕이 부러워할 정도의 동작으로 코트 자락을 양옆에서 무릎 위로 끌어모으며 말했다.

"티툴루스 레기우스 법에 대해서는 알고 계시죠?"

"그럼요. 그게 왜요?"

"헨리 7세는 왕위에 오르자마자 의회에 상정하지도 않고 그 법을 폐지하라는 명령부터 내렸어요. 법령 자체를 없애는 것은 물론 사본 역시 남기지 말고 전부 없애버리라는 명령을 내렸죠. 그 사본

● **티툴루스 레기우스** _ 에드워드 4세의 중혼 문제로 리처드가 정당한 후계자라는 것을 인정한 법.

을 가지고 있는 사람에게는 벌금형을 내리고 마음대로 감옥에 가둬 버렸어요."

그랜트가 깜짝 놀란 눈으로 쳐다보며 말했다.

"헨리 7세가! 무엇 때문에 그런 거죠? 그 법이 헨리에게 무슨 영향을 끼친다고?"

"전혀 모르겠어요. 빨리 가서 찾아볼 생각이에요. 지금부터 자유의 여신상이 영국식 차를 가져다줄 때까지 이거라도 보면서 시간을 때우세요."

캐러딘이 그랜트의 가슴 위에 종이 한 장을 떨어뜨렸다.

"이게 뭡니까?"

그랜트가 메모장에서 뜯어낸 종이를 보며 물었다.

"리처드가 제인 쇼어에 대해 언급했던 편지예요. 잘 있어요."

조용히 혼자 남게 되자 그랜트는 종이를 들고 읽기 시작했다.

삐뚤삐뚤한 어린애 같은 글씨와 격식에 맞춰 쓴 문장의 대비가 재미있었다. 하지만 지저분한 글씨나 딱딱한 격식을 갖춘 문장조차도 편지글의 풍취를 없애버리진 못했다. 편지에서는 좋은 포도주에서 나오는 향기처럼 기품이 묻어났다. 다음은 편지의 내용을 현대어로 바꾼 것이다.

톰 리놈이 윌 쇼어의 아내와 결혼하고 싶어 한다는 소식에 깜짝 놀랐습니다. 리놈은 그 여자에게 완전히 매혹되어 결국 결혼을 하기로 결정한 모양이더군요. 주교님, 리놈을 불러 정신을 차리라고 말해주십시오. 그래도 안 된다면, 또 교회에서 보기에 두 사람의 결혼에 아무 문제가 없다면, 그땐 나도 이 결혼에 찬성하겠습니다. 하지만 그 친구에게 결혼은 내가 런던으로 돌아올 때까지 기다리라고 해주십시오. 그리고 그 여자가 얌전하게 지낸다는 조건하에 풀어준다는 것도 말해야겠지요. 그때까지는 그 여자를 부친에게 보내거나 주교님이 보기에 적당한 사람에게 맡겨주십시오.

확실히 '분노보다는 유감'이라는 캐러딘의 말 그대로였다. 자신에게 엄청난 잘못을 저지른 여자에 관해 쓴 편지라는 것을 생각해보면 놀라울 정도로 친절하고 다정했다. 게다가 이 일에 관대함을 보인들 리처드 개인에게 돌아오는 이득은 전혀 없었다. 리처드가 요크와 랭커스터 가문 사이에 평화를 이뤄 나라를 단합시키고 통치하는 데 이런 관대함이 중요할 수는 있다. 하지만 링컨 주교에게 보낸 사적인 편지의 내용을 보면 제인 쇼어를 풀어주는 일은 그녀에게 반한 톰 리놈을 제외한 다른 사람에게는 아무 상관 없는 일이었다. 리처드의 관대함은 자신에게는 아무 이득이 없었다. 그에게는 친구의 행복을 바라는 마음이 복수심보다 확실히 컸던 모양이다.

혈기 왕성한 보통 남자와 비교해보면 그의 복수심은 깜짝 놀랄 정도로 부족해 보인다. 그것도 그가 바로 악명이 자자한 괴물 리처드 3세라고 생각하면 더욱더 놀라운 일이다.

그랜트는 아마존이 차를 가져올 때까지 그 편지 덕분에 기분이 좋았다. 20세기의 참새들이 창가에 앉아 지저귀는 소리를 들으며 사백 년 전에 살았던 남자의 마음을 알 수 있는 편지를 읽고 있다는 사실이 경이로웠다. 리처드 역시 사백 년 후의 사람이 제인 쇼어에 대한 짧고 친근한 편지를 읽고 자신에 대해 궁금하게 여길 줄 알았더라면 굉장하다고 생각했을 것이다.

"편지 왔어요, 좋으시겠네요."

아마존이 버터 바른 빵 두 쪽과 록 케이크• 한 쪽과 함께 편지를 내밀며 말했다.

그랜트가 딱딱하고 건강에 좋은 록 케이크에서 시선을 돌리자

• **록 케이크** _ 겉이 울퉁불퉁하고 속에 말린 과일이 든 쿠키.

로라가 보낸 편지가 보였다.

그는 즐거운 마음으로 편지를 펼쳤다.

사랑하는 앨런 오빠(로라의 목소리가 들리는 것 같았다)

역사에는 내가 놀랄 만한 일이 아무것도, 정말 아무것도 없어. 스코틀랜드에는 신념을 위해 물에 빠져 죽었다는 여자 순교자 두 명의 커다란 기념비가 있어. 실제로 두 사람은 빠져 죽지도 않았고 순교자도 아닌데 말이야. 그들은 반역죄로 유죄 판결을 받았어. 내 생각엔 그 여자들이 스코틀랜드 침략을 계획했던 네덜란드와 내통을 했던 것 같아. 어쨌든 그들은 민사 고발을 당했어. 그러자 그 여자들은 국왕 직속 자문 회의에 형 집행을 취소해달라는 청원을 했고 그날 형 집행이 중단되었지. 지금까지도 사면에 대한 기록이 자문 회의에 남아 있어.

하지만 스코틀랜드의 순교자들에 대한 이야기를 찾아다니던 수집가들은 진실을 아랑곳하지 않고 마음대로 이야기를 만들어냈지. 덕분에 두 사람이 가슴이 미어지는 대화를 나누며 죽음을 맞이하는 비극적인 결말이 담긴 책이 스코틀랜드의 모든 가정의 책장에 꽂혀 있게 된 거야. 그래서 책마다 두 사람의 대화가 완전히 다르게 나와. 그리고 위그타운 교회 경내에 있는 여자들 중 한 명의 비석에는 이렇게 씌어 있지.

진정한 기독교를 위해 국교회 수장을 살해한 것은
더이상 범죄가 아니다.
그녀는 고위 성직자들을 인정하지 않았고
장로교를 포기하지 않았다.
바닷속 말뚝에 묶인 채
예수 그리스도를 위해 순교했다.

심지어 장로교에서 좋은 설교 주제로 쓰이기까지 한대. 비록 전해 들은 이야기이긴 하지만. 관광객들도 이 감동적인 비문이 새겨져 있는 기념비들을 찾아가 감격하며 보람찬 시간을 보낸다네.
당시 장로교가 위세를 떨치던 위그타운 지역에서 불과 사십 년 전에 일어났던 가상의 순교를 찾아낸 최초의 소문 수집가는, 많은 사람들이 그런 일은 없었다고 부인했다는 것과 목격자도 전혀 찾아내지 못했다는 불만을 토로했어.
오빠 몸이 많이 좋아졌다는 좋은 소식에 우리 모두 한시름 덜었어. 그런 상태라면 봄비가 올 때쯤엔 요양차 이곳에 올 수 있겠네. 지금은 여기 강물 수위가 너무 낮지만, 오빠가 여기 올 때쯤에는 물고기한테도, 오빠한테도 좋을 정도로 수위가 깊어질 거야.

모두의 사랑을 담아

로라

추신. 다른 사람들에게 이런 날조된 이야기의 진실을 말해주면 그 사람들은 애초에 그 이야기를 만들어낸 사람이 아니라 사실대로 말해준 사람에게 화를 내니 참 이상한 일이지. 사람들은 원래 자기가 알고 있던 생각을 바꾸고 싶어 하지 않아. 그런데다 막연히 불안해지니까 화를 내는 거라고 생각해. 그래서 사람들은 진실을 받아들이지 않고 생각하려고 하지 않는 거야. 만일 사람들이 편견을 가지고 있지 않다면 진실을 훨씬 자연스럽게 받아들이겠지만 편견은 진실보다 훨씬 강하고 훨씬 단단해. 그래서 많이들 화를 내는 건가 봐. 정말 이상해.

또 다른 토니팬디로군. 그랜트는 생각했다.

그는 역사 교과서에 나와 있는 영국 역사 중에 이런 식의 토니팬디들이 얼마나 많이 실려 있을지 궁금해지기 시작했다.

그랜트는 몇 가지 사실들을 알게 된 상태에서 다시 모어의 책을 보기 시작했다. 이제는 관련 내용들을 어떻게 봐야 할지 알 것 같았다.

만일 그가 자신의 비판 능력만 가지고 그 내용들을 읽었다면 그저 흥미로운 잡담이나 적당히 황당한 이야기라고 치부했을 것이다. 하지만 이제는 가증스러울 뿐이다. 어린 팻이 입버릇처럼 말하듯 구역질이 날 정도였다. 또한 당혹스러웠다.

이 책에 담긴 내용은 모턴의 이야기다. 모턴은 목격자이자 관계자였다. 모턴은 틀림없이 그 유월의 첫날부터 마지막 날까지 있었던 모든 일들을 정확하고 자세하게 알고 있었을 것이다. 그럼에도 엘리너 버틀러나 티툴루스 레기우스에 관한 언급은 없었다. 모턴의 말에 따르면 리처드가 왕이 된 것은 에드워드가 정부였던 엘리자베스 루시와 예전에 결혼했었기 때문이라고 했다. 하지만 모턴이 지적하고 있는 대로 엘리자베스 루시는 왕과의 결혼을 부인했다.

어째서 모턴은 볼링의 핀을 아홉 개까지 세웠다가 다시 넘어뜨린 것일까?

어째서 엘리너 버틀러 대신 엘리자베스 루시를 내세우고 있는 것일까?

루시가 왕과 결혼했다는 사실은 부인할 수 있지만 엘리너 버틀러의 경우는 그럴 수 없기 때문인 것일까?

확실히 이렇게 생각해볼 수 있다. 왕자들이 에드워드의 혼외 자식이므로 왕위 계승을 지지할 수 없다는 리처드의 주장이 다른 누군가에게 아주 중요한 일이었다고.

모어 경의 손을 빌린 모턴은 헨리 7세를 위해 이 글을 남기고 있었다. 따라서 그 누군가는 헨리 7세일 것이다. 티툴루스 레기우스를 폐지시키고 법령의 사본조차 금지시켰던 바로 그 헨리 7세.

캐러딘이 했던 말이 떠올랐다.

헨리가 의회에 올리지도 않고 그 법을 폐지하라는 명령을 내렸다고.

아무도 그 법을 기억하지 못하는 것이 중요한 일이었기 때문에 헨리는 법령이 적혀 있는 사본까지 전부 파기시켰던 것이다.

어째서 헨리 7세에게 그 법이 중요할까?

리처드의 계승권을 인정하는 내용의 법령이 헨리와 무슨 상관이 있는 것일까? 헨리는 리처드의 주장은 날조된 것이고 자신의 주장이 옳다고 우기는 것처럼 굴었다. 헨리 튜더가 아무리 사소한 내용을 주장하더라도 랭커스터가의 주장이기 때문에 요크가의 후계자들은 아랑곳하지 않을 텐데 말이다.

그렇다면 어째서 티툴루스 레기우스의 내용이 사라지는 것이 헨리에게 최우선으로 중요한 일이 돼버린 것일까?

어째서 엘리너 버틀러의 일을 숨기고 그 자리에 왕과 결혼한 적도 없는 정부를 집어넣은 것일까?

그랜트는 기꺼이 저녁 식사를 하기 전까지 계속 그 문제에 대해 생각했다. 그때 수위가 안으로 들어오더니 메모를 전해주었다.

"정문에서 친구분이라는 젊은 미국인이 이걸 전해주라고 했습니다."

수위가 반으로 접은 종이를 그랜트에게 건네주었다.

"고마워요. 혹시 리처드 3세에 대해 아십니까?"

"경품이 있습니까?"

"어째서요?"

"퀴즈니까요."

"아니에요. 그냥 지적인 호기심을 채우기 위한 겁니다. 리처드 3세에 대해 아는 게 있나요?"

"최초의 연쇄 살인마였죠."

"연쇄 살인마? 조카 두 명만 죽인 게 아닙니까?"

"아뇨, 아니죠. 전 역사에 대해서는 잘 모르지만 그건 알고 있습니다. 리처드 3세는 자기 형과 사촌, 런던 탑에 갇혀 있던 불쌍한 늙은 왕을 죽였고 마지막으로 어린 조카들을 죽였어요. 많은 사람들을 죽인 살인자죠."

그랜트는 그 문제에 대해 생각했다.

"만일 내가 리처드 3세는 아무도 죽이지 않았다고 말한다면 어떻게 하시겠어요?"

"그건 온전히 선생님의 의견이라고 대답할 겁니다. 어떤 사람들은 지구가 평평하다고 믿었죠. 세상이 2000년에 멸망할 거라고 믿는 사람들도 있습니다. 어떤 사람들은 인류의 역사가 오천 년도 되지 않는다고 믿기도 하지요. 일요일에 마블 아치에 가면 훨씬 재미있는 이야기들을 많이 들을 수 있을 겁니다."

"잠깐이라도 리처드가 아무도 죽이지 않았다고 가정을 해보면 어떨까요?"

"재미는 있지만, 그럴듯하게 들리진 않네요. 하지만 제 말은 신경쓰지 마십시오. 그런 말이 통할 만한 곳에서 시도해보세요. 일요일에 마블 아치에 가보세요. 그곳에서라면 틀림없이 선생님 생각에 호응하는 사람들을 많이 볼 수 있을 겁니다. 어쩌면 새로운 반응을 얻을 수 있을지도 몰라요."

수위는 경쾌하게 손을 들어 대충 거수경례를 하고는 콧노래를 흥얼거리며 사라졌다. 확실히 그의 말에 아무 영향도 받지 않은 것 같았다.

'이제 고지는 멀지 않았어. 이번 일에 대해 좀더 자세히 알게 되면 마블 아치에서 가두연설을 하게 될지도 모르지.'

그랜트는 생각했다.

그는 캐러딘이 보낸 종이를 펼쳐 보았다.

> 리처드가 다른 왕위 계승자들을 살려놓았는지 궁금하다고 하셨죠. 제가 아는 건 왕자들밖에 없습니다. 저번에 말씀드리는 걸 잊었는데, 다른 왕위 계승자들의 명단을 작성해주시면 제가 그들에 대해 찾아보겠습니다. 그 일이 중요할 것 같다는 생각이 드네요.

다른 사람들이 전혀 상관하지 않고 콧노래를 부르며 그대로 지나쳐버릴지라도 그의 옆에는 이 미국인이 함께 있어줄 것이다.

그랜트는 일요 신문에나 나올 법한 극적인 장면들과 격한 비난이 실려 있는 모어의 책을 옆으로 밀어두고, 학생용 역사책을 참조해 왕위 계승에서 리처드 3세와 경쟁자가 될 만한 사람들의 명단을 만들기로 했다.

그랜트는 모어, 아니 모턴의 책을 내려놓다가 뭔가 떠올렸다.

런던 탑에서 열린 자문 회의 때 보여준 극적인 장면들은 모두 모어가 쓴 것이었다. 그때 리처드는 자신의 팔을 오그라들게 만든 마법에 맞서 이성을 잃고 분노를 표출했다. 그가 분노한 대상은 바로 제인 쇼어였다.

독자들까지 흥미를 잃게 만드는 무의미하고 불쾌한 그 장면과, 실제로 리처드가 제인 쇼어에 관해 쓴 친절하고 관대하며 격의 없는 분위기의 편지는 놀라울 정도로 대조적이었다.

그들이 무슨 짓을 했든 간에 만일 그 장면을 쓴 남자와 편지를 쓴 남자 사이에 한 명을 고르라고 한다면 나는 편지를 쓴 남자를 고를 것이라고 그랜트는 생각했다.

모턴이 떠오르자 그랜트는 요크가의 왕위 계승자들의 명단을 적는 것을 미루고 존 모턴이 어떻게 됐는지 알아보기로 했다. 존 모턴은 버킹엄가의 감시 속에서도 여유롭게 우드빌가와 랭커스터가의 연대(헨리 튜더는 프랑스에서 배와 군대를 이끌고 왔고, 도싯 후작과 우드빌가의 나머지 사람들은 영국에 불만이 있는 다른 사람들을 끌어들여 함께 헨리 튜더를 만났다)를 조직한 뒤, 일리 지역의 오래된 사냥터로 도망쳤다가 프랑스로 넘어갔던 것 같다. 헨리가 보즈워스 전투에서 승리하고 영국으로 돌아와 왕이 되자 모턴은 대주교의 진홍색 모자를 쓰고 캔터베리로 갔다. 그리고 '모턴의 이중 논법'의 모턴으로 불후의 명성을 쌓았다. 학생들 대부분이 헨리 7세에 대해 거의 유일하게 기억하고 있는 것이 바로 '모턴의 이중 논법'일 것이다.

그랜트는 저녁 시간 내내 역사책들을 느긋하게 뒤적거리며 왕위 계승자들의 명단을 작성했다.

왕위 계승자들은 많았다. 에드워드의 다섯 딸들, 조지의 아들과 딸. 만일 에드워드의 자녀들을 모두 혼외 자식으로 인정하고 조지의 자식들 또한 사권 박탈로 제외하더라도 왕위 계승 가능성이 있는 인물이 또 남아 있었다. 리처드의 누나인 엘리자베스의 아들이었다. 엘리자베스는 서퍽의 공작 부인으로 아들인 링컨 백작 존 드 라 폴이 있었다.

가족 중에는 그랜트가 염두에 두어야 할 소년이 한 명 더 있었다. 리처드의 아들로는 미들험에 있는 허약해 보이는 소년만 있는 것이 아니었다. 그에게는 존이라는 이름을 가진 사랑스러운 아들이 한 명 더 있었다. 글로스터의 존. 지체는 높지 않았지만 소년은 가족으로서 인정받으며 살고 있었다. 그리고 어느 정도 나이가 되자 별다른 슬픔 없이 서자의 표시를 받아들였다. 정복자 윌리엄에서부터 시작된 관습이었다. 그 뒤로 모든 정복자들이 관습을 이어나가며 어떤 불이익도 없다고 선전했다. 어쩌면 보상의 수단이었을지도 모른다.

그랜트는 작은 비망록을 작성했다.

에드워드 엘리자베스 조지 리처드

존 드 라 폴
(링컨 백작)

글로스터의 존

에드워드
(워릭 백작)

마거릿
(솔즈베리 백작 부인)

에드워드 왕세자

리처드
(요크 공작)

엘리자베스

세실리

앤

캐서린

브리짓

그랜트는 캐러딘에게 주기 위해 한 부 더 작성하면서 무엇보다 리처드가 왕위를 안전하게 지키기 위해 에드워드의 두 아들을 제거했다는 것을 사람들이 어떻게 믿을 수 있었는지 의아했다. 캐러딘은 왕위 계승자들이 우글거린다고 했었다. 빌미만 있으면 그들이 몰려올 것이다.

상황이 그렇다면 소년들을 살해하는 것은 아무 소용 없을 뿐만 아니라 어리석은 일이기까지 하다는 생각이 들었다.

리처드가 무슨 짓을 저질렀다고 하더라도 이렇게 어리석은 짓은 절대로 했을 리 없었다.

그랜트는 올리펀트의 책을 들고 이야기의 명백한 모순점에 대해 쓴 부분을 찾아냈다.

> 리처드가 소년들의 죽음을 어떤 식으로든 공표하지 않은 것은 이상한 일이다.

그보다 더 이상한 건 사건 자체를 이해할 수가 없다는 것이다.

리처드가 형의 아들들을 죽이고 싶었다면 그보다 확실하고 능숙하게 처리했을 것이다. 이를테면 소년들이 열병으로 죽었다고 하고 다른 왕족들과 마찬가지로 시신을 공개했더라면 모두가 그들의 죽음을 확실하게 알게 되었을 것이다.

살인은 누구나 저지를 수 있다. 템스 강변 거리에서 오랫동안 일해온 그랜트는 그 사실을 누구보다 잘 알고 있었다. 하지만 어리석은 짓을 하지 않는 사람은 완벽하다고 확신하는 방법으로만 범행을 저지른다.

올리펀트는 리처드의 살인을 의심하지 않았다. 올리펀트에 따르면 리처드는 괴물이었다. 중세와 르네상스 시대를 전반적으로 살피다 보니 이 역사학자에게는 세세하게 분석할 시간이 없었을지도 모른다. 여기저기서 맥락에 맞지 않는 의심스럽고 이상한 내용들이 보였음에도 올리펀트는 모어 경의 견해를 받아들였다. 그리고 그런 이상한 내용들이 자신의 이론 기반을 흔들고 있다는 것을 알지 못했다.

그랜트는 계속해서 올리펀트의 책을 읽어나갔다. 리처드는 대관식 이후에 의기양양하게 영국 순행을 시작했다. 옥스퍼드, 글로스터, 우스터, 워릭. 순행 동안 반대하는 사람들의 목소리는 들리지 않았다. 오직 축복과 감사의 인사뿐이었다. 모두들 시대를 막론하는 좋은 정부가 되어주기를 기대하고 있었다. 다른 무엇보다 에드워드의 갑작스러운 죽음이 몇 년간의 내전이나 에드워드의 아들을 위한 시민 투쟁으로 이어지지 않은 것을 기뻐하고 있었다.

그렇게 모두의 환호를 받고, 이어지는 찬사로 승승장구하고 있던 와중에(모어 경에게 의지하고 있는 올리펀트의 말에 따르면) 리처드는 런던 탑에서 공부하고 있던 두 소년을 없애버리기 위해 티럴을 런던으로 보냈다. 7월 7일에서 15일 사이의 일이었다. 리처드는 워릭에 있었다. 그 여름, 그는 웨일스에 접해 있는 요크가의 영지 한복판에서 이미 모든 자격을 잃어버린 어린 조카들을 처리할 계획을 세웠다.

정말 말도 되지 않는 이야기다.

그랜트는 자기가 알고 있는 남에게 잘 속는 위인들보다 역사학자들이 더 상식이 없는 것이 아닌지 궁금해지기 시작했다.

그리고 1483년 7월에 티럴이 그런 범죄를 저질렀다면 어째서 이십 년 가까이 죗값을 치르지 않았던 것인지 이유를 알아내야만 했다. 그동안 티럴은 어디에 있었던 것일까?

리처드의 여름은 만우절이나 마찬가지였다. 지켜지지 않은 약속들로 가득했다. 가을이 되자 리처드는 우드빌가와 랭커스터가의 공격에 맞서게 되었다. 모턴이 영국을 떠나기 전에 꾸몄던 음모였다. 랭커스터가가 음모에 가담한 것을 모턴은 자랑스럽게 생각했다. 그들은 프랑스 선단과 프랑스 군대와 함께 돌아왔다. 하지만 우드빌가는 길퍼드, 솔즈베리, 메이드스톤, 뉴베리, 엑서터, 브레컨처럼 중앙에서 멀리 떨어져 있던 작은 세력들만을 산발적으로 동원할 수 있었다. 영국인은 자신들이 전혀 모르는 헨리 튜더에게 가담하고 싶지 않았고, 너무나도 잘 알고 있는 우드빌가에 가담하고 싶지도 않았다. 심지어 영국 날씨조차 그들 편이 아니었다. 이부동생인 엘리자베스가 헨리 튜더의 아내가 되어 영국의 왕비가 되는 것을 보고 싶었던 도싯 후작의 바람은 세번 강의 홍수로 물거품이 되고 말았다. 헨리는 서쪽에서 육지로 상륙하려고 시도했지만 데번과 콘월에는 분개한 영국군이 기다리고 있었다. 배를 돌려 프랑스로 돌아가며 그는 다시 좋은 기회가 오기를 기다리기로 했다. 그리고 도싯 후작은 프랑스 왕실에 빌붙어 있는 우드빌가의 망명자들 사이에 합류하게 되었다.

결국 모턴의 계획은 가을비와 영국인들의 냉대 속에 무산되었고 리처드는 짧은 평화를 누리게 되었다. 하지만 봄이 오자 큰 슬픔을 겪게 되었다. 아들이 죽은 것이다.

> 왕은 극도의 슬픔을 드러내며 말했다. 그는 아버지로서의 감정도 없는 잔혹한 괴물은 아니었다.

올리펀트는 그렇게 쓰고 있다.

남편으로서도 마찬가지였다. 그로부터 일 년이 채 지나기 전에 왕비 앤이 죽었을 때도 똑같이 고통스러워하고 있는 리처드에 관한 묘사가 있었다.

그다음부터 리처드는 침략자들이 재정비를 하고 공격해올 때까지 기다리는 수밖에 없었다. 영국의 국경선을 지키면서 국고가 점점 줄어드는 것을 걱정하고 있었다.

리처드는 모든 일들을 잘 처리했다. 그는 모범의회에 이름을 올렸다. 리처드는 마침내 스코틀랜드와 평화협정을 맺었고 질녀와 제임스 3세의 아들과의 결혼을 성사시켰다. 그는 프랑스와도 평화협정을 맺기 위해 갖은 노력을 다했지만 실패했다. 프랑스 왕실에는 헨리 튜더가 있었고 헨리 튜더는 프랑스 왕실이 아끼는 청년이었다. 헨리가 영국에 들어가는 것은 시간문제였으니 그때 아낌없이 지원할 예정이었으리라.

그랜트는 갑자기 랭커스터가에 헌신적이었던 헨리의 모친 스탠리 부인이 떠올랐다. 실패로 돌아간 가을 침략에서 스탠리 부인은 어떤 역할을 맡고 있었을까?

그는 원하는 내용이 나올 때까지 올리펀트의 책을 뒤적거렸다.

스탠리 부인이 아들과 주고받은 편지 때문에 반역죄로 유죄 판결을 받았다는 것을 알 수 있었다.

하지만 리처드는 여기서 또 지나친 관대함을 보여주었다. 스탠리 부인이 몰수당한 영지들을 그녀의 남편에게 넘겨주었다. 그리고 스탠리 부인은 가택에 연금했다. 한층 더 씁쓸한 건 침략에 대해 스탠리 역시 아내만큼 잘 알고 있었을 거라는 것이다.

사실 리처드는 괴물과는 어울리지 않는 모습만 보여주고 있었다.

그랜트는 잠이 들면서 마음속으로 누군가의 목소리를 들었다.

'만일 소년들이 칠월에 살해당했고 우드빌과 랭커스터 가문이 침략한 것이 시월이라면, 어째서 그들은 사기 진작을 위해 그 아이들의 살인 사건을 이용하지 않았을까?'

물론 그 침략은 살인 사건이 일어나기 훨씬 전부터 계획되어 있었을 것이다. 완전 무장한 열다섯 척의 군함과 오천 명의 용병들을 출정시키려면 오래전부터 준비해야 할 테니까. 하지만 그때 바로 리처드의 악행에 대한 소문이 나기 시작했다면 순식간에 퍼졌을 것이다. 사람들이 동조할 만한 명분이었을 텐데도, 어째서 그들은 영국 전역에서 리처드의 범죄를 성토하지 않았을까?

"마음을 가라앉히자, 마음을 가라앉혀. 사건을 너무 편파적으로 보기 시작했어. 수사를 이렇게 하면 안 되지."

다음날 아침 잠에서 깬 그랜트는 스스로에게 말했다.

도덕적 수양을 위해 그는 검찰 측 입장에서 생각해보기로 했다.

버틀러와 관련된 이야기는 날조된 것일 수도 있다. 리처드가 스틸링턴의 도움을 받아 이야기를 꾸며냈을 수도 있다. 상원과 하원 역시 안정적인 정부를 바라는 마음에 진실에서 눈을 감아버렸을 가능성도 있다.

이런 일들이 두 소년을 죽음으로 몰고 갔던 것일까?

그렇지 않다.

그 이야기가 거짓이라면 이야기를 만든 사람은 스틸링턴부터 제거해야 했을 것이다. 오래전에 수녀원에서 죽은 엘리너 버틀러는 티툴루스 레기우스를 휴지 조각처럼 날려버릴 수 없다. 스틸링턴은 그럴 수 있었다. 하지만 죽지 않고 계속 살아 있었다. 스틸링턴은 자기가 왕위에 앉힌 남자보다 훨씬 오래 살았다.

어린 왕세자의 대관식 준비를 갑자기 중단시킬 정도로 충격적이었던 사태가 극적인 효과를 노리고 연출된 것이든, 스틸링턴의 청천벽력 같은 고백이 의도하지 않았던 사람의 귀에 들어갔기 때문에 벌어진 것이든 결과는 마찬가지였다. 버틀러가 결혼 서약서에 서명을 했을 때 리처드의 나이는 열한 살, 열두 살이나 되었을까? 그가 그 일에 대해 알았을 가능성은 적었다.

만일 버틀러의 이야기가 리처드의 지시로 날조된 것이라면 스틸링턴은 큰 보상을 받았어야 했을 것이다. 하지만 스틸링턴이 추기경 모자를 쓰게 되었다거나, 승진을 했다거나 관직을 받았다는 기록은 남아 있지 않았다.

도리어 버틀러의 이야기가 사실이라는 가장 명백한 증거는 헨리 7세가 법령을 황급히 파기하려고 했다는 것에서 찾아볼 수 있다. 그 이야기가 거짓이었다면, 헨리는 사실을 공개해 리처드에게 오명을 씌우고 스틸링턴에게 했던 말을 취소하라고 하면 될 일이었다. 그러나 헨리는 그렇게 하는 대신 법령을 은밀하게 없애버렸다.

그랜트는 그 지점에서 또다시 변호인 측에 서 있다는 것을 깨닫고 넌더리가 났다. 그는 잠시 문제를 접어두기로 했다. 그랜트는 이제 캐러딘이 새로 조사한 사실들을 가지고 나타날 때까지 리처드 3세에 관한 일은 잊어버리고, 탁자 위에 방치되어 있던 래비니아 피치나 루퍼트 루지, 그 외 인기 작가들의 소설을 읽어보기로 했다.

그랜트는 세실리 네빌의 손자 손녀의 가계도를 봉투에 넣어 캐러딘의 주소를 적은 뒤 꼬마에게 우편으로 보내달라고 부탁했다. 그런 다음 책 더미에 기대서 있던 리처드의 초상화를 뒤집었다. 그래야만 윌리엄스 경사가 단번에 판사석에 앉아 있을 얼굴이라고 말했던 리처드의 유혹에서 벗어날 수 있을 것 같았다. 그리고 사일러스 위클리의 『땀과 고랑』을 집어 들었다. 그는 점점 불만이 쌓여가는 것을 느끼며 인생의 어둠과 싸우는 사일러스의 이야기에서 래비니아의 찻잔 이야기로, 래비니아의 찻잔 이야기에서 다시 분장실 안을 신나게 뛰어다니는 루퍼트의 책으로 넘어갔다. 마침내 캐러딘이 나타났다.

캐러딘은 그랜트를 걱정스럽게 쳐다보며 말했다.

"그랜트 씨, 저번에 봤을 때보다 안색이 안 좋으시네요. 몸이 안 좋으세요?"

"리처드 때문에 그런 거지, 몸 상태는 괜찮습니다. 그건 그렇고 당신에게 알려줄 또 다른 토니팬디 사례가 있어요."

그랜트가 말했다.

그런 다음 그는 물에 빠져 죽지 않았는데도 물에 빠져 죽었다는 여자들의 이야기가 담긴 로라의 편지를 캐러딘에게 건네주었다.

편지를 읽기 시작하자 캐러딘의 얼굴이 서서히 비치는 햇살처럼 밝아지기 시작하더니 마침내 환하게 빛나기 시작했다.

"와, 정말 굉장한데요. 한 단계 더 발전한 아주 정교하고 완벽한 토니팬디잖아요. 재미있네요, 정말 재미있어요. 그랜트 씨는 이 이야기를 모르셨어요? 그보다 스코틀랜드 출신이세요?"

"스코틀랜드로 이주했죠."

그랜트가 짚고 넘어갔다.

"장로교의 서약자들이 신앙을 위해 죽지 않았다는 건 알고 있었지만, 그들 중 한 사람이, 아니 둘 다 살아 있었다는 건 몰랐습니다."

"신앙을 위해 죽지 않았다고요? 모든 게 토니팬디란 말이에요?"

캐러딘이 어리둥절한 듯 물었다.

그랜트가 웃었다.

"그런 것 같습니다."

그렇게 말하다가 그도 깜짝 놀랐다.

"이제까지는 이 일이 토니팬디 같은 일이라고는 한 번도 생각해 본 적이 없었습니다. 에식스의 늙은 상점 주인을 죽이고 사형당한 살인자가 순교자가 아니듯, 그 순교자들 역시 순교자가 아니라는 것을 오래전부터 알고 있었으니까요. 더이상 생각하지 않았죠. 스코틀랜드에서 사형을 당하는 건 자신들이 저지른 범죄 때문이니까요.”

“하지만 전 그 사람들이 아주 거룩한 사람들이라고 생각했어요. 서약자들 말이에요.”

“19세기에 나온 비밀 집회 그림을 봐서 그럴 겁니다. 설교를 듣기 위해 헤더꽃이 피어 있는 들판에 모여 앉은 경건한 작은 모임. 넋을 잃고 쳐다보는 젊은이들의 얼굴과 하느님의 바람 속에 날리는 노인의 머리카락. 실제로 서약자들은 아일랜드의 I.R.A(아일랜드 공화국군)나 마찬가지예요. 타협이 없는 소수 정예 집단에 기독교도라는 것이 부끄러울 정도로 피에 굶주린 사람들이죠. 일요일에 비밀 집회 대신 교회에 간다면, 월요일에 잠에서 깨어났을 때 헛간이 불에 탔거나 말들이 발을 절름거릴 겁니다. 좀더 공개적으로 불만을 표시하면 총에 맞아 죽죠. 대낮에 파이프의 대로변에서 딸이 보는 앞에서 샤프 주교를 저격한 사람들이 바로 이 운동의 영웅들이에요. 추종자들은 ‘하느님을 따르기 위한 용기와 열의를 가진 사람들’이라고 부릅니다. 지난 수년간 서부 지역에서, 자신들의 서약을 따르는 사람들 틈에서 거드름을 피우며 안전하게 살고 있는 ‘복음의 설교자’가 에든버러 거리에서 허니먼 주교를 저격했고, 자기 집 문 앞에 있는 카스페언의 늙은 교구 신부를 총으로 쏘아 죽였죠.”

“아일랜드 이야기처럼 들리네요.”

캐러딘이 말했다.

"적과 내통했으니 실제로는 I.R.A보다 더 나쁘죠. 네덜란드에서 경제적인 원조를 받고 무기도 네덜란드에서 들여왔어요. 그자들은 제법 활발하게 활동하고 있습니다. 언젠가는 정권을 장악해 스코틀랜드를 다스릴 거라는 기대를 하고 있으니까. 그자들이 하는 모든 설교는 완전히 선동이에요. 온갖 범죄를 불러일으키는 폭력적인 선동이죠. 예전과 달리 현대 정부는 그런 위협을 더이상 참지 않는데도 서약자들은 그 사실을 망각한 채 끊임없이 공격하고 있습니다."

"이제까지 전 그 사람들이 하느님을 자기들 방식으로 숭배할 자유를 위해 싸우는 거라고 생각하고 있었어요."

"그들이 원하는 방식으로 하느님을 숭배하는 것을 못 하게 막는 사람은 아무도 없습니다. 믿기 힘들겠지만, 그들은 스코틀랜드뿐만 아니라 영국의 교회까지 자기들 방식대로 통제하려고 하고 있죠. 나중에 서약자들에 대해 한번 알아봐요. 서약자들의 교리에 따르면 어느 누구에게도 신앙의 자유가 없으니까. 물론 서약자들은 제외하고 말이에요."

"그렇다면 관광객들이 보는 모든 비문이나 기념비 들은……."

"전부 토니팬디라는 거죠. 만일 당신이 누군가의 비문에서 '스코틀랜드 종교개혁을 위해 서약을 지키며 하느님의 말씀을 충실히 따르다 고통 속에 죽어갔다'라는 문구와 함께 그 아래 '폭정에 덧없이 희생되었다'라는 감동적인 글귀를 보게 된다면, 그 사람은 공명정대한 법정에서 자신이 저지른 범죄에 유죄를 선고받아 사형을 당했고 그의 죽음은 하느님의 말씀하고는 아무 상관이 없다고 생각하면 됩니다. 가장 아이러니한 건, 당시 스코틀랜드 사람들이 이단이라고 부른 사람들이 지금은 성인과 순교자의 위치에 올라와 있다는 것이겠죠."

그랜트는 작은 소리로 웃었다.

"그것도 의성법을 이용했다고 볼 수 있을 것 같아요."

캐러딘이 생각에 잠긴 채 말했다.

"뭐가 말입니까?"

"그랜트 씨가 말했던 고양이와 쥐처럼 말이에요."

"그게 무슨 말이죠?"

"전에 고양이와 쥐는 사람 이름의 발음을 이용해서 공격하는 풍자문이라고 했던 말, 기억하세요?"

"그럼요. 악의적으로 만든 거죠."

"그러니까 용기병龍騎兵이라는 말도 같은 식으로 쓰였다는 거예요. 용기병은 그 시절의 경찰과 같은 존재잖아요."

"맞습니다. 기마 보병이죠."

"저한테는, 다른 사람들도 그렇게 생각할지 모르겠지만, 용기병Dragoon이라는 단어가 무섭다Dreadful는 말로 들려요. 생각지도 못했던 의미로 다가온다는 거죠."

"아, 알겠어요. 불가항력이라는 것이군요. 실제로는 정부가 광범위한 지역에 극소수의 경찰들만을 배치했기 때문에 서약자들이 수적으로 우세한 상황이었어요. 여러 가지 의미로 말입니다. 용기병(경찰이라고 생각하죠)은 영장 없이는 아무도 체포할 수 없었어요. 설령 영장이 있어도 주인 허락 없이는 말을 마구간에 넣어둘 수도 없었죠. 하지만 서약자들은 헤더 관목 뒤에 숨어 있다가 마음대로 용기병들을 쏠 수 있었어요. 당연히 그렇게 했고요. 그런데 지금 남아 있는 모든 기록에는 가혹하게 학대받던 성인이 권총을 가지고 헤더 관목에 숨어 있었다고 되어 있습니다. 그 괴물 같은 용기병은 죽는 게 당연했다고 받아들이는 거죠."

"리처드처럼 말이군요."

"리처드처럼 말이에요. 우리의 특별한 토니팬디는 어떻게 되어 가고 있습니까?"

"헨리가 법령을 급히 없애버리려고 한 이유를 아직 찾지 못했어요. 그 법령은 몇 년간 잊힌 채 숨겨져 있다가 우연히 런던 탑에 남아 있는 기록들 중에서 발견된 거죠. 그리고 그 내용은 1611년에 인쇄됐어요. 존 스피드의 『영국사』 안에 전문이 실려 있어요."

"아, 그렇다면 티툴루스 레기우스는 확실한 것이군요. 리처드는 법에 따라 왕위를 계승했으니, 결국 모어 경의 이야기는 다 거짓이었어요. 엘리자베스 루시는 아무 상관도 없었던 거죠."

"루시? 엘리자베스 루시가 누구죠?"

"아, 잊어버렸네요. 그 법령에는 나오지 않으니까. 모어 경의 말에 따르면 리처드는 에드워드가 정부 중 하나였던 엘리자베스 루시와 결혼했다는 주장을 했답니다."

모어 경의 이야기가 나올 때마다 언짢은 기색이 번지던 캐러딘의 온화한 얼굴은 이젠 거의 혐오스럽다는 표정을 짓고 있었다.

"말도 안 돼요."

"모어 경은 자신 있게 그걸 사실인 양 썼어요."

"그들은 무슨 이유로 엘리너 버틀러를 숨기려고 한 거죠?"

캐러딘이 핵심을 찔렀다.

"에드워드가 정말 엘리너 버틀러와 결혼했으니 어린 왕자들은 진짜 혼외 자식이었기 때문이죠. 왕자들이 혼외 자식이라면 아무도 그 아이들을 내세우려고 하지 않을 것이고, 리처드에게도 위협이 되지 않을 테니까요. 우드빌가와 랭커스터가가 침략을 강행했을 때도 도싯 후작이 이부동생인 왕자들이 아니라 헨리를 내세웠다는 걸 알고 있죠? 그것도 그 근거 없는 소문에 대해 알기 전이었을 텐데 말입니다. 도싯 후작과 모턴 반란군의 지도자들에게는 그 소년들이 중요하지 않았던 거예요. 그들은 헨리를 지지하고 있었습니다. 후작은 이부 여동생이 결혼할 남자가 영국 왕위에 올라 여동생이 왕비가 되길 바라고 있었어요. 무일푼의 도망자 신세에서 역전할 좋은 기회였으니까요."

"그래요. 맞아요. 그 점이 중요해요. 도싯 후작은 이부 남동생의 복권을 위해 싸우지 않았어요. 만일 그 소년에게 영국의 왕이 될 가능성이 있었다면 틀림없이 그 소년을 지지했을 거예요. 그리고 또한 가지 흥미로운 내용을 발견했어요. 왕비와 공주들은 수도원에서 바로 나왔어요. 지금 후작 이야기를 하다 보니 기억이 나네요. 왕비는 수도원에서 나왔을 뿐만 아니라 아무 일도 없었다는 듯이 금세 자리를 잡았어요. 공주들은 궁전에서 열린 파티에 참석했고요. 여기서 뭘 알아냈는지 아세요?"

"뭡니까?"

"모두 왕자들이 살해당한 뒤에 있었던 일이라는 거죠. 그래요. 또 다른 것도 있어요. 두 아들이 사악한 숙부에게 목숨을 잃었을 때, 왕비는 프랑스에 있는 다른 아들 도싯 후작에게 그만 영국으로 돌아와 리처드와 화해하고 그에게 잘하라는 편지를 보냈어요."

정적이 흘렀다.

오늘은 참새 소리도 들리지 않았다. 비가 창문에 부딪치는 부드러운 소리만 들릴 뿐이었다.

"할 말 없으세요?"

캐러딘이 마침내 입을 열자 그랜트가 말했다.

"경찰 입장에서 봤을 때 이 일은 리처드의 사건이 될 수 없습니다. 말 그대로 하면 말이죠. 그렇다고 사건성이 부족하다는 뜻은 아닙니다. 법정에 갈 정도로 충분한 사건이죠. 다만 이번 사건은 리처드와 관계가 없다는 뜻이에요."

"저도 그렇게 생각해요. 그랜트 씨가 보내준 명단에 있는 사람들 모두 리처드가 보즈워스에서 죽을 때까지 아주 잘살고 있었던 것을 보면 말이에요. 그 사람들은 자유롭게 살았을 뿐 아니라 모두 풍족하게 살고 있었어요. 에드워드의 딸들은 궁전에서 열린 파티에만 참석한 것이 아니라 연금도 받았어요. 리처드는 아들이 죽자 그들 중에서 후계자를 지목했죠."

"누구였습니까?"

"조지의 아들요."

"그렇다면 박탈되었던 사권을 조카들에게 복권시켜주었단 말이군요."

"맞아요. 기억하실지 모르겠는데 리처드는 조지가 사형을 선고받았을 때 항의했었죠."

"모어 경조차도 그 일은 기록하고 있으니까요. 그렇다면 괴물 리처드 3세의 치세 기간 동안 영국의 왕위 계승자들 모두가 자기 일을 하면서 구속되지 않고 자유롭게 살았다는 말이군요."

"그 이상이었죠. 그들 모두가 세상사에 참여하며 살았으니까요. 가족의 일원으로 행사했고 영지 수입도 나눠 가졌어요. 데이비스라는 사람이 요크에 관한 기록들을 모아 쓴 책을 봤어요. 요크가가 아니라 요크 시에 대한 기록이죠. 조지의 아들인 워릭 백작과 사촌인 링컨 백작은 자문 회의의 일원이었는데, 요크 시에서 두 사람에게 편지를 보냈어요. 1485년에 말이에요. 내용을 보면 리처드가 아들에게 기사 작위를 내리면서, 요크 시를 위해 훌륭한 일을 했다며 워릭 백작에게도 작위를 내렸다고 되어 있어요."

캐러딘은 한참 동안 말을 멈췄다가 불쑥 이렇게 말했다.

"그랜트 씨, 이 일을 소재로 책을 쓰실 건가요?"

"책이라니! 당치 않아요. 왜 그런 말을 하는 겁니까?"

그랜트가 깜짝 놀라 물었다.

"제가 쓰고 싶어서요. 농민반란보다는 훨씬 좋은 작품이 나올 것 같아요."

"부지런히 써야겠군요."

"아버지에게도 보여드리고 싶어요. 아버지는 가구나 판로 개척, 판매 실적에 관심이 없다는 이유로 절 못마땅하게 여기세요. 만일 제가 쓴 책을 실제로 보시게 되면 제가 무능하지 않다는 것을 아시게 될 거예요. 마음이 바뀌어 절 자랑스럽게 생각하실지도 모르는 일이고요."

그랜트는 캐러딘을 따뜻한 눈으로 쳐다보며 말했다.

"크로즈비 플레이스를 직접 본 감상을 물어본다는 걸 잊고 있었네요."

"아, 좋았어요. 정말 좋았어요. 캐러딘 3세가 크로즈비 플레이스를 봤다면 당장 건물을 해체시켜 애디론댁 부족이 사는 어딘가에 다시 세우고 싶어 하실 거예요."

"당신이 리처드에 관한 책을 쓰면 더 그러시겠네요. 공동 저자가 된 것 같은 느낌을 받으실 겁니다. 제목은 뭐라고 지을 건가요?"

"책요?"

"네."

"헨리 포드의 명언을 빌려서 '역사는 헛소리다•'라고 붙여봤어요."

"좋군요."

"물론 책을 쓰기 전에 좀더 많은 자료들을 읽고 조사도 더 많이 해야 되겠지만요."

"틀림없이 잘될 겁니다. 이제 진짜 의문의 해답만 찾으면 되겠군요."

"그게 뭐죠?"

"누가 그 소년들을 죽였는가."

"그렇죠."

"헨리가 런던 탑을 손에 넣었을 때 소년들이 살아 있었다면 대체 무슨 일이 있었던 걸까요?"

"그 점을 밝혀낼 거예요. 그리고 헨리가 티툴루스 레기우스의 내용을 숨기는 것을 왜 그렇게 중요하게 여겼던 건지 이유도 알아내고 싶어요."

캐러딘이 자리에서 일어났다. 그리고 리처드 3세의 초상화가 탁자 위에 뒤집어져 있는 것을 알아차렸다. 그는 초상화를 원래대로 책 더미에 조심스럽게 기대 세워놓았다.

"여기 있어요. 내가 본래 자리로 돌아가게 해줄 테니까."

그가 리처드에게 말을 걸었다.

• **역사는 헛소리다** _ 헨리 포드의 '역사란 어느 정도는 헛소리다(History is more or less bunk)'에서 따왔다.

그런 다음 캐러딘이 막 병실을 나서려고 할 때, 그랜트가 말했다.

"지금 막 토니팬디가 아닌 역사가 떠올랐습니다."

"뭔가요?"

캐러딘이 문 앞에 서서 물었다.

"글렌코 학살•요."

"그건 정말 있었던 일인가요?"

"정말 있었던 일이죠. 그리고…… 브렌트!"

캐러딘이 병실 문으로 다시 고개를 내밀었다.

"네?"

"명령을 내린 사람은 독실한 서약자였어요."

013

캐러딘이 떠난 지 이십 분도 되지 않아 마르타가 꽃다발과 책, 사탕과 함께 온화한 얼굴로 나타났다. 그녀는 그랜트가 커스버트 올리펀트가 쓴 15세기 역사책에 집중하고 있는 것을 보았다. 그랜트는 책에 정신이 팔린 채로 인사를 건넸다. 마르타에게는 익숙하지 않은 일이었다.

"당신한테 아들이 둘 있는데 그 아들들이 다 시동생한테 살해당했다면 시동생이 주는 연금을 받을 수 있겠어?"

"질문이 좀 과격한 것 같은데."

마르타는 꽃다발을 내려놓고 이미 꽃이 꽂혀 있는 꽃병들 중에 가장 어울릴 만한 꽃병을 찾으면서 대답했다.

● **글렌코 학살**_ 1692년 2월 13일, 스코틀랜드에서 글렌코의 맥도널드 가문 사람들이 제임스 2세에게 충성 서명을 하지 않았다는 이유로 학살당한 사건.

그랜트가 말했다.

"솔직히 말하면 내 생각에 역사학자들은 전부 미친 것 같아. 이거 한번 들어봐.

'국왕의 미망인의 처신은 설명하기가 힘들다. 그녀가 강제로 수도원에서 나와야 했던 건지, 아니면 단순히 웨스트민스터에서의 고독한 생활에 지쳐버렸기 때문에 나온 건지는 모르겠으나, 냉담한데다 무정하기까지 한 태도로 아들들을 죽인 살인자와 화해를 했다는 것에 대해서만큼은 진의를 알 수가 없다.'"

"신의 자비를!"

마르타가 한 손에는 델프트 도기로 된 병을, 다른 한 손에는 원통형 유리병을 든 채, 무슨 말도 안 되는 소리를 하느냐는 식으로 그를 쳐다보았다. 그랜트가 푸념했다.

"역사학자들은 자기들이 하는 말이 무슨 뜻인지 알고 말하는 걸까?"

"국왕의 미망인이 누군데?"

"엘리자베스 우드빌. 에드워드 4세의 부인."

"아. 예전에 한 번 그 역을 맡았던 적이 있어. 아주 작은 역할이었지만. 왕을 만든 자로 유명한 워릭 백작이 주인공인 연극이었지."

"물론 나는 한낱 경찰에 불과해. 그래도 이제까지 온갖 사람들을 다 만났다고 생각했어. 하지만 그동안 너무 좋은 사람들만 만났던 모양이야. 대체 어디를 가야 아들들을 죽인 살인자와 친하게 지내는 여자를 만날 수 있는 거야?"

"그리스. 고대 그리스에서라면 만날 수 있었을 거야."

마르타가 말했다.

"비슷한 사례도 생각나지 않는데."

"아니면 정신 병원이거나. 엘리자베스 우드빌이 백치라는 징후가 있었어?"

"알아챈 사람은 전혀 없어. 이십 년 넘게 왕비 자리에 있었으니까."

"당신한테 도움이 될지 모르겠지만, 그건 한 편의 희극이야."

마르타가 꽃병에 꽃을 꽂으며 말했다.

"비극이 아니라는 거지.

'네. 난 그자가 에드워드와 어린 리처드를 죽였다는 걸 알고 있어요. 하지만 그 사람은 정말 매력적인데다가 북쪽에서만 빛이 들어오는 방에서 지내는 건 류머티즘에 좋지 않거든요.'"

그랜트가 웃음을 터뜨렸다. 기분이 다시 좋아졌다.

"그야 그렇지. 어리석기 짝이 없었네. 이 일은 정통 역사가 아니라 무자비한 희곡인 거였어. 바로 이런 점이 내가 역사학자들에게 놀란 이유야. 역사학자들은 어떤 상황을 그럴듯하게 늘어놓는 재능이 없는 것 같아. 그 사람들은 역사를 요지경 속 구경거리처럼 보고 있어. 멀리 떨어진 배경에 평면적인 인물들이 나오는 그런 거 말이야."

"아무래도 당신이 구닥다리 기록들만 들여다보느라 사람들에 대해서는 알 기회가 없는 것 같아. 그 기록 속에 나오는 사람들을 말하는 게 아니야. 진짜 사람을 말하는 거지. 살아 있는 사람을 말하는 거야. 그리고 그 사람들이 상황에 따라 어떻게 반응하는지도."

"그 여자를 어떻게 연기했어?"

그랜트는 인물의 동기를 이해하는 것이 마르타의 특기라는 것을 떠올리며 물었다.

"누구 말이야?"

"수도원에서 나온 뒤에 연 칠백 메르크의 연금을 받으며 궁전에서 열리는 파티에 참석하기 위해 자기 아이들을 죽인 살인자와 친하게 지냈던 여자 말이야."

"할 수 없었어. 에우리피데스의 비극 작품이나 소년원 같은 곳이 아니면 그런 여자를 찾아볼 수 없으니까. 그저 초라한 사람처럼 연기할 수밖에 없었지. 지금 생각해보면 희화화하기 딱 좋은 역할이었는데. 시적 비극을 벗어버린, 일종의 무운시로 말이야. 언젠가 반드시 시도해봐야지. 자선 주간 공연이나 그런 걸로 말이야. 당신이 미모사꽃을 싫어하지 않았으면 좋겠어. 당신과 알고 지낸 지 제법 오래됐다고 생각했는데 당신이 뭘 좋아하고 싫어하는지 잘 모른다는 것도 이상하네. 아들을 죽인 살인자와 친구가 됐다는 여자는 대체 누가 만들어낸 인물이야?"

"누가 만들어낸 인물이 아니야. 엘리자베스 우드빌이 수도원에서 나오면서 리처드한테서 연금을 받았어. 승인만 받은 것이 아니라 실제로도 지급되었지. 그 여자의 딸들은 궁전에서 열리는 파티에 가고, 그 여자는 전남편과의 사이에서 낳은 아들한테 프랑스에서 영국으로 돌아와 리처드와 잘 지내라는 편지까지 썼어. 엘리자베스 우드빌의 이런 행동에 대해 올리펀트는 기껏 수도원에서 강제로 끌려 나와 겁에 질렸거나(수도원에서 강제로 끌려 나왔다는 사람 본 적 있어? 파문이라도 당했으면 모를까. 게다가 리처드는 신성한 교회의 착한 아들이었다던데), 수도원 생활이 지겨웠기 때문일 거라고 설명하고 있어."

"그렇다면 그 이상한 상황에 대한 당신 생각은 뭔데?"

"가장 확실한 이유는 소년들이 살아 있었다는 거야. 당시에 소년들이 죽었다는 사실을 아무도 몰랐거나."

마르타가 미모사의 작은 가지를 보며 생각에 잠겼다.

"당연히 그랬겠지. 사권 박탈 때도 그 일에 대한 고발은 없었다며. 리처드가 죽은 뒤에 말이야."

마르타의 시선이 미모사에서 탁자 위에 놓인 초상화로, 다시 그랜트에게로 향했다.

"그러니까 당신은, 경찰의 입장에서 진지하게 리처드가 소년들의 죽음과는 관계가 없다고 생각한다는 거네."

"헨리가 런던에 입성해서 런던 탑을 접수했을 당시 소년들은 살아 있었을 거라고 생각해. 그렇지 않으면 헨리가 소년들이 실종되었다는 추문을 이용하지 않을 이유가 없으니까. 당신 생각은 어때?"

"그래, 그야 그렇지. 정말 이해할 수 없는 일이야. 난 이제껏 당연히 당시에 그 끔찍한 소문이 돌았을 거라고 생각했어. 리처드가 소문 때문에 고발당한 줄 알았지. 당신과 어린 양은 역사 속에서 즐거운 시간을 보내고 있는 것 같네. 내가 당신한테 시간을 때우고 지루함을 이기기 위해 가벼운 수사라도 해보라고 제안했을 때만 해도 이처럼 역사를 다시 쓰는 일에 기여할 거라고는 생각도 못 했는데 말이야. 참, 그러고 보니 생각났다, 애틀랜타 셔골드가 당신을 욕하던데."

"나를? 만난 적도 없는데."

"어쨌든 당신을 엄청 비난하고 있어. 그 애 말로는 브렌트가 꼭 약물에라도 중독된 것처럼 영국 박물관에서 꼼짝도 하지 않는대. 도통 브렌트를 밖으로 끌고 나올 수가 없다나 봐. 억지로 데리고 나와도 마음은 여전히 그곳에 가 있고. 지금 브렌트에겐 애틀랜타가 안중에 없다는 거지. 심지어 〈어항 속의 바다〉도 보러 오지 않으니까. 당신은 그 사람 자주 만나?"

"당신 오기 몇 분 전에 여기 있다가 갔어. 그러니 며칠 동안은 연락이 없을 거야."

하지만 그랜트의 생각은 틀렸다.

저녁 식사 직전에 수위가 전보를 들고 병실로 들어왔다.

그랜트는 전보 봉투에 엄지손가락을 집어넣고 조심스럽게 뜯었다. 안에 두 장짜리 전보가 들어 있었다. 전보를 보낸 사람은 캐러딘이었다.

젠장맞을 끔찍한 일이 벌어졌어요(마침표) 전에 말했던 라틴어로 된 연대기 말인데(마침표) 크로일랜드 수도원의 수사가 썼다는 연대기 말이에요(마침표) 그 연대기에 소년들이 죽었다는 소문이 있었다는 내용이 나와 있어요(마침표) 리처드가 죽기 전에 쓴 책이니 우린 끝장났어요 특히 저는 완전히 끝장났죠 좋은 책을 쓰는 건 이제 글렀어요(마침표) 이 나라 강에 빠져 죽는 건 허락이 필요한 건지 아니면 영국인 전용인지 궁금해요

브렌트

침묵 속에 수위가 말을 걸었다.

"반신료 선납 봉투네요. 답신을 보내시겠습니까?"

"네? 아, 아니에요. 지금 당장은 아니에요. 좀 있다 보내죠."

"알겠습니다."

수위는 공손한 태도로 두 장짜리 전보를 쳐다보며 말했다. 수위의 집에서는 전보란 오직 한 장만 보내는 것으로 인식되어 있을 것이다. 그래서인지 그는 이번에는 콧노래를 흥얼거리지 않고 조용히 병실을 나갔다.

이 정보는 사치스럽게도 대서양을 넘나드는 전신을 통해 전달되었을 것이다. 그랜트는 내용을 다시 읽었다.

"크로일랜드."

그랜트는 생각에 잠긴 채 중얼거렸다. 어째서 귀에 익은 걸까? 이번 사건에서는 이제까지 아무도 크로일랜드를 언급한 적이 없었다. 캐러딘은 그저 어딘가에 수사가 쓴 연대기가 있다고 말했을 뿐이다.

그랜트는 이제까지 일을 하면서 지금처럼 아주 실망스러운, 어쩌면 수사 전체를 망가뜨릴 것이 명백해 보이는 사실들과 종종 마주치곤 했다. 그래서 그는 수사 도중에 이런 일이 생겼을 때와 똑같이 대응하기 시작했다. 그랜트는 곤혹스러운 작은 정보를 다시 한 번 살펴보았다. 침착하게, 감정에 좌우되지 않고. 불쌍한 캐러딘의 엄청난 실망에 휩쓸리지 않으며.

"크로일랜드."

그는 다시 한번 중얼거렸다. 크로일랜드는 케임브리지셔 어딘가에 있는 지역일 것이다. 아니, 노퍽이었던가? 어딘가 경계선 근처에 있는 평평한 지역이었는데.

꼬마가 저녁 식사를 가지고 왔다. 그리고 그랜트가 조금이라도 편하게 먹을 수 있도록 납작한 사발 모양의 접시를 따로 들고 있었다. 하지만 그는 의식하지 못했다.

"푸딩은 여기 놔두고 갈까요?"

꼬마가 물었다. 하지만 그는 대답을 하지 않았다.

"그랜트 씨. 푸딩을 여기 놔두고 가도 될까요?"

"일리!"

그랜트가 꼬마를 보며 외쳤다.

"뭐라고요?"

"일리였어."

그가 천장을 올려다보며 부드럽게 말했다.

"그랜트 씨, 괜찮으세요?"

그는 곱게 화장한 꼬마가 걱정스러운 표정이 가득한 작은 얼굴로 천장을 가로막으며 자신을 들여다보고 있는 것을 알아차렸다.

"괜찮아요, 괜찮아. 이제껏 지금보다 더 좋았을 때는 없었으니까. 잠깐만요. 착한 아가씨. 전보 좀 부쳐줘요. 먼저 편지지 좀 집어줄래요? 쌀 푸딩 접시 때문에 편지지가 손에 안 닿네요."

꼬마가 편지지와 연필을 건네주자, 그랜트는 반신 양식에 맞게 답신을 썼다.

비슷한 날짜에 프랑스에서도 그런 소문이 있었는지 알아봐줘요.

그랜트

그랜트는 맛있게 저녁 식사를 마친 뒤 그대로 잠을 청했다. 막 잠이 들려는 찰나에 누군가 자기 몸 위로 몸을 숙인 채 들여다보고 있는 것을 느꼈다. 그랜트는 누군지 알아보기 위해 눈을 떴다. 흐릿한 램프 불빛 아래 평상시보다 더 소처럼 커다란 눈동자와 마주쳤다. 아마존이 갈색 눈동자에 수심이 가득한 채로 노란색 봉투를 손에 들고 있었다.

"어떻게 해야 할지 몰라서요. 쉬시는 걸 방해하고 싶진 않았지만 중요한 것일지도 모른다는 생각이 들었어요. 아무래도 전보니까 말이에요. 혹시 모르잖아요. 오늘밤에 이 전보를 보지 못하면 열두 시간 뒤에나 보게 될 텐데 잉엄 간호사는 비번이고 10시에 브리그스 간호사가 나올 때까지 부탁할 데가 없으니까요. 그랜트 씨를 깨우고 싶진 않았어요. 깊이 잠들었던 건 아니죠?"

그랜트가 잘했다고 아마존을 안심시키자 그녀는 한숨을 내쉬었다. 하마터면 한숨에 리처드의 초상화가 넘어갈 뻔했다. 아마존은 그랜트가 전보를 읽는 동안 혹시 나쁜 소식일 경우 도와주려는 것처럼 옆에 서 있었다. 아마존은 전보를 안 좋은 소식이 있을 때만 보내는 것이라고 생각하는 모양이었다.

캐러딘이 보낸 전보였다.

다른 곳에서도 또 다른 고발이 반복해서 나타났는지 알고 싶다는 건가요?

브렌트

그랜트는 반신용 전보를 썼다.

그래요. 가급적 프랑스에서 찾아봐요.

그리고 그는 아마존에게 말했다.

"불 좀 꺼줄래요? 내일 아침 7시까지는 자야겠어요."

그랜트는 캐러딘을 언제쯤 다시 볼 수 있을까 생각하며 잠이 들었다. 사실 두 번째 소문은 간절한 마음과는 달리 찾아낼 가능성이 높지 않았다.

하지만 캐러딘은 생각보다 빨리 다시 모습을 드러냈다. 더이상 자살하겠다는 사람처럼 보이진 않았다. 뿐만 아니라 이상하게도 체격이 커진 것처럼 보였다. 웬일로 코트에 파묻혀 있는 게 아니라 코트를 입고 있는 것처럼 보였다. 캐러딘이 그랜트를 보며 미소 지었다.

"그랜트 씨. 정말 굉장하세요. 런던 경찰청에는 다 그랜트 씨 같은 분만 계신가요? 아니면 그랜트 씨가 특별한 건가요?"

그랜트가 믿을 수 없다는 듯 캐러딘을 쳐다보았다.

"프랑스에서 소문을 찾아냈다는 말은 아니겠죠!"

"제가 찾아내기를 바라셨던 게 아닌가요?"

"맞아요. 하지만 감히 기대하진 못했죠. 가능성이 희박했으니까. 프랑스의 소문은 어디서 찾았나요? 연대기? 편지?"

"아뇨. 훨씬 놀라운 곳에서요. 실제로는 좀 황당한 곳에서 발견했어요. 프랑스 대법관이 투르에서 열린 삼부회에서 연설을 했는데 그때 소문에 대해 언급했던 모양이에요. 단순히 언급한 정도가 아니라 열변을 토했나 봐요. 이런 상황에 그나마 그 열변 덕분에 조금 위안이 되긴 했어요."

"어떻게요?"

"저한테는 그 얘기가 어떤 상원 의원이 자기 선거구 사람들에게 불리한 법안을 제시한 누군가 때문에 조급해하고 있는 것처럼 들렸거든요. 한마디로 국가보다는 정치라는 거죠."

"당신 같은 사람이 경찰청에 있어야 하는 건데. 그래서 그 대법관은 뭐라고 했습니까?"

"프랑스어로 되어 있어요. 그런데 제 프랑스어 실력이 별로 좋지 않으니까 직접 보시는 편이 나을 거예요."

캐러딘이 어린애 같은 필체로 베껴 쓴 종이를 그랜트에게 넘겨주었다. 그랜트는 프랑스어로 쓰인 내용을 읽었다.

> 자국에까지 전해진 사건에 주목해주십시오. 에드와르 왕이 죽은 뒤 아이들은 학살당했고 살인범은 벌을 받기는커녕 국민들의 열광적인 성원을 받으며 왕위에 올랐습니다.

"자국이라. 이 사람은 맹렬히 영국을 비난하고 있군요. 심지어 소년들이 학살당한 것이 영국 국민의 뜻이라고 하면서 말이에요. 우리를 아주 잔인한 민족으로 본 거죠."

"그래요. 제 말이 그 말이에요. 의원이 점수를 딴 거죠. 실제로는 그해에 프랑스 섭정이 리처드에게 대사를 보냈어요. 육 개월쯤 지났을 때였는데, 결국 소문이 사실이 아니라는 걸 알게 되었던 거죠. 리처드는 대사를 위한 통행증에 서명을 했어요. 프랑스인이 그때까지도 리처드를 금수만도 못한 살인자라고 욕하고 있었다면 통행증을 내주지 않았을 거예요."

"그랬을 겁니다. 문서들이 작성된 날짜를 알 수 있을까요?"

"그럼요. 여기 가지고 왔어요. 크로일랜드의 수도사가 소문에 대해 쓴 건 1483년 늦여름이었어요. 수도사는 소년들이 죽었는데, 어떻게 죽었는지 아무도 모른다는 소문이 돈다고 적었어요. 프랑스에서 영국에 기분 나쁜 비난을 퍼부었던 삼부회가 열린 건 1484년 1월이었고요."

"완벽하군요."

그랜트가 말했다.

"어떻게 다른 소문이 있을 거란 걸 아셨어요?"

"자료들을 검토하다가 알게 된 거죠. 크로일랜드가 어디에 있는지 알아요?"

"네. 펜 주에 있잖아요."

"펜 주에 있는데, 일리 근처예요. 그리고 펜 주는 버킹엄 공의 감시에서 도망친 모턴이 숨어 지내던 곳이기도 하고요."

"모턴! 그렇군요, 그랬을 거예요."

"모턴이 소문을 퍼뜨렸다면 그자가 영국을 떠난 바로 그 시점에 유럽에서도 소문이 퍼졌을 겁니다. 모턴이 영국을 떠난 건 1483년 가을이었죠. 소문은 바로 1484년 1월에 나타났어요. 한마디 덧붙이자면, 크로일랜드는 아주 외진 곳이었어요. 도망친 주교가 배를 타고 외국으로 나갈 준비가 될 때까지 숨어 있기 딱 좋은 곳이었죠."

"모턴!"

캐러딘이 다시 한번 그 이름을 내뱉듯이 말했다.

"이 일에 관련된 모든 권모술수는 모턴에게서 나온 거로군요."

"이제 알아차렸군요."

"그자는 리처드가 왕위에 오르기 전에 있었던 암살 음모의 주동자였어요. 리처드가 왕위에 오른 뒤에도 반란의 배후에 있었죠. 프랑스로 도망치면서도 그자는 국가 전복의 음모와 함께, 달팽이가 지나간 흔적처럼 끈적끈적한 자취를 남겼군요."

"달팽이처럼 가는 길마다 자취를 남겼다는 건 그저 추측이니, 그 정도로는 법정에 세우지 못해요. 하지만 해협을 건너간 뒤에 그자의 활동을 보면 그때부터는 더이상 추측이 아니죠. 모턴은 영국 왕실을 전복시키기 위한 계획을 세우는 일에 몰두했습니다. 그자와 크리스토퍼 어즈윅이라는 친구는 헨리의 관심을 끌기 위해 비버처럼 일했죠. 영국에 은밀히 편지를 보내고, 밀사를 보내 리처드에 대한 적대감을 불러일으키려고 했어요."

"그런가요? 전 어느 정도까지 죄를 지어야 법정에 세울 수 있을지는 잘 모르지만, 이 달팽이의 자취는 아주 그럴듯한 추론인 것 같은데요. 이런 말을 해도 될지 모르겠지만 모턴은 프랑스로 넘어가기 전부터 음모를 꾸몄을 것 같아요."

"그랬겠죠. 리처드를 왕위에서 몰아내는 일은 모턴으로서도 사활이 걸린 일이었으니까. 리처드가 물러나지 않는 한 존 모턴의 경력은 끝난 거였어요. 완전히 말입니다. 더이상 어디서도 그를 불러주지 않고 곧 모든 걸 잃게 될 판이었어요. 모턴은 모든 것을 다 내려놓고 아무것도 아닌 평범한 사제의 자리로 돌아가야 할 참이었어요. 바로 그 존 모턴이 말이에요. 대주교의 자리를 바로 눈앞에 두고 말이죠. 하지만 헨리 튜더를 도와 왕위에 오르게 한다면 캔터베리 대주교의 자리는 물론 추기경의 자리까지 넘볼 수 있었어요. 맞아요. 모턴은 리처드를 왕위에서 몰아내기 위해 그만큼 필사적이었던 겁니다. 무엇보다 중요한 일이었죠."

"왕실 전복에 적임인 인물이었네요. 일말의 가책도 없이 그렇게 하고도 남을 위인이에요. 그런 자이니, 왕자가 살해됐다는 소문을 내는 일은 아무것도 아니었을 거예요."

"어쩌면 사실이라고 생각했을 수도 있습니다."

그랜트가 말했다. 모턴이 싫긴 했지만 증거를 공정한 입장에서 판단해야 한다는 생각만큼은 변함이 없었다.

"소년들이 정말 살해당했다고 생각했단 말인가요?"

"그래요. 다른 누군가가 의도했을 수도 있죠. 결국에는 반감 때문이든, 선동 때문이든 랭커스터가에서 나온 이야기가 온 나라에 퍼졌을 겁니다. 모턴 역시 그 이야기를 듣고 믿었을 수도 있어요."

"전 어쨌든 그자가 그 뒤에 누군가가 왕자들을 살해하는 것을 더 용이하게 만들었다고 생각합니다."

캐러딘이 신랄하게 말했다.

그랜트가 웃었다.

"나도 그렇게 생각해요. 크로일랜드 수도사의 연대기에 다른 내용은 없었습니까?"

"아주 약간의 위안을 얻긴 했어요. 엄청난 혼란에 빠져 그랜트 씨에게 전보를 쓰고 나서 보니 수사가 있는 그대로의 사실만을 연대기에 쓴 건 아니라는 것을 알게 됐죠. 수사는 바깥세상에서 들리는 소문들을 기록하고 있었어요. 예를 들면 리처드가 요크가에서 두 번째 대관식을 올렸다는 내용은 전혀 사실이 아니었죠. 대관식처럼 누구나 알 만한 큰 행사에 대해서조차 제대로 알지 못하고 있다면 사실 전달이라는 면에서는 이 수사를 신뢰할 수 없어요. 하지만 수사는 티툴루스 레기우스에 대해서는 알고 있었어요. 엘리너 버틀러에 관한 이야기를 포함해서 법의 대략적인 취지까지 기록해 놓았더군요."

"흥미로운 일이군요. 크로일랜드에 있는 일개 수사조차 에드워드가 누구와 결혼했는지를 알고 있었다는 사실이 말입니다."

"그러니까요. 아무래도 모어는 한참 뒤에 엘리자베스 루시 이야기를 만들어낸 게 분명해요."

"리처드가 자기 어머니의 불륜을 주장했다는 입에 담지 못할 이야기 역시 만들어냈겠죠."

"그건 또 무슨 말이에요?"

"모어는 리처드가 공개 설교를 통해 에드워드와 조지는 자기 어머니가 다른 남자와의 사이에서 낳은 아들이므로, 유일한 적자인 자신만이 정통 후계자라는 주장을 했다고 했어요."

"모어 경쯤 되면 더 그럴듯한 이야기를 만들어낼 수 있었을 텐데."

캐러딘이 냉정하게 말했다.

"그러게 말입니다. 더군다나 자기 어머니를 그렇게 모욕했다던 시기에 리처드는 어머니와 한집에 살고 있었는데 말이에요!"

"그랬죠. 잊어버리고 있었어요. 역시 전 경찰 일을 할 만한 머리는 아닌가 봐요. 소문의 유포자가 모턴일 거라는 그랜트 씨의 추측은 정말 굉장합니다. 하지만 아직까지는 그 소문의 출처가 다른 곳일 가능성도 있어요."

"물론 그럴 수도 있겠죠. 하지만 나는 내 생각이 옳다는 데 오십 대 일로 내기를 걸 수도 있습니다. 일단 소년들이 실종되었다는 소문 자체를 아예 믿지 않으니까."

"어째서죠?"

"아무도 반박할 수 없는 확실한 이유가 있죠. 체제 자체를 전복시킬 만한 소문이나 사건이 발생할 거라 조금이라도 신경쓰고 있었다면 리처드는 즉시 문제를 해결했을 테니까요. 나중에 리처드가 질녀인 엘리자베스, 그러니까 그 왕자들의 누나에게 청혼할 거라는 소문이 퍼지자 리처드는 엄하게 대처했습니다. 온갖 도시들에 확실하게 소문을 부인하는 편지들을 내려보냈을 뿐만 아니라 자신이 찾을 수 있는 가장 큰 홀(그래서 사람들을 모두 한자리에 모을 수 있었어요)에 런던의 유력자들을 모두 불러모은 뒤, 불같이 화를 내면서(자신의 명예를 지키는 것이 중요하다고 생각했던 게 분명해요) 사람들과 한 명씩 얼굴을 맞대고 소문에 대해 어떻게 생각하느냐고 물어봤을 정도였죠."

"그랬죠. 그랜트 씨 생각이 맞아요. 소년들이 실종되었다는 소문이 일반인들에게까지 퍼졌다면 리처드는 그 소문을 공식적으로 부정했을 거예요. 리처드가 질녀와 결혼한다는 것보다 더 기가 막힌 내용이었으니 말이에요."

"맞아요. 사실 그때는 질녀와 결혼하는 건 허용이 되던 시대였어요. 지금도 가능한 걸로 알고 있는데. 어쨌든 이런 건 경찰청에서 담당할 문제가 아니니까 확실한 건 아니지만 말이에요. 여기서 확실한 건, 결혼 소문에 그 정도 수준의 반박을 했던 리처드라면 살인 소문에 대해서는, 그러니까 그런 소문이 진짜 있었다면 훨씬 더 강력하게 소문을 가라앉히려고 했을 거예요. 그러니 결론은 하나밖에 없어요. 소년들의 살인이나 실종에 관한 소문 같은 건 없었다는 겁니다."

"펜과 프랑스 사이에서 아주 조금씩 천천히 새어 나왔겠죠."

"펜과 프랑스 사이에서 아주 조금씩 천천히 새어 나왔습니다. 그런 상황에서는 소년들에 대해 걱정해야 할 일이 아무것도 없죠. 경찰 수사란 범죄 용의자들의 이상 행동을 찾아내는 겁니다. 목요일 밤마다 영화를 보러 가던 사람이 그날 밤에는 가지 않기로 했다면 이유는 뭘까? 평소에는 왕복 차표를 내던 사람이 평소와 다르게 그 표를 쓰지 않았다면 이유는 무엇일까? 그런 식으로 말입니다. 하지만 리처드가 왕위를 계승하고 죽을 때까지의 짧은 기간 동안, 다른 사람들은 전부 정상적으로 행동한 듯 보여요. 소년들의 엄마는 수도원에서 나와 리처드와 사이좋게 지내죠. 딸들은 다시 궁중 생활로 복귀해요. 짐작이긴 하지만 그 소년들도 아버지의 죽음으로 중단되었던 학업을 다시 시작했을 겁니다. 조카들은 자문 회의에 자리를 얻고 요크 시에서 보내는 편지를 받을 정도로 중요한 자리를 차지하고 있었죠. 모든 것이 정상적이고 모든 사람들이 평범하게 일하고 있는 아주 평화로운 광경이에요. 이 가족들 중 누구에게서도 극적이고 불필요한 살인 사건이 일어났었다는 징조는 보이지 않았습니다."

"역시 제가 책을 써야 할 것 같아요. 그랜트 씨."

"반드시 써야죠. 리처드의 명예를 회복시켜주고 엘리자베스 우드빌이 연간 칠백 메르크와 재정적인 특전 때문에 아들들을 죽인 살인자를 용서했다는 오명도 벗겨줘야 하니까요."

"물론 지금 같은 상황에서는 책을 쓸 수 없겠죠. 적어도 소년들에게 무슨 일이 일어났는지에 대한 확실한 이론을 세운 뒤에야 책을 쓸 수 있을 거예요."

"할 수 있을 겁니다."

캐러딘이 부드러운 눈빛으로 템스 강 위에 떠 있는 작은 양털구름을 쳐다보다가 생각에 잠겨 있는 그랜트를 돌아보며 물었다.

"왜 그러세요? 어째서 크림을 먹은 고양이 같은 표정을 짓고 계신 거예요?"

"경찰 입장에서 생각해보고 있었습니다. 당신이 오기 전까지는 허송세월만 보냈으니까."

"경찰의 입장에서요?"

"그래요. 누가 이득을 얻을지, 그런 것들 말이에요. 우리는 그 소년들이 죽는다고 해서 리처드에게 큰 이득이 없다는 것을 알고 있습니다. 그러니 사건으로 가장 이득을 보는 사람이 누군지 찾아봐야 해요. 바로 그 점 때문에 티툴루스 레기우스가 중요한 겁니다."

"살인자와 티툴루스 레기우스가 무슨 관계가 있죠?"

"헨리 7세는 소년들의 누나와 결혼했어요. 엘리자베스 말이에요."

"그랬죠."

"왕위를 차지하기 위해 요크가와 화해를 한 셈이었던 거죠."

"맞아요."

"그리고 티툴루스 레기우스를 폐지해서 엘리자베스를 다시 적자로 만들죠."

"그랬어요."

"그 아이들을 적자로 만들면 자동으로 엘리자베스의 왕위 계승 서열은 왕자들 밑으로 내려가게 됩니다. 실제로 티툴루스 레기우스를 폐지하게 되면 두 명의 소년들 중 형이 영국의 왕이 되어야 하는 거죠."

캐러딘이 작은 소리로 혀를 찼다. 뿔테 안경 뒤로 보이는 그의 눈동자가 기쁨으로 반짝거리기 시작했다.

"그러니까 이제부터는 이 방향으로 조사를 해보도록 합시다."

그랜트가 말했다.

"그럴게요. 무엇부터 할까요?"

"티럴의 자백에 대해서 좀더 알고 싶군요. 하지만 그보다 먼저 이 일과 관계된 사람들이 어떻게 행동했는지 알고 싶습니다. 다른 사람이 보고한 내용이 아니라 그들에게 진짜 무슨 일이 있었는지 말이에요. 에드워드가 갑자기 죽은 뒤 리처드가 왕위를 계승할 때까지 무슨 일을 했었는지 알아봤던 것처럼 말입니다."

"알았어요. 그 밖에 더 알고 싶으신 건요?"

"리처드가 죽은 다음에, 잘살고 있던 요크가의 후계자들이 어떻게 됐는지 알고 싶어요. 한 사람도 빠짐없이 전부 다요. 괜찮겠습니까?"

"물론입니다. 그 정도야 기본이죠."

"그리고 티럴에 대해 더 많은 것을 알고 싶습니다. 그 사람에 대해서 말이에요. 어떤 사람이었는지, 무슨 일을 했는지에 대해서도."

"알아볼게요."

캐러딘이 갑자기 자리에서 벌떡 일어났다. 그랜트는 순간 캐러딘이 코트 단추를 채울지도 모른다고 생각했다.

"그랜트 씨, 정말 감사합니다. 이…… 이런……."

"재미있는 놀이를 할 수 있어서요?"

"자리에서 일어나시면, 그땐…… 그땐…… 그러니까…… 같이 런던 탑을 돌아보고 싶어요."

"그리니치 뒤쪽으로 배를 타고 가봅시다. 우리 섬나라 사람들은 항해에 대한 열정이 넘치니까."

"자리에서 일어나려면 얼마나 더 있어야 할 것 같으세요?"

"당신이 티럴과 후계자들에 대한 정보를 가지고 오기 전에 일어설 수 있을 거예요."

014

안타깝게도 캐러딘이 다시 나타났을 때 그랜트는 아직 일어설 수 없었다. 하지만 자리에 앉아 있을 수는 있게 되었다.

"상상도 못 할 겁니다. 천장만 올려다보다가 맞은편 벽을 볼 수 있다는 게 얼마나 근사한 일인지. 위만 쳐다보게 되면 세상이 얼마나 작고 이상한지 말이에요."

병세가 호전된 것을 보고 무척 기뻐하는 캐러딘의 모습에 그랜트는 감동했다. 그런 다음 두 사람은 본론으로 들어갔다. 그랜트가 물었다.

"헨리 7세의 통치 아래에서 요크가의 후계자들은 어떻게 지냈습니까?"

"아, 네."

캐러딘이 평소처럼 메모지를 꺼내더니, 오른쪽 발을 가로대에 걸고 의자를 끌어왔다. 그런 다음 의자에 앉았다.

"누구부터 시작할까요?"

"우리가 잘 알고 있는 엘리자베스부터 시작해봅시다. 헨리와 결혼한 엘리자베스는 죽을 때까지 왕비였죠. 그 뒤에 헨리가 미친 스페인 여왕 후아나와 결혼하려고 노력했어요."

"맞아요. 엘리자베스는 헨리와 1486년 봄에 결혼했어요. 더 자세히 말하자면 보즈워스 전투가 있은 지 다섯 달 뒤인 일월에 결혼했죠. 그리고 1503년 봄에 죽었어요."

"십칠 년이라. 불쌍한 엘리자베스. 헨리와 함께 살았던 그 세월이 칠십 년처럼 느껴졌을 겁니다. 완곡하게 표현해도 헨리는 아내를 위하지 않는 쪽이었으니까. 그다음은 순서대로 내려가보죠. 에드워드의 자녀들 말이에요. 두 왕자의 운명은 알려지지 않았으니 빼고…… 세실리는 어떻게 됐습니까?"

"세실리는 헨리의 숙부인 웰스 경과 결혼했어요. 그런 다음 링컨셔로 가서 살았죠. 앤과 캐서린도 나이가 차자 랭커스터 가문의 남자들과 결혼했어요. 막내였던 브리짓은 다트퍼드에서 수녀가 되었죠."

"거기까지는 흔히 볼 수 있는 전개네요. 그다음은 누구죠? 조지의 아들인가요?"

"네. 새로운 워릭 백작이죠. 종신형을 받고 런던 탑에 갇혔는데, 전해지는 바에 따르면 탈옥을 계획했다가 처형당했다고 해요."

"그렇군요. 그럼 조지의 딸은요? 마거릿 말입니다."

"마거릿은 솔즈베리 백작과 결혼했어요. 나중에 무고한 죄로 헨리 8세에게 처형당했는데, 아무래도 고전적인 사법 살인의 일례로 봐야 할 것 같아요."

"엘리자베스의 아들은요? 그쪽도 후계자였죠."

"존 드 라 폴은 부르고뉴에서 이모와 같이……."

"리처드의 누나인 마거릿과 같이 살았군요."

"네. 그러다가 존 드 라 폴은 심널의 반란 때 죽었어요. 그랜트 씨가 주신 명단에는 빠졌지만 존 드 라 폴에게는 동생이 한 명 있었어요. 그 동생은 헨리 8세에게 처형당했죠. 원래는 안전 통행 허가를 지닌 채로 헨리 7세에게 항복했었어요. 제 생각이긴 하지만, 헨리 7세는 안전 통행 허가를 무시하면 자기 복이 달아나버릴지도 모른다고 생각했던 것 같아요. 어쨌든 존 드 라 폴의 동생은 자신의 권리를 다 써버렸어요. 그런 반면 헨리 8세는 신중했죠. 드 라 폴 가문 사람들을 죽이는 것으로 끝내지 않았으니까요. 그랜트 씨가 준 명단에는 네 명이 빠져 있어요. 엑서터, 서리, 버킹엄, 몬터규. 헨리 8세는 그들 모두를 제거했어요."

"그럼 리처드의 아들은 어떻게 됐습니까? 서자인 존 말이에요."

"헨리 7세는 존에게 연간 이십 파운드에 해당하는 연금을 지급

했어요. 하지만 그는 연금을 받아보기도 전에 처형당했죠."

"무슨 죄목으로?"

"아일랜드의 초대를 받았다는 의심을 샀기 때문이죠."

"농담하는군요."

"아니에요. 아일랜드에서는 반란을 일으킨 왕당파가 우세할 때였어요. 아일랜드에서 요크가는 인기가 많았어요. 그쪽에서 보낸 초대장은 헨리의 눈에는 사형 집행 영장이나 마찬가지였던 거예요. 사실 전 헨리가 어린 존을 그렇게까지 껄끄럽게 여긴 이유를 모르겠어요. 『조약』에 의하면 '활발하고 착한 소년'이었다는데 말이죠."

"존의 혈통이 헨리보다 나았으니까요. 존은 서자이긴 해도 왕의 유일한 아들이었고, 헨리는 왕의 셋째 아들의 서자의 증손이었으니까요."

그랜트가 신랄하게 말했다.

순간 침묵이 흘렀다.

그 침묵을 깬 건 캐러딘이었다.

"알겠어요."

"뭘 말입니까?"

"지금 그랜트 씨가 무슨 생각을 하는지요."

"맞을 수도 있고, 아닐 수도 있겠죠. 어쨌든 명단에서 빠진 사람은 오직 그 소년들뿐이군요."

다시 침묵이 흘렀다.

"다른 사람들은 사법 살인을 당한 겁니다. 법의 테두리 안에서 저질러진 살인. 하지만 아직 소년들을 죽게 만든 주된 원인은 찾지 못했어요."

캐러딘이 참새들을 쳐다보며 동의했다.

"맞아요. 아무래도 다른 방법으로 알아봐야겠어요. 무엇보다도 소년들이 가장 중요하니까."

"소년들이 제일 중요하죠."

"어디서부터 시작할까요?"

"리처드가 왕위를 계승했을 때처럼 조사해봅시다. 헨리가 왕좌에 앉은 처음 몇 달 동안 모든 사람들이 어디서 무엇을 했는지 알아보는 거죠. 헨리가 통치를 시작한 첫해에 말이에요. 왕세자의 대관식 준비가 중단되었을 때처럼 어딘가 정상적인 흐름에서 벗어난 곳이 나타날 겁니다."

"알겠어요."

"티럴에 대해서는 알아봤습니까? 어떤 사람이었죠?"

"상상했던 것과는 전혀 다른 사람이었어요. 전 권력자의 주변을 얼쩡거리는 사람으로 생각하고 있었거든요. 안 그런가요?"

"맞아요. 나도 그렇게 생각했습니다. 아니던가요?"

"네. 티럴은 거물이었어요. 정식 이름은 기핑의 제임스 티럴 경으로, 에드워드 4세 시절에 여러 다양한 위원회에 속해 있었어요. 뿐만 아니라 버릭 포위 공격에서는, 뭔지 잘은 모르겠지만 배너렛 기사 작위를 받았어요. 티럴은 리처드 밑에서도 승승장구했죠. 보즈워스 전투에서는 보이지 않았지만. 그거 아세요? 그 전투에는 뒤늦게 참여한 사람들이 많았어요. 어떤 특별한 의도가 있어서 그랬던 것 같지는 않아요. 어쨌든 티럴은 제가 상상했던 것처럼 돈을 노리는 부하 같은 느낌의 사람이 아니었어요."

"흥미롭군요. 그럼 티럴은 헨리 7세 아래에서는 어떻게 지냈습니까?"

"글쎄, 이 부분이 아주 흥미로워요. 요크가를 위해 일하며 크게 출세했던 위인이 헨리 밑에서도 상당히 높은 자리까지 올라갔거든요. 헨리는 티럴을 귀너의 관리 장관으로 임명했어요. 그 뒤에는 로마의 대사로 파견해요. 티럴은 에타플 조약의 협상 위원으로 나서기도 했어요. 그리고 헨리는 티럴에게 평생 동안 웨일스 영지의 수익금 일부를 가져갈 수 있게 해줬어요. 하지만 티럴은 그에 준하는 액수만큼 귀너 영지의 수익금으로 바꿔 가져갔어요. 굳이 그렇게 한 이유는 모르겠지만."

"그렇게 했던 이유를 알겠습니다."

그랜트가 말했다.

"그래요?"

"티럴이 누렸던 모든 명예와 임무는 잉글랜드 밖에서였잖아요? 심지어 상으로 내린 영지 수익금조차 말이에요."

"정말 그렇군요. 그게 무슨 의미죠?"

"그 당시에는 별다른 의미가 없었을 수도 있어요. 어쩌면 귀너의 공기가 기관지염에 좋았기 때문이었을지도 모르죠. 역사적인 거래들을 보면 많은 것을 알아낼 수가 있습니다. 셰익스피어의 희곡처럼 이런 거래들은 무한한 해석을 불러일으킬 수도 있죠. 티럴과 헨리 7세의 밀월은 얼마나 오래 지속되었죠?"

"아, 꽤 오래갔어요. 1502년에야 끝났으니까."

"1502년에 무슨 일이 있었습니까?"

"헨리는 티럴이 런던 탑에 갇혀 있던 요크가의 후계자들 중 한 명을 도와 독일로 탈출시킬 계획을 세우고 있다는 것을 알게 되었어요. 헨리는 귀너 성을 포위하기 위해 칼레 수비군들을 동원했어요. 하지만 그들이 제시간에 도착할 수 없게 되자 옥새상서를 보냈죠. 옥새상서가 뭔지는 아시죠?"

그랜트가 고개를 끄덕였다.

"옥새상서라니, 당신들 영국인들은 꼭 엘크스 자선 보호회 관계자들처럼 이름을 만든다니까요. 어쨌든 옥새상서는 만일 티럴이 재무 장관과의 협의하에 칼레에서 배를 탄다면 안전 통행증을 발급해 주겠다고 제안했어요."

"그럴 리가."

"더 말할 필요 없겠죠? 티럴은 끝내 런던 탑의 지하 감옥으로 끌려갔어요. 그리고 1502년 5월 6일에 재판도 없이 몹시 서둘러 참수형을 당했어요."

"그렇다면 티럴의 자백은?"

"그런 건 없었어요."

"뭐라고요!"

"그런 표정으로 보지 마세요. 제가 그런 것도 아닌데."

"하지만 티럴이 소년들을 살해한 것을 자백했다고 들었는데."

"맞아요. 여러 이야기들에 그렇게 나와 있죠. 하지만 모두 자백했다는 이야기만 전해질 뿐 문서로 남아 있는 건 없어요. 이게 무슨 뜻인지 아시겠죠?"

"그러니까 헨리는 그 자백 사실을 공식적으로 발표하지 않았다는 거군요."

"네. 그리고 헨리의 어용 역사학자 폴리도르 버질이 그 살인 사건의 전말에 대해 기록을 남겼어요. 티럴이 죽은 뒤에요."

"티럴이 리처드의 사주로 소년들을 죽였다는 자백을 했다면 어째서 그 죄목에 대해 공개적으로 재판하지 않은 걸까요?"

"도저히 모르겠어요."

"그 점이 핵심입니다. 티럴이 죽기 전까지 자백을 들은 사람이 아무도 없다는 게 말이에요."

"맞아요."

"티럴은 1483년에 있었던 일을 자백했습니다. 거의 이십 년 전, 워릭에서 런던으로 급히 달려가서 런던 탑 관리 장관에게 열쇠를 받아…… 그 관리 장관 이름을 잊어버렸네."

"브래컨베리요. 로버트 브래컨베리 경."

"맞아요. 그날 밤 로버트 브래컨베리 경에게 런던 탑의 열쇠를 받아 두 소년을 살해한 뒤, 다시 열쇠를 돌려주고 리처드에게 돌아가 보고를 했습니다. 그 자백으로 인해 오랜 세월 밝혀지지 않았던 사건이 종결되었는데도 티럴에 대한 공식적인 처분이 없었다는 거잖아요."

"아무것도 없었죠."

"난 이런 이야기를 가지고 법정에 가는 게 싫어요."

"혼자서는 전혀 생각하지 못했을 거예요. 이 모든 이야기가 다 거짓일 거라고는 말이에요."

"정말 열쇠를 티럴에게 건네주었는지 브래컨베리에게 확인도 하지 않았겠죠?"

"브래컨베리는 보즈워스에서 죽었어요."

"때맞춰 잘 죽어준 셈이네요."

그랜트는 침대에 누워 생각에 잠겼다.

"브래컨베리가 보즈워스에서 죽었다면 우리 생각을 증명할 수 있는 작은 증거가 생긴 셈입니다."

"그게 뭐죠? 어떻게요?"

"그 일이 정말 있었던 일이라면 그날 밤 리처드의 명령으로 티럴에게 열쇠를 넘겨주었을 때 런던 탑에 있었던 수많은 병사들도 그 사실을 알았을 거예요. 당시에는 어느 누구도 상상할 수 없는 일이었을 테니, 헨리가 런던 탑을 넘겨받았을 때 이야기를 전할 준비가 되어 있지 않았을 겁니다. 더군다나 소년들이 실종된 상황이었다면 말이에요. 브래컨베리는 죽었어요. 리처드도 죽었죠. 런던 탑에 내려질 다음 명령은 소년들을 찾으라는 것이었을 겁니다. 그때도 소년들의 모습이 보이지 않았다면 틀림없이 그들 중 누군가는 이렇게 말했을 겁니다.

'저번에 관리 장관님이 열쇠를 넘겨주신 적이 있었습니다. 그때 이후로 왕자님들을 본 적이 없습니다.'

그때부터는 열쇠를 넘겨받았다는 남자를 찾아내기 위해 끈질긴 추적을 시작했어야 하죠. 그 남자는 리처드라는 존재를 무너뜨릴 최고의 증인이었으니 그자를 잡는다면 헨리는 호랑이가 날개를 단 격으로 훨씬 쉽게 왕위에 오를 수 있었을 거예요."

"게다가 런던 탑에 있는 사람들이 티럴을 알아보지 못했을 리가 없어요. 당시 런던은 작았고 티럴은 나름 유명 인사였으니까요."

"맞아요. 그 이야기가 사실이라면 티럴은 1485년에 공개적으로 소년들의 살인범으로 재판을 받고 처형당했어야만 합니다. 그때는 그자를 지켜줄 사람이 아무도 없었으니까."

그랜트가 담배를 꺼냈다.

"이제 우리는 1502년 헨리가 티럴을 처형했고 티럴이 이십 년 전 왕자들을 살해했다는 자백을 했다는 사실이 헨리의 어용 역사학자를 통해 알려진 거라는 사실을 알게 됐어요."

"맞아요."

"그런데 헨리는 티럴이 그 극악무도한 범죄를 자백했는데도 무슨 이유 때문인지 언제고 어디에서고 재판을 하려 하지 않았어요."

"그랬죠. 제가 조사한 부분까지는 없었어요. 헨리는 원래 게처럼 옆걸음질을 치는 인간이에요. 그자는 어디서든, 심지어 살인 사건에 관한 것조차 정면을 보려 하지 않죠. 뭔가 다른 일처럼 보이게 덮어버리려고만 했어요. 헨리는 살인을 위장할 수 있는 합법적인 이유를 찾아낼 때까지 몇 년을 기다렸어요. 그자는 코르크 따개처럼 비비 꼬인 마음을 가지고 있어요. 헨리 7세가 공식적으로 제일 먼저 했던 일이 무엇인지 아세요?"

"아니요."

"보즈워스에서 리처드를 위해 싸웠던 사람들을 반역죄로 처형하려고 했어요. 그 사람들에게 법적으로 반역죄를 묻기 위해 무슨 짓까지 한 줄 아세요? 왕위에 오른 날짜를 보즈워스 전투 이전으로 조작했어요. 전지전능한 힘을 교활한 수법에 이용한 거죠."

캐러딘은 그랜트가 권하는 담배를 받았다.

"하지만 헨리의 뜻대로 되지는 않았어요."

그는 정말 기뻐하면서 말을 이었다.

"그래요. 맘대로 되지 않았죠. 영국인들은 그 문제에 있어서만은 확실히 선을 그었어요. 영국인들에게 축복이 있기를. 영국인들은 헨리가 물러설 지점을 정했어요."

"어떻게요?"

"그들은 아주 정중히 영국식으로 대처했어요. 당분간 헨리에게 복종하기로 하는 사람들에게는 반역죄를 묻거나 재산을 몰수하거나 감금할 수 없다는 의회 법안을 보여주었죠. 그러니 헨리도 그들의 뜻에 따라 법안에 서명할 수밖에 없었죠. 영국인들은 아주 정중했지만 무섭기도 했어요. 헨리의 작은 속임수가 싫다고 거리에서 시위를 하거나 돌을 던지는 대신 그저 정중하게 이치에 맞는 법을 이용해 상황을 해결했으니까요. 헨리는 그 일로 속이 부글부글 끓어올랐을 거예요. 이제 그만 가봐야 할 것 같아요. 그랜트 씨가 이제 자리에 앉을 수 있고 주위를 제대로 볼 수 있게 돼서 다행이에요. 조만간 함께 그리니치로 여행갈 수 있겠네요. 그리니치엔 뭐가 있나요?"

"제법 볼만한 건축물 몇 개와 쭉 뻗은 황토색 강이 있죠."

"그게 다예요?"

"괜찮은 선술집도 몇 군데 있고."

"그리니치에 가요."

캐러딘이 병실을 나가자, 그랜트는 침대에 기대 담배 한 대를 피웠다. 그리고 또 다른 담배를 피우며 리처드 3세 아래에서 잘살다가 헨리 7세 시절에 모두 목숨을 잃은 요크가의 후계자들에 대해 생각하기 시작했다.

일부는 화를 자초했을지도 모른다. 캐러딘이 조사한 결과를 요약해보더라도 재능이 없는 사람은 반음을 알아차리지 못하는 법이니까. 하지만 그렇다고 해도 확실히 우연치고는 너무하다 싶을 만큼 튜더가와 왕위 사이에 있던 모든 사람들이 아주 빨리, 쉽게 사라져버렸다.

그랜트는 캐러딘이 가져다준 책을 별다른 관심 없이 쳐다보았다. 제임스 게어드너가 쓴 『리처드 3세의 생애와 통치』라는 책이었다. 캐러딘이 자신 있게 게어드너 박사의 책은 읽어볼 만한 가치가 있을 거라고 말했다. 그의 말에 따르면 게어드너 박사는 '큰 소리'로 말하는 것 같다고 했다.

그랜트는 그 책이 그다지 재미있어 보이지 않았지만, 리처드에 초점을 맞춘 책이니 다른 책들보다는 낫다고 생각하고 대충 훑어보기 시작했다. 이윽고 그는 캐러딘이 박사가 '큰 소리'로 말한다고 하는 것이 무슨 의미인지 알 수 있었다. 게어드너 박사는 리처드가 살인자라는 사실을 확실히 믿고 있었지만 리처드에 관련된 사실들을 은폐하지 않고 학술적으로, 나름의 공정한 기준에 따라 정직하게 쓰고 있었다. 게어드너 박사가 사실들을 자신의 이론에 꿰어 맞추는 과정을 보면서 그랜트는 아주 재미있는 지적 경험을 할 수 있었다.

게어드너 박사는 전체적으로 봤을 때 자신이 주장하는 바와 어울리지 않는데도 리처드가 뛰어난 두뇌와 관대함, 용기, 능력, 매력, 인기를 가졌으며 그에게 패배한 적들조차 믿을 수 있는 사람이었다는 것을 확실히 인정하고 있었다. 동시에 리처드가 어머니에게 비열한 중상모략을 하고 힘없는 아이들을 학살했다는 사실 또한 기록하고 있었다. 박사는 '전하는 바에 따르면'이라고 썼다. 그리고 전해지는 무시무시한 이야기가 사실이라는 것에 엄숙하게 동의한다고 썼다. 박사의 말에 따르면 리처드는 성격이 비열하거나 천박하지는 않지만 아무 죄 없는 아이들을 죽인 살인자였다. 심지어 적들조차 리처드의 정의로움을 믿었지만, 그는 조카들을 죽였다. 리처드는 도덕성이 뛰어났지만 자신의 이익을 위해 살인을 저지르기도 했다.

게어드너 박사를 곡예사에 비한다면 처음부터 뼈가 없는 신기한 사람이었다. 그랜트는 역사학자들의 머릿속에서 벌어지는 추론 과정이 궁금했다. 역사학자들이 결론에 도달하기까지의 과정을 보통 사람들은 알 수 없기 때문이다. 소설에서든 현실에서든 지금껏 살아오면서 그랜트는 게어드너 박사가 말하는 리처드나 올리펀트가 말하는 엘리자베스 우드빌과 조금이라도 비슷한 사람을 만나본 적이 없었다.

어쩌면 인간은 자신이 가지고 있는 편견을 버리기 어렵다는 로라의 이론이 맞을지도 모른다. 기존에 알고 있던 사실을 뒤집는다는 것에 마음속으로 막연한 반감과 적대심을 가지고 있는 것이다. 겁에 질린 아이가 자기를 잡아주는 사람의 손에 끌려가는 것처럼 게어드너 박사는 확실히 필연적인 결론으로 향하고 있었다.

현대 사회에서도 고결한 성품을 가진 매력적인 남자가 살인을 저지른 사례를 그랜트는 많이 알고 있었다. 하지만 이와는 살인의 종류도 살인의 이유도 달랐다. 게어드너 박사가 『리처드 3세의 생애와 통치』에서 그리는 것 같은 남자가 살인을 저지른다면 인생을 뒤바꿀 엄청난 변화가 일어났을 때일 것이다. 이를테면 갑자기 아내의 불륜을 알아차리는 바람에 아내를 죽일 수 있다. 아니면 몰래 투기를 해 자기 회사를 망하게 하고 아이들의 미래를 엉망으로 만들어버린 동업자를 죽일 수도 있다. 무슨 이유로든 그가 살인을 저지른다면 격한 감정의 결과이지 계획된 범죄는 아닐 것이다. 그런 사람은 결코 비열한 살인자가 될 수 없다.

리처드가 그런 자질들을 가지고 있기 때문에 살인을 저지르지 못할 거라고 말할 수는 없다. 하지만 리처드가 그런 자질들을 가지고 있기 때문에 이런 살인은 저지르지 못할 거라고 말할 수는 있을 것이다.

어린 왕자들을 죽인 범인은 아주 어리석은 사람일 것이다. 리처드는 아주 뛰어난 사람이었다. 이 살인은 말로 표현하기 어려울 만큼 비열했다. 리처드는 아주 고결한 사람이었다. 이 살인은 몰인정했다. 그리고 리처드는 마음이 따뜻한 사람이라고 알려져 있었다.

리처드가 가지고 있다는 미덕들의 목록을 살펴본다면, 그 각각의 개별 항목들이 이 살인 사건과는 전혀 어울리지 않는다는 것을 알게 될 것이다. 모든 것을 종합해보면 결국 불가능의 벽에 다다라 망상이라는 것을 알게 될 것이다.

“한 사람을 잊어버리고 있었어요. 조사 명단에 들어갔어야 할 인물인데.”

며칠 뒤 캐러딘이 아주 즐거워 보이는 모습으로 씩씩하게 나타났다.

“어서 와요. 누가 빠진 거죠?”

“스틸링턴요.”

“그랬군요! 고매하신 바스의 주교를 잊었군요. 헨리가 리처드의 위상을 높이고 자기 아내를 혼외 자식으로 증언한 티툴루스 레기우스를 싫어했다면 그 사안을 꺼낸 선동자는 그보다 더 싫어했을 테죠. 스틸링턴은 어떻게 됐습니까? 사법 살인을 당했습니까?”

"확실히 그 노인은 넘어가지 않았던 것 같아요."

"어디에 넘어가지 않았다는 겁니까?"

"헨리의 사탕발림에요. 아예 통하질 않았거든요. 스틸링턴은 아주 교활하고 조심스러운 사람이거나, 아니면 너무 순진해서 자신을 끌어들이려는 함정 자체를 모르는 사람일 겁니다. 조사원 주제에 이런 말할 자격이 있을지는 모르겠지만, 단언컨대 스틸링턴은 너무 순진해서, 어떤 선동가라 할지라도 그 노인에게 뭔가를 하게 할 수는 없었을 거예요. 어쨌든 중요한 범죄는 아무것도 시키지 못했을 겁니다."

"스틸링턴이 헨리를 이겼다는 말입니까?"

"아뇨. 그건 아니에요. 헨리를 이길 수 있는 사람은 아무도 없으니까요. 헨리는 스틸링턴을 고발한 뒤에 아주 편리하게도 풀어주는 것을 잊어버렸죠. 그래서 그 노인은 다시는 집에 돌아가지 못했어요. 이런 경우가 또 누가 있었죠? 디이 모래사장의 메리였나요?"

"오늘 아침에는 기분이 좋아 보이네요. 혹시 취한 건 아니겠죠?"

"그렇게 수상하다는 듯이 말씀하시지 마세요. 아직 술집 문도 안 열었어요. 보시는 바와 같이 제가 흥분한 건 지적 탄화 때문이에요. 바로 정신적인 환희죠. 전적으로 이지적인 불꽃이에요."

"그렇습니까? 여기 앉아서 무슨 일인지 털어놔봐요. 뭐가 그렇게 좋은 겁니까? 그게 뭔지 나한테도 알려줘요."

"좋다는 말로는 표현할 수가 없어요. 아름다운 일이에요. 완벽하고 성스러운 아름다움요."

"아무리 봐도 술 마신 것처럼 보이는데."

"마시고 싶어도 오늘 아침에는 못 마셨을 거예요. 충족감이 꽉, 식도까지 완전히 꽉 찼으니까요."

"우리가 찾던 정상적인 흐름에서 벗어나는 일을 찾아낸 모양이군요."

"맞아요. 제가 찾아냈어요. 하지만 생각했던 것보다 훨씬 뒤에 있었어요. 그러니까 시간상으로 뒤쪽이었다는 말이죠. 훨씬 뒤쪽이었어요. 처음 몇 달간은 모두 그랜트 씨가 예상했던 대로 살았어요. 왕위를 차지한 헨리는 소년들에 대해 한마디 말도 하지 않은 채 모든 상황을 정리했어요. 그리고 소년들의 누나와 결혼했죠. 의회를 통해 자신을 따르는 자들 중 사권 박탈된 사람들의 권리를 되찾아 주었어요. 여전히 소년들에 대해서는 언급하지 않았죠. 그리고 왕위에 앉은 날짜를 하루 앞당겨 리처드와 그에게 충성을 바쳤던 사람들을 모두 반역죄로 몰아넣고 아주 깔끔하게 사권 박탈을 감행했어요. 몰수한 어마어마한 영지들에서 나오는 돈을 쓸어 담아갔죠. 어쨌든 크로일랜드 수사는 리처드와 그 수하들을 반역자로 만들어 버린 헨리의 교활한 수법에 몹시 분개했어요.

'오, 주여. 이제부터 전투에 나섰다가 패배한 충성스러운 부하들이 목숨과 재산, 상속권까지 빼앗기게 된다면 우리 왕들의 안전은 어떻게 지켜야 하나이까.'"

"헨리는 백성들을 전혀 고려하지 않았군요."

"그랬죠. 헨리는 머지않아 영국 국민들이 그 일을 받아들일 거라고 생각했을지도 몰라요. 그가 외국인이었기 때문이겠죠. 어쨌든 헨리가 정권을 장악하고 나자 모든 일들은 그랜트 씨의 예상대로 흘러갔어요. 그자는 1485년 8월에 왕좌에 올랐고 이듬해 1월에 엘리자베스와 결혼했죠. 엘리자베스가 윈체스터에서 낳은 첫 번째 아이의 세례식에는 같이 지내고 있던 어머니도 참석했어요. 그때가 1486년 9월이었어요. 그리고 그해 가을, 그 여자, 그러니까 국왕의 미망인도 런던으로 돌아왔어요. 그런 상태가 이듬해 2월까지 지속되었죠. 그리고 2월이 되자 헨리는 그 여자에게 여생을 수녀원에서 지내라고 명했어요."

"엘리자베스 우드빌한테 말입니까?"

그랜트는 깜짝 놀랐다. 전혀 예상하지 못했던 일이었다.

"네, 엘리자베스 우드빌요. 소년들의 모친 말이에요."

"그 여자가 수녀원에 자발적으로 들어가지 않았다는 건 어떻게 압니까? 궁정 생활에 지친 귀부인들이 수녀원에 들어가는 건 흔히 있는 일이잖아요. 그 안에서 생활하기 힘든 것도 아니었죠. 부유한 여인들은 수녀원에서도 꽤 편하게 지낸 걸로 알고 있는데요."

잠시 생각에 잠겼던 그랜트가 물었다.

"헨리는 엘리자베스 우드빌이 가진 모든 것을 빼앗은 뒤 버몬지의 수녀원에 들어가라고 명했어요. 그 때문에 논란이 벌어졌죠. 누가 봐도 아주 이상한 일이었으니까요."

"그랬을 테죠. 헨리가 이유를 밝혔습니까?"

"네."

"엘리자베스 우드빌을 몰락시킨 이유가 뭐라고 하던가요?"

"리처드에게 우호적이었다는 이유였죠."

"정말인가요?"

"확실해요."

"공식적인 언급이 있었습니까?"

"아뇨. 헨리의 어용 역사학자가 기록을 남겼어요."

"버질 말인가요?"

"네. 엘리자베스 우드빌을 감금하라는 자문 회의의 실제 명령서에는 '여러 가지를 고려해볼 때'라고 되어 있었답니다."

"정말 그렇게 나와 있습니까?"

그랜트가 믿을 수 없다는 듯이 물었다.

"그대로 인용한 거예요. '여러 가지를 고려해볼 때'라고 되어 있었어요."

잠시 후 그랜트가 말했다.

"헨리는 구실을 만드는 재주는 없는 모양이네요. 나라면 그보다 나은 구실을 여섯 개 정도는 생각해냈을 텐데 말이에요."

"헨리는 다른 사람들도 쉽게 속을 거라고 생각하고 신경쓰지 않았어요. 엘리자베스 우드빌이 리처드에게 우호적이었다는 것이 문제가 된 건 헨리가 왕위에 오른 지 십팔 개월 뒤의 일이었다는 걸 잊지 마세요. 그때까지는 전부 우유처럼 부드럽게 넘어갔었죠. 헨리는 왕위에 오른 뒤에 엘리자베스 우드빌에게 영지를 비롯해 이것저것 선물까지 했었어요."

"그렇다면 진짜 이유는 무엇이었을까요? 알고 있는 게 있습니까?"

"도움이 될 만한 사소한 자료가 하나 있긴 해요. 전 거기서 이유일 거라고 확신할 만한 내용을 발견했어요."

"말해봐요."

"그해 유월에……."

"몇 년도를 말하는 겁니까?"

"엘리자베스가 결혼했던 해, 1486년요. 엘리자베스는 그해 일월에 결혼했고 구월에는 어머니의 도움을 받으며 윈체스터에서 아서 왕자를 낳았죠."

"그랬죠."

"그해 유월에 제임스 티럴 경이 사면을 받았어요. 6월 16일에 말입니다."

"하지만 별 의미가 없지 않습니까. 전혀 이상할 게 없는 일이잖아요. 한 왕의 통치가 끝나고 새로운 왕의 통치가 시작될 때는요. 후에 누군가 흠을 잡지 못하도록 무엇이든 정리하려고요."

"네. 그렇죠. 저도 알아요. 그러니 첫 번째 사면은 놀랄 일이 아니었죠."

"첫 번째 사면? 두 번째 사면도 있었습니까?"

"네. 뜻밖의 사실이죠. 그리고 제임스 경은 정확하게 한 달 뒤에 두 번째 사면을 받았어요. 1486년 7월 16일이었죠."

"그렇군요. 정말 이상한 일이에요."

그랜트는 그 문제에 대해 심사숙고한 뒤 말했다.

"보통 이상한 일이 아니죠. 박물관에서 옆에 앉아 일하는 할아버지에게도 물어봤어요. 역사 연구를 하시는 분이신데, 제가 정말 큰 도움을 받고 있거든요. 그분은 그런 경우는 이제껏 본 적이 없다고 말씀하셨어요. 전 그분에게 『헨리 7세 연대기』에 나오는 항목 두 개를 보여드렸어요. 그랬더니 그분은 연인을 보는 것처럼 그 항목들을 한참 동안 멍하니 쳐다보셨어요."

그랜트가 생각에 잠긴 채 말했다.

"티럴은 6월 16일에 사면을 받았어요. 7월 16일에는 두 번째 사면을 받았고요. 그리고 11월쯤 그 소년들의 모친이 런던으로 돌아옵니다. 이듬해 2월에 그 여자는 유폐돼요."

"시사하는 바가 있죠?"

"아주 많이요."

"그자가 한 짓일까요? 티럴 말이에요."

"그럴 수도 있죠. 아주 시사하는 바가 커요. 우리는 정상적인 흐름에서 벗어나는 일을 찾고 있었어요. 그리고 티렐이 터무니없는 방식으로 그 흐름에서 벗어났다는 것을 알게 됐어요. 소년들이 실종되었다는 소문이 퍼지기 시작한 게 언제죠? 그러니까 공개적으로 이야기되기 시작했던 때 말입니다."

"헨리의 집권 초기일 거예요."

"그래요. 이제 맞아떨어지는군요. 이 사건에서 처음부터 의아했던 문제가 이제야 제대로 설명이 되는군요."

"무슨 말씀이세요?"

"소년들이 실종되었는데 어째서 아무런 소동이 일어나지 않았는지, 이유를 알게 되었단 말입니다. 그게 늘 이상했어요. 심지어 리처드가 범인이라고 생각했던 사람들조차 궁금하게 생각했을 거예요. 가만히 생각해보면 범인이 리처드라고 해도 불가능한 일이니까요. 리처드 시대의 정적들은 숫자도 많고, 활동적이고, 권력도 컸습니다. 게다가 리처드는 그자들을 모두 풀어주고 나라 전체에 그들이 원하는 곳에서 살게 해줬어요. 소년들이 실종되었다면 리처드는 우드빌가와 랭커스터가의 사람들을 전부 다 상대해야 했을 거예요. 하지만 헨리는 상대적으로 유리한 입장이었어요. 방해나 지나친 호기심을 받기에는 헨리의 정적들이 모두 감옥에 들어가 있었으니까. 위험하다고 할 만한 인물은 장모밖에 없었는데 그나마도 귀찮아질 상황이 되자 처리해버린 거죠."

"엘리자베스 우드빌이 무슨 일이라도 할 수 있지 않았을까요?

아들들로부터 아무 소식이 없다는 것을 알았을 때 말이에요."

"엘리자베스 우드빌은 아들들이 실종되었다는 것조차 알지 못했을 겁니다. 헨리가 이렇게 말했을지도 모르죠.

'장모님은 처남들을 만나지 않는 게 좋겠어요. 내가 보기엔 장모님은 처남들에게 안 좋은 영향을 끼치니까요. 수도원에서 나오자마자 딸들을 그 인간의 파티에 보내다니!'"

"그러고도 남았겠죠. 헨리는 엘리자베스 우드빌이 실제로 의심할 때까지 기다리지도 않았어요. 모든 일이 한 번에 이루어졌을지도 몰라요.

'그대는 나쁜 여자요. 나쁜 엄마고. 더럽혀진 그대로부터 자신의 영혼과 자녀들을 구하고 싶다면 수도원에 들어가시오.'"

"맞아요. 그리고 그는 영국 내에서 어떤 살인자들도 누리지 못할 안전을 확보하게 됐죠. '반역'죄에 대한 헨리의 교묘한 술책 이후로 그 소년들의 안위를 특별히 물어보고 다니는 무모한 짓을 할 사람은 아무도 없었습니다. 사람들 모두 살얼음판을 걷는 것 같았을 겁니다. 헨리가 옛날 일을 다시 들추어 다음에는 누구를 저세상으로 보내고 누구의 재산을 자기 주머니에 찰 생각인지 아무도 몰랐으니까. 맞아요, 일단 직접적인 연관이 없는 일에 대해 캐묻고 다닐 시기가 아니었어요. 그렇게 했다 하더라도 궁금증은 쉽게 해결되지 않았을 테고."

"그러니까 그때 소년들은 런던 탑에 살아 있었다는 뜻이군요."

"소년들은 헨리의 신하들이 장악하고 있던 런던 탑에 살고 있었죠. 헨리에게는 리처드처럼 공존공영으로 함께 살아야 한다는 생각 같은 건 없었습니다. 헨리에게 맞서는 요크와 랭커스터 동맹 같은 것도 없었고. 당시 런던 탑을 지키는 사람들은 모두 헨리 쪽 사람들이었을 겁니다."

"맞아요. 당연히 그랬을 테죠. 헨리가 영국 왕들 중 최초로 친위병을 두었다는 걸 아세요? 그자가 아내에게 그 소년들에 대해 뭐라고 말했을지 궁금하네요."

"그래요. 알 수 있다면 정말 재미있을 텐데. 어쩌면 헨리는 아내에게 사실대로 말했을지도 몰라요."

"헨리가! 절대 그럴 리 없어요! 헨리는 2 더하기 2가 4라는 걸 알기 위해서도 한참 머리를 써야 했던 자예요. 그랜트 씨. 그자는 게 같다고 말씀드렸잖아요. 헨리는 무슨 일이든 정면 승부할 인간이 아니에요."

"헨리가 사디스트였다면 아무렇지 않게 아내에게 말했을 수도 있습니다. 실제로 그녀가 할 수 있는 일이 아무것도 없었으니까요. 엘리자베스가 뭔가 하고 싶었다 하더라도 말이죠. 어쩌면 그녀는 사실은 아무것도 하고 싶지 않았을 수도 있어요. 그때 엘리자베스는 영국의 왕위를 이을 후계자를 낳자마자 둘째 아이를 낳을 준비를 하고 있었으니까. 개혁 운동 같은 일에는 관심이 없었을지도 몰라요. 그것도 자기 발밑을 흔들어댈 개혁 운동이라면."

"헨리는 사디스트가 아니었어요."

캐러딘이 우울하게 말했다. 헨리가 아주 작은 미덕이라도 가지고 있다는 것이 기분 나쁜 것이다.

"어떤 면에서는 정반대 성향을 가지고 있었어요. 헨리는 살인을 즐기지 않았어요. 그자는 그런 일을 견디기 위해 미리 포장을 했어요. 법이라는 리본으로 그럴듯하게 꾸며놓곤 했죠. 만일 침대 위에서 헨리가 엘리자베스에게 그녀의 동생들에게 한 짓을 자랑하면서 쾌감을 느꼈을 거라고 생각하신다면 그랜트 씨가 잘못 알고 계신 거예요."

"그렇겠죠."

그랜트가 말했다. 그리고 헨리에 대해 생각하며 자리에 누웠다.

"지금 막 헨리에게 어울리는 형용사가 생각났어요. 비루하다. 그자는 비루한 인간이었어요."

그랜트가 말했다.

"맞아요. 심지어 머리카락조차 가늘고 듬성듬성하죠."

"신체적인 의미로 말한 건 아닌데."

"저도 알아요."

"그자가 하는 행동은 모두 비루했습니다. 생각해 봐요. '모턴의 이중 논법'은 세금을 거두는 것과 관련된 말 중에 가장 비열하고, 초라하잖아요. 그건 헨리의 돈 욕심 때문만은 아닙니다. 그자와 관련된 모든 일들이 비루하니까. 안 그래요?"

"맞아요. 게어드너 박사라면 아무 어려움 없이 그자의 성격과 행동을 일치시킬 수 있을 거예요. 게어드너 박사의 책은 어땠어요?"

"흥미진진한 연구였어요. 하지만 게어드너 박사가 범죄자였을지도 모른다는 생각이 들더군요."

"거짓말을 해서요?"

"거짓말을 하지 않으니까요. 게어드너 박사는 아는 만큼만 정직했어요. B에서 C를 추리할 수 없다는 점에서 그렇죠."

"그랬군요."

"사람들은 누구나, 어린아이조차 A에서 B를 추리할 수 있습니다. 어른들은 대부분 B에서 C를 추리할 수 있죠. 하지만 그걸 못 하는 어른들이 있습니다. 대부분의 범죄자들이 B에서 C를 추리해내지 못해요. 믿지 않을지도 모르겠네요. 범죄자들이 아주 똑똑하고 매력적일 거라는 일반적인 생각과는 아주 다르다는 것도 압니다. 하지만 범죄자들은 근본적으로 어리석어요. 가끔 얼마나 어리석은 짓들을 하는지 상상조차 하지 못할 겁니다. 그런 일들을 겪다 보면 범죄자들이 추리력이 부족하다는 것을 알게 되죠. 그자들은 B까지는 도달할 수 있지만, C로는 넘어가지 못해요. 범죄자들은 전혀 양립할 수 없는 두 가지를 나란히놓고 의문의 여지가 없는 문제를 고민하죠. 그자들은 두 가지를 동시에 가질 수 없다는 것을 전혀 이해하지 못합니다. 아무것도 모르고 튜더 양식 기둥과 비슷하게 만들겠다고 박공에 합판 조각을 못으로 박아 넣고 있는 사람에게 그래봐야 소용없다고 말해도 알아듣지 못하는 것처럼 말이에요. 그건 그렇고 책은 쓰기 시작했어요?"

"그게…… 시험 삼아 앞부분을 조금 쓰긴 했어요. 제가 어떻게 쓰고 싶은지는 잘 알고 있으니까요. 그러니까 방식을 말하는 건데요. 그랜트 씨만 괜찮으시면 계속 그런 식으로 쓰고 싶어요."

"왜 나한테 양해를 구하는 거죠?"

"전 모든 것을 있는 그대로 쓰고 싶거든요. 제가 그랜트 씨를 만나러 왔고, 우연히 리처드 사건을 조사하게 되었고, 실제로 무슨 일이 벌어졌는지 전혀 모르는 상태에서 사건에 빠져들었으며, 다른 사람들이 쓴 기록들을 의지하지 않고 어떻게 실제로 있었던 일에 접근했는지, 사건이 일어났던 당시에 정상적인 흐름에서 벗어난 것들이 무엇인지를 찾아내는 방식으로, 마치 잠수부가 물속에 들어가면 떠오르는 물거품 같은 단서들을 발견했다고 말이에요."

"좋은 생각인 것 같은데요."

"정말요?"

"내 생각은 그래요."

"그럼 됐어요. 계속 그렇게 쓸게요. 더불어 헨리에 대한 조사를 조금 더 할 생각이에요. 리처드와 헨리의 실제 기록들을 나란히 놓고 보면 좋을 것 같아서요. 독자들이 알아서 그 두 사람을 비교해볼 수 있게 말이에요. 헨리가 성실청•을 만들었다는 걸 아세요?"

"헨리가요? 잊고 있었네요. 모턴의 이중 논법과 성실청. 교활한

• **성실청** _ 1487년에 만들어졌다가 1641년에 폐지된 형사 법원으로 배심원을 두지 않고 전횡을 일삼고 불공평한 것으로 유명했다.

수법의 전형적인 일례, 전제 정치의 전형적인 일례로군요. 두 사람의 초상화를 구분하는 게 전혀 어렵지 않겠어요! 모턴의 이중 논법과 성실청은 보석 권리 보장과 배심원 협박 예방 정책과 좋은 대조가 될 겁니다."

"그게 리처드의 의회에서 통과된 법들인가요? 이런, 아직도 읽어봐야 할 게 너무 많은 것 같아요. 요즘 애틀랜타는 저와 말도 하지 않아요. 그랜트 씨를 싫어하죠. 애틀랜타는 제가 전년도 보그 잡지보다 더 쓸모가 없다고 하더군요. 하지만 그랜트 씨, 솔직히 제 평생 이토록 흥분되는 일은 처음이에요. 중요하다는 점에서 말이에요. 일반적인 의미의 흥분이 아니에요. 애틀랜타를 봐도 흥분하죠. 그녀를 만날 때마다 흥분되니까요. 하지만 그건 우리 두 사람 누구에게도 중요한 건 아니에요. 여기서 중요하다는 말은…… 무슨 의미인지 아시겠지요?"

"알다마다요. 당신이 가치 있는 일을 찾았다는 거죠."

"바로 그겁니다. 전 가치 있는 일을 찾았어요. 그리고 그 일을 하려고 해요. 정말 근사한 일이잖아요. 캐러딘 부부의 철없는 아들이 바로 그 일을 하다니. 애틀랜타와 이곳에 온 뒤에 전 연구 조사를 런던에 남을 수 있는 구실로만 여기고 있었어요. 아버지를 조용하게 만들 약이라도 얻을 셈으로 영국 박물관에 들어갔는데 이렇게 목표를 가지고 나오게 됐지요. 정말 놀랍지 않습니까!"

캐러딘이 가만히 그랜트를 쳐다보았다.

"그랜트 씨, 정말 이 책을 쓰고 싶지 않으세요? 아주 굉장한 일이 될 겁니다."

"난 책 같은 건 절대 안 써요. 『경찰청에서의 이십 년』 같은 책도 쓰지 않을 텐데."

그랜트가 단호하게 말했다.

"세상에! 자서전도 쓰지 않으실 건가요?"

"자서전도 쓰지 않을 겁니다. 내가 보기에 세상엔 지나치게 책이 많아요."

"하지만 이 책은 반드시 써야 합니다."

캐러딘이 약간 상처받은 표정으로 말했다.

"물론이죠. 그 책은 반드시 써야 해요. 깜박 잊어버리고 있었는데 말이에요. 티럴이 프랑스에 자리를 얻은 것은 두 번째 사면을 받고 얼마나 지났을 때였습니까? 1486년 7월에 헨리를 위해 그 일을 한 뒤 얼마 만에 귀너 성의 관리 장관이 된 거죠?"

캐러딘의 얼굴에서 상처받은 표정이 사라지고 어린 양 같은 얼굴로 지을 수 있는 최대한 짓궂은 표정이 나타났다.

"언제쯤 물어보실 건지 궁금했습니다. 그랜트 씨가 잊어버리고 안 물어보시면 돌아가는 길에 슬쩍 말해드리려고 했어요. 그 질문의 대답은 '바로 그 직후'랍니다."

"그렇다면 모자이크에 들어갈 만한 적당한 조약돌을 또 하나 찾은 셈이군요. 티럴이 프랑스로 간 이유가 마침 그곳 관리 장관 자리가 공석이었기 때문인지, 아니면 그자를 영국에서 멀리 떨어뜨리기 위해 헨리가 일부러 보낸 것인지 알고 싶어요."

"둘 다 아니었습니다. 티럴이 영국을 떠나고 싶어 했어요. 저라고 해도 헨리 7세의 통치를 받아야 한다면 가능한 한 멀리 떨어진 곳에 있고 싶을 것 같아요. 특히 헨리를 위해 은밀한 일을 했으니 틈을 보아 헨리가 자기를 없애려 할지도 모르는 상황이었으니 말이죠."

"그렇겠군요. 이미 알고 있었던 것처럼 티럴은 외국으로 나갔을 뿐 아니라 그곳에 계속 머물렀다는 말이군요. 흥미로운데요."

"외국에 나간 건 티럴만이 아니었어요. 존 다이턴도 외국에 나갔으니까요. 사실 살인 사건에 실제로 관련된 모든 사람들을 다 찾을 수는 없었어요. 아시다시피 튜더 시대의 기록은 모두 제각각이니까요. 거기다 기록들 대부분이 너무 다른 상반된 내용을 싣고 있어요. 헨리의 어용 역사학자인 폴리도르 버질은 사건이 리처드가 요크에 있을 때 일어났다고 말했어요. 모어 경에 따르면 사건은 훨씬 전에, 리처드가 워릭에 있을 때 일어났다고 되어 있죠. 기록마다 인원수도 전부 달라요. 그래서 기록들을 정리하기가 쉽지 않죠. 윌 슬레이터나 마일스 포러스트가 누군지 알 수가 없어요. 여기서 블랙 윌이라는 건 또 다른 의성어의 활용인 것 같긴 한데 말이죠. 하지만 거기에 존 다이턴이 있었어요. 그래프턴의 말에 따르면 존 다이턴이 '손가락질당하고 무시당하면서'도 칼레에서 오래 살았다고 해요. 아주 가난하게 살다가 그곳에서 죽었다고 되어 있더군요. 사람들이 이런 도덕적인 교훈들을 얼마나 좋아하는지. 빅토리아 시대는 이들에 비하면 아무것도 아니었어요."

"다이턴이 그렇게 궁핍한 생활을 했다면 그 사람은 헨리를 위해 일을 했다고 볼 수 없을 텐데요. 다이턴은 무슨 일을 했습니까?"

"그 사람이 우리가 아는 존 다이턴과 같은 사람이라면, 사제였어요. 가난과는 거리가 멀었죠. 한직이지만 받는 돈으로 아주 편안하게 살았어요. 헨리는 존 다이턴에게 링컨셔의 그랜섬 근처 풀벡이라는 수입원을 주었으니까요. 그때가 1487년 5월 2일이었죠."

"그렇군요. 그랬어요……."

그랜트가 말끝을 흐렸다.

"1487년이라. 존 다이턴 역시 해외에서 편안하게 살았다는 거네요."

"와. 굉장하죠?"

"끝내주는군요. 그렇게 손가락질당했다는 다이턴을 고국으로 끌고 와 대역죄로 교수형에 처하지 않은 이유는 아무도 설명해주지 않던가요?"

"네. 전혀요. 튜더 시대 역사학자들 중에는 B에서 C를 생각할 수 있는 사람이 아무도 없었나 봐요."

그랜트가 웃었다.

"제대로 배운 것 같군요."

"물론이죠. 전 역사에 대해서만 알게 된 것이 아닙니다. 경찰청에서 인간의 정신에 대해서도 배웠지요. 오늘 준비한 건 여기까지예요. 다음에 올 때는 그랜트 씨만 괜찮다면 제가 쓴 책을 2장까지 읽어드릴게요."

캐러딘이 잠시 말을 멈췄다가 다시 말했다.

"제 책을 그랜트 씨에게 헌정해도 될까요?"

"캐러딘 3세에게 헌정하는 게 나을 것 같은데요."

그랜트가 가볍게 말했다.

하지만 캐러딘은 그 일을 가볍게 여기지 않는 게 분명했다.

"전 헌사를 아부로 이용하고 싶지 않아요."

캐러딘이 고집스럽게 말했다.

"아부가 아니라 방법상의 문제죠."

그랜트가 다급하게 말했다.

"그랜트 씨가 아니었다면 이 일을 시작하지 못했을 거예요."

캐러딘이 미국인답게 병실 한가운데에 위풍당당하면서도 감정적으로 일어나서 말했다. 사방으로 펼쳐진 코트 자락이 바닥을 쓸고 있었다.

"그러니까 제가 보답을 할 수 있게 해주셨으면 좋겠어요."

"당연히 기쁘게 받을 겁니다."

그랜트가 중얼거렸다. 그러자 병실 한가운데 서 있던 위풍당당한 인물이 다시 본래의 모습을 되찾으면서 어색한 순간이 지나갔다. 캐러딘은 들어올 때와 마찬가지로 가벼운 발걸음으로 기분 좋게 돌아갔다. 그의 모습은 처음 이곳에 왔던 삼 주일 전보다 몸무게가 십사 킬로그램가량 늘고 가슴둘레도 삼십 센티미터 정도 넓어진 것처럼 보였다.

그랜트는 새로 알게 된 정보들을 맞은편 벽에 붙여놓은 뒤 가만히 들여다보기 시작했다.

금빛 머리카락을 가진 정숙한 불멸의 미녀. 그녀는 그렇게 세상과 격리되었다.

어째서 금빛Glit이라고 하는 걸까. 그랜트는 처음으로 궁금해졌다. 틀림없이 은빛이 도는 머리카락이었을 텐데. 그녀의 머리카락은 눈부시게 빛나는 금발이었던 모양이다. 안타깝게도 블론드라는 단어는 그 지점에서 색이 연하다는 이차적인 의미로 퇴보한 모양이다.

아무 문제도 일으키지 못하게 유폐된 채로 그녀는 생을 마감했다. 그녀는 일생을 소용돌이처럼 문제를 일으키고 다녔다. 에드워드 4세와 결혼하여 영국 전체를 뒤흔들었고 워릭 백작의 몰락에도 간접적인 영향을 끼쳤다. 그녀가 가족들에게 친절하게 군 덕분에 영국에는 완전히 새로운 파벌이 생겼으며 그들은 리처드의 평화로운 왕위 계승을 가로막았다. 그녀가 에드워드와 노샘프턴셔의 황야에서 소박한 결혼식을 올렸을 때 이미 보즈워스 전투는 암시되어 있었다. 하지만 그래도 그녀에게 악의를 품은 사람은 없었던 것 같다. 심지어 그녀의 친족들이 엄청난 죄를 저지른 뒤에도 악랄한 리처드조차 그녀를 용서했으니까. 아무도 그녀를 탓하지 않았다. 헨리가 나타나기 전까지는.

그녀는 세상에 잊힌 채 사라졌다. 엘리자베스 우드빌. 국왕의 미망인이자 영국 왕비의 어머니. 런던 탑에 갇힌 왕자들의 어머니. 리처드 3세의 통치 기간에도 자유롭고 풍족하게 살았던 그녀.

이 또한 정상적인 흐름에서 보기 싫게 벗어난 일로 볼 수 있지 않을까?

그랜트는 그녀의 이력에서 관심을 거둔 뒤 경찰 방식으로 생각하기 시작했다. 이제 사건을 정리할 시점이었다. 발표문을 만들 때처럼 정리하는 것이다. 그렇게 하면 캐러딘의 책에도 도움이 될 것이고 무엇보다 생각을 명확하게 정리할 수 있을 것이다. 그러기 위해서는 눈으로 직접 볼 수 있게 글로 적어야 했다.

그랜트는 편지지와 펜을 앞에 가져다 놓고 깔끔하게 적기 시작했다.

사건 :

1485년경, 소년 두 명(왕세자 에드워드와 요크 공 리처드)이 런던 탑에서 실종됨

그는 두 명의 용의자에 대해 나란히 적는 것이 나을 것인지, 연이어 적는 것이 좋을지 고민했다. 리처드에 관련된 내용부터 먼저 적는 것이 좋을 것 같았다. 결국 그랜트는 깔끔하게 제목을 쓴 뒤, 그 아래 그동안 알아낸 사실들을 요약해서 써내려가기 시작했다.

리처드 3세

기존 기록 :

우수. 공적인 업무 능력이 뛰어났으며, 사생활에서도 좋은 평판을 가지고 있었음.

행동을 통해 알 수 있는 두드러진 특징 : 분별력.

용의 선상에 오른 사건에 대해 :

(a) 리처드에게는 그 범죄로 얻을 수 있는 이득이 없음. 그 외에도 요크가에는 아홉 명의 후계자들이 있었으며, 그중 셋이 남자였음.

(b) 당대에 그의 범죄에 대한 고발이 이루어지지 않았음.

(c) 피해자인 소년들의 모친은 리처드가 죽을 때까지 우호적인 관계를 유지했으며, 소년들의 누이들은 궁에서 열린 파티에 참석했음.

(d) 리처드는 다른 요크가의 후계자들을 경계하지 않았음. 그들에게 넉넉한 생활비와 왕가의 영지들을 나눠주었음.

(e) 리처드의 왕위 계승 권리는 의회 법과 대중의 환호로 논쟁의 여지가 없었다는 것이 입증됨. 소년들에게는 왕위 계승권이 없었으므로 리처드에게 전혀 위협이 되지 않았음.

(f) 만일 리처드가 자신에 대한 적개심에 신경을 쓰고 있었다면 두 소년이 아니라 그다음에 진짜로 왕위를 이을 인물, 조지의 아들인 워릭 백작을 제거했어야 함. 리처드는 아들이 죽은 뒤 워릭 백작을 공식적인 후계자로 정했음.

헨리 7세

기존 기록 :

외국 왕실에서 살았던 모험가. 야심 많은 어머니의 아들. 사생활에 대해서는 알려진 게 없음. 공직에 있었거나 일을 했던 기록은 없음.

행동을 통해 알 수 있는 두드러진 특징 : 교활함.

용의 선상에 오른 사건에 대해 :

(a) 헨리에게는 소년들을 제거하는 일이 아주 중요함. 에드워드의 자녀들이 혼외 자식이라는 것을 알리는 법령을 폐지하면서 소년들 중 형은 왕으로, 소년의 동생은 왕위 계승 서열 1위에 오르게 됨.

(b) 리처드의 사권 박탈을 위해 헨리가 의회에 고발한 내용은 리처드가 폭정을 일삼고 잔인하다는 것뿐 어린 왕자들에 관한 언급은 전혀 없었음. 결론적으로 당시 두 소년은 살아 있었고 소재도 확인된 것으로 볼 수 있음.

(c) 헨리가 왕위에 오르고 십팔 개월 뒤에 소년들의 어머니는 재산을 모두 몰수당한 채 수녀원에 유폐됨.

(d) 헨리는 다른 왕위 계승자들을 재빨리 확보한 뒤 소문을 최소화하면서 그들을 제거할 수 있을 때까지 감금했음.

(e) 헨리에게는 왕위 계승권이 없었음. 리처드가 죽은 뒤에 법적으로는 조지의 아들인 워릭 백작이 영국의 왕이어야 함.

그랜트는 이런 내용을 적으면서 처음으로 깨달았다. 리처드는 자신의 힘으로 서자인 존을 법적인 후계자로 만들 수도 있었다. 전례는 많았다. 무엇보다 보퍼트 일가(헨리의 모친을 포함한)도 혼외 결합으로 생겼을 뿐만 아니라, 이중 간통에 의한 자손이었다. 리처드가 가문에서도 인정받고 있는 활발하고 착한 소년을 후계자로 삼는 데 방해될 것은 아무것도 없었다. 하지만 그렇게 하는 것이 가치관에 어긋난다 여긴 리처드는 그런 시도조차 하지 않았다. 리처드는 형의 아들을 후계자로 삼았다. 심지어 그 일로 안타까워하지도 않았다. 그의 통치에서 보이는 특성은 분별력이었다. 분별력과 가족 전체를 배려하는 마음씨. 그는 왕위를 이을 형의 아들이 있는 한 아무리 활발하고 착하게 잘 컸더라도 서자로 태어난 아들을 플랜태저넷 왕좌에 앉게 할 마음이 없었다.

관련된 일화들에 전반적으로 이런 가족에 대한 배려가 스며들어 있다는 것은 정말 주목할 만한 일이다. 세실리가 남편과 함께 다닌 여행에서부터 리처드가 자신의 후계자로 형 조지의 아들을 편안하게 받아들이는 것까지 계속 그랬다.

그리고 그랜트는 또다시 처음으로 깨달았다. 이런 마음씨야말로 이번 사건에서 리처드의 무죄를 더욱 확실하게 보여주고 있다는 것을. 리처드가 쌍둥이 망아지처럼 죽여버렸을 거라고 여겨지는 소년들은 에드워드의 아들들이었다. 리처드는 그 아이들을 개인적으로 잘 알았을 것이다. 반면 헨리에게 소년들은 그저 상징적인 존재였다. 길을 가로막고 있는 장애물에 불과했다. 어쩌면 헨리는 소년들을 한 번도 보지 않았을지도 모른다. 성격적인 문제들을 모두 접어둔다면 두 명의 용의자 중 범인이 누구인지는 이제 단 한 가지로 결정될 것이다.

모든 것을 (a), (b), (c)로 정리하고 나니, 머릿속이 신기할 정도로 맑아졌다. 이제야 그랜트는 헨리가 티툴루스 레기우스에 관해 보였던 행동이 의심스러운 두 가지 이유를 알아차렸다. 만일 헨리가 주장하는 것처럼 리처드가 부당하게 왕위를 계승했다면 대중 앞에서 그 법령을 읽은 뒤 그것이 거짓임을 증명하면 되는 일이었다. 하지만 헨리는 그렇게 하지 않았다. 그는 법령은 물론 법령에 대한 기억까지도 지워버리려고 끝없이 노력했다. 결국 티툴루스 레기우스에 따라 리처드가 왕위를 계승하는 것이 당연한 일이었다는 것을 보여주고 있다.

캐러딘이 다시 병실에 나타난 그날 오후, 그랜트는 창가까지 왔다갔다할 수 있게 되었다. 그가 너무 의기양양하게 행동하자 꼬마는 그 정도로 걷는 건 십팔 개월짜리 아기들도 할 수 있는 거라고 일깨워주었다. 하지만 그랜트는 오늘만큼은 무슨 이야기를 들어도 기가 꺾이지 않았다.

"내가 여기서 몇 달 동안 꼼짝 못할 거라고 생각했죠?"

그랜트가 자랑스럽게 말했다.

"이렇게 빨리 회복되신 걸 보니 정말 기뻐요."

꼬마가 고지식하게 대답했다. 그리고 덧붙였다.

"당연히 기쁜 거죠. 이렇게 침대를 비워주는 게 말이에요."

그리고 꼬마는 금발 고수머리를 빳빳하게 치켜든 채 발소리를 내며 복도로 나갔다.

그랜트는 침대에 누워 자비심에 가까울 정도의 마음으로 지금까지 갇혀 있던 작은 감옥을 둘러보았다. 북극에 선 남자도, 에베레스트 정상에 올라간 남자도 바로 지금 칠십육 킬로그램으로 줄어든 몸무게로 몇 주일 만에 창가에 선 자신보다 대단하지는 않았다. 적어도 그랜트는 그렇게 느꼈다.

그는 내일 집으로 돌아갈 것이다. 집에 가면 팅커 부인의 보살핌을 받게 될 것이다. 하루에 절반은 침대에 있어야 할 것이고 목발 없이는 걷지 못할 것이다. 하지만 그랜트는 이제 마음대로 할 수 있게 되었다. 누구의 명령도 받을 필요가 없다. 효율적으로 움직이는 꼬마의 지시를 받지 않아도 되고 지나치게 자비심이 넘치는 아마존의 동정을 받지 않아도 된다.

생각만으로도 기분이 좋았다.

그랜트는 에식스에서 힘든 수사를 마치고 돌아온 윌리엄스 경사 앞에서 할렐루야를 마음껏 외쳤다. 그리고 이제 마르타가 찾아오기만을 기다리고 있었다. 그래야 그녀 앞에서 새로 찾은 남성다움을 자랑할 수 있을 테니까.

"이 역사책들은 괜찮던가요?"

윌리엄스가 물었다.

"더할 나위 없었지. 이 책들의 내용이 전부 틀렸다는 걸 입증했으니까."

윌리엄스가 싱긋 웃었다.

"그 말씀은 위법인데요. 정보국에서 좋아하지 않을 거예요. 반역이나 대역죄가 될 수도 있고 말입니다. 요즘은 무슨 일이 일어날지 모르니 제가 경위님이라면 좀더 조심할 겁니다."

"맹세코 앞으로 역사책에 나오는 이야기는 절대 믿지 않을 거야."

"예외도 있지 않습니까. 빅토리아 여왕은 실존 인물이지요. 율리우스 카이사르가 영국을 침략한 것도 사실일 겁니다. 그리고 1066년 노르만 정복도 있고요."

윌리엄스가 자기 나름의 확실하고 온당한 지적을 했다.

"1066년이 진짜인지 의심스럽기 시작했다니까. 그건 그렇고 에식스 사건은 마무리된 거지? 범인은 어떤 사람이었나?"

"별 볼 일 없는 녀석이었습니다. 아홉 살 때 처음 엄마 지갑에서 동전을 훔쳤다는데, 그때부터 지금까지 너무 안이하게 넘어갔던 거죠. 열두 살쯤에 호되게 매라도 맞았더라면 녀석이 이렇게 죽을 일은 없었을 겁니다. 아몬드꽃이 피기 전에 교수형을 당할 테니까요. 이제 봄이 오려는 모양입니다. 요즘은 날이 길어져서 지난 며칠간 저녁마다 정원 일을 하고 있어요. 경위님도 신선한 공기를 다시 맡으면 좋아지실 겁니다."

그리고 윌리엄스 경사는 병실을 나섰다. 바른 품성을 가지라고 어릴 때부터 매를 맞고 자란 남자답게 그는 쾌활하고 건전하고 반듯했다.

그랜트는 이제 얼마 안 있으면 다시 나가게 될 바깥세상의 또 다른 손님을 기다리고 있었다. 그래서 이제는 귀에 익은 조심스럽게 문을 두드리는 소리가 들리자 기뻤다.

"들어와요, 브렌트!"

그랜트가 기분 좋게 대답했다.

그러자 캐러딘이 들어왔다.

하지만 마지막으로 봤을 때와 전혀 다른 모습이었다.

기쁨이 넘치던 모습이 아니었다. 넓어진 것 같던 어깨도 다시 줄어들었다.

더이상 코트 자락을 펄럭이는 선구자가 아니었다.

캐러딘은 지나치게 크고 긴 코트를 입은 비쩍 마른 젊은이에 불과했다. 더 어려 보이는 것이, 마치 가족을 잃어 충격에 빠진 사람처럼 보였다.

그랜트는 맥이 풀린 듯 흐느적거리며 병실로 들어오는 캐러딘을 당혹스럽게 쳐다보았다. 오늘은 우편낭 같은 주머니에 들어 있던 메모지들도 보이지 않았다.

오, 이런. 그랜트는 냉정하게 생각에 잠겼다. 지금까지는 이 일을 하는 것이 정말 재미있었다. 하지만 어딘가 생각지도 못한 장애물이 있을 수도 있었다. 깊이가 없는 아마추어의 방식으로는 중요한 조사 연구에서 무언가를 입증하기 어려울 것이다. 아마추어가 경찰청에 들어가 전문가들도 풀지 못한 사건을 해결할 거라고 기대하긴 어려울 테니까. 그런데 어째서 자신이 역사학자들보다 영리하다고 생각했을까? 그랜트는 초상화의 관상을 제대로 봤다는 것을 스스로에게 입증하고 싶었던 것이다. 그는 범죄자를 피고석이 아닌 판사석에 앉혔다는 수치심에서 벗어나고 싶었다. 하지만 실수를 받아들일 것이다, 기꺼이. 어쩌면 그렇게 되기를 바라고 있었는지도 모른다. 실은 마음속 깊은 곳에서부터 사람들의 관상을 보는 안목에 대한 자만심이 조금씩 올라오고 있었기 때문이다.

"안녕하세요, 그랜트 씨."

"어서 와요."

사실 젊은이의 상황이 더 안 좋았다. 기적이 일어날 거라고 믿을 나이였다. 풍선만 터져도 깜짝 놀랄 나이였다.

"우울해 보이는군요. 뭔가 잘되지 않나 봅니다."

그랜트가 기운차게 말을 걸었다.

"전부 다요."

캐러딘은 의자에 앉더니 창가를 쳐다보았다.

"저놈의 참새들이 시끄럽지 않으십니까?"

캐러딘이 짜증내며 물었다.

"무슨 일입니까? 리처드가 죽기 전에 소년들에 관한 소문이 퍼졌다는 것을 알아내기라도 한 건가요?"

"그보다 훨씬 안 좋은 겁니다."

"아. 문헌으로 남아 있던가요? 편지 같은?"

"아니요. 그런 일이 아닙니다. 훨씬 나쁜 거예요. 그러니까 완전히…… 완전히 근본적인 문제예요. 어떻게 말씀드려야 할지 모르겠네요."

캐러딘이 시끄럽게 지저귀는 참새들을 노려보았다.

"망할 놈의 새들. 이제 전 책을 쓸 수 없게 됐어요, 그랜트 씨."

"어째서요?"

"전혀 새로운 것이 아니니까요. 예전에 다 밝혀진 사실이었어요."

"예전에 밝혀졌다고요? 뭐가 말입니까?"

"리처드가 그 소년들을 죽이지 않았다는 것 말이에요."

"정말입니까? 언제부터요!"

"수천 수백만 년 전부터요."

"정신 차려요. 그 일은 겨우 사백 년 전에 있었던 일이니까."

"알아요. 하지만 그게 무슨 상관이랍니까. 사람들은 리처드가 그런 짓을 저지르지 않았다는 것을 수천 수백만 년 전부터 알고 있었는데……."

"그런 소리 그만하고, 제대로 말해봐요. 언제…… 그러니까 리처드의 명예가 회복되기 시작한 게 언제부터였습니까?"

"시작요? 상황이 호전되자마자 그랬죠."

"그게 언제였는데요?"

"튜더 왕조가 끝나자마자 바로요. 그 이야기를 해도 안전할 때요."

"스튜어트 왕조 시대란 말입니까?"

"네. 그럴 거예요. 17세기에는 벅이라는 사람이 리처드의 결백을 입증했어요. 18세기에는 호러스 월폴이 같은 주장을 했고요. 그리고 19세기에는 마컴이라는 사람 역시 같은 말을 했죠."

"20세기에는 누가 있나요?"

"제가 알기론 아무도 없어요."

"그렇다면 당신이 쓰면 되지 않을까요?"

"하지만 그건 문제가 다릅니다. 대발견이 아니잖아요!"

캐러딘은 이 말을 강조했다. 대발견.

그랜트는 캐러딘을 보며 미소 지었다.

"이런! 대발견이라는 건 아무데서나 쉽게 찾을 수 있는 게 아닙니다. 선구자가 될 수 없다면 개혁 운동이라도 하면 되지 않을까요?"

"개혁 운동을요?"

"그래요."

"무엇에 관해서요?"

"토니팬디."

캐러딘의 얼굴에서 멍한 표정이 사라졌다. 농담을 막 알아들은 사람처럼 갑자기 즐거운 표정을 지었다.

"그건 너무 어처구니없는 일이에요!"

캐러딘이 말했다.

"이미 삼백오십 년 전에 리처드가 조카들을 살해하지 않았다는 사실이 밝혀졌음에도, 여전히 교과서에는 아무 증거도 없이 한마디로 리처드가 한 짓이라고 되어 있어요. 그건 내가 보기에 토니팬디가 당신을 훨씬 앞서 있다는 뜻이에요. 그러니 이제 일을 시작해야 할 때가 된 겁니다."

"하지만 월폴과 같은 사람들도 해내지 못한 일을 제가 할 수 있을까요?"

"옛말에 낙숫물이 바위를 뚫는다고 했습니다."

"그랜트 씨, 지금 전 아무 힘 없는 작은 물방울이 된 것 같다고요."

"이봐요. 난 이런 자기 연민은 처음 들어봐요. 그런 상태로는 영국 대중과 맞설 수 없어요. 안 그래도 일을 시작하고 나면 더 힘들 텐데."

"제가 책을 처음 쓰기 때문에 그렇다는 건가요?"

"아뇨. 그런 건 문제될 게 없어요. 대부분의 작가들은 첫 작품이 대표작이니까. 가장 쓰고 싶은 걸 쓰기 때문이죠. 내 말은 학교를 졸업한 뒤에 역사책이라고는 손도 대지 않았을 사람들이 당신이 쓴 책에 대해 거드름을 피우며 이러쿵저러쿵 떠들어댈 자격들이 있다고 생각할 거란 의미였어요. 그런 사람들은 리처드를 포장했다고 당신을 비난할 겁니다. '포장'이 '명예 회복'보다 위엄이 없는 것처럼 들리니 그렇게 말하겠죠. 사람들 몇몇은 브리태니커 백과사전을 찾아보면서 이 일에 대해 자신들이 더 잘 알고 있다고 생각할 거예요. 그렇게 되면 당신은 혹평당하는 대신 완전히 묻히게 될 거예요. 고리타분한 역사학자들은 당신의 주장이 뭔지 신경쓰지도 않을 겁니다."

"맹세코 날 주목하게 만들 겁니다!"

캐러딘이 말했다.

"좋아요! 그 정도면 제국을 차지한 정신을 가진 것처럼 들리는군요."

"우린 제국을 차지한 적이 없는데요."

캐러딘이 그랜트를 상기시켰다.

"아니, 당신들은 차지했어요. 영국과 미국이 다른 점은 우리가 전 세계에서 조금씩 끌어모으는 동안, 당신들은 경제적으로 한 지역을 차지했다는 거죠. 내용이 독창적이지 않다는 것을 알아차리기 전에 책은 좀 썼습니까?"

"네. 2장까지 끝냈습니다."

"원고는 어떻게 했습니까? 벌써 없애버린 건 아니겠죠?"

"그럴 뻔하긴 했어요. 불속에 던져버리려고 했거든요."

"그런데 왜 그렇게 하지 않았어요?"

"전기난로라서요."

캐러딘이 긴 다리를 편안하게 쭉 펴더니, 웃기 시작했다.

"벌써 기분이 좋아졌어요. 명백한 진실로 영국 국민들의 얼굴에 한 방 날릴 때까지 도저히 기다릴 수 없을 것 같아요. 몸속에서 캐러딘 1세의 피가 끓어오르기 시작했어요."

"아주 심하게 달아오른 것처럼 들리는데요."

"캐러딘 1세는 벌목꾼들 중에서도 가장 무자비한 악당이었어요. 그분은 처음 벌목꾼으로 시작해서 르네상스 시대 성채에, 요트 두 대, 전용차까지 소유하게 되었죠. 여기서 전용차라는 건 기차 칸을 말하는 거예요. 털실 방울이 달린 초록색 실크 커튼이 달려 있고, 목재 부분에는 직접 보지 않으면 믿을 수 없는 상감 세공이 되어 있죠. 캐러딘 3세는 그렇게 생각하지 않는 것 같지만 캐러딘가의 피가 점점 옅어지고 있다는 소문이 돌고 있어요. 하지만 지금 전 캐러딘 1세와 똑같아요. 어떤 숲을 사고 싶은데 사지 못할 거라는 소리를 들었을 때 증조할아버지께서 느꼈던 기분을 알 것 같거든요. 그랜트 씨, 전 정말 열심히 할 겁니다."

"좋아요. 그 책의 헌정사를 기대하고 있겠습니다."

그랜트가 온화하게 말했다. 그는 탁자 위에 놓여 있던 편지지를 집어 들었다.

"수사할 때처럼 사건을 요약해봤어요. 어쩌면 결론 부분에 도달했을 때 도움이 될 수도 있을 겁니다."

캐러딘은 편지지를 받아들더니 존경스럽다는 듯 쳐다보았다.

"그 부분은 찢어서 가지고 가요. 난 이제 필요 없으니까."

"그랜트 씨는 앞으로 두 주일쯤 뒤에는 진짜 사건 수사로 바빠져서 이런 학구적인 문제에는 더이상 신경쓰지 못하시겠지요."

캐러딘이 약간 아쉽다는 듯 말했다.

"이번처럼 즐거웠던 적은 없었습니다."

그랜트가 진심으로 말했다. 그는 여전히 책에 기대서 있는 리처드의 초상화를 흘깃 쳐다보았다.

"당신이 낙심한 얼굴로 들어왔을 때 사실 나 역시 그에 못지않게 실망했었어요. 그리고 모든 게 끝났다고 생각했죠."

그랜트는 초상화를 다시 돌아보며 말했다.

"마르타는 저 초상화를 보고 위대한 로렌초와 약간 비슷하다고 생각했어요. 마르타의 친구인 제임스는 성인의 얼굴이라고 생각했죠. 담당 의사는 불구자의 얼굴이라고 했어요. 윌리엄스 경사는 위대한 판사와 닮았다고 했죠. 하지만 난 수간호사의 이야기가 가장 본질에 접근했다고 생각했습니다."

"그분이 뭐라고 하셨는데요?"

"수간호사는 끔찍한 고통을 겪고 있는 얼굴이라고 했어요."

"맞아요. 저도 그렇다고 생각해요. 그랜트 씨는 다른 견해가 있으신가요?"

"아니, 없어요. 리처드는 그 모든 것에서 벗어날 길이 없었으니까요. 인생의 마지막 이 년 동안에는 정말 많은 일들이 갑작스럽게 일어났을 겁니다. 그때까지는 모든 일들이 잘되고 있었죠. 영국은 마침내 안정을 찾았고 내전의 기억은 희미하게 사라지고 있었고 유능하고 굳건한 정부가 평화를 유지하며 활발한 무역으로 번영을 유지하고 있었으니까요. 웬즐리데일에서 미들험을 바라보면 경관이 정말 근사했을 겁니다. 그런데 리처드는 불과 이 년 만에…… 아내와 아들, 자신의 안녕까지 잃게 되었죠."

"그래도 리처드는 한 가지에서만큼은 벗어날 수 있었어요."

"그게 뭐죠?"

"수세기에 걸쳐 자신의 이름이 비난과 경멸을 당하게 될 거라는 건 몰랐으니까요."

"맞아요. 알았다면 정말 가슴이 아팠을 겁니다. 내가 리처드가 왕위를 찬탈할 계획이 없었다는 것을 확신하게 된 계기가 무엇인지 알아요?"

"아뇨. 그게 뭡니까?"

"스틸링턴이 일을 터뜨렸을 때 리처드가 북부에서 군대를 불러들였다는 거죠. 만일 리처드가 스틸링턴이 무슨 말을 할지 미리 알고 있었거나 스틸링턴의 도움을 받아 이야기를 날조했다면 리처드는 군대를 직접 이끌고 왔을 거예요. 런던까지는 아니더라도 유사시 바로 부를 수 있게 근처에 데려다 놓을 수 있었을 겁니다. 리처드가 요크에, 다음에는 네빌가의 친척에게 군대를 요청하는 연락을 했다는 것은 스틸링턴의 고백에 대해 전혀 알지 못했다는 증거지요.”

“그렇죠. 리처드는 섭정이 될 거라는 생각에 신사 계급 사람들만 이끌고 왔으니까요. 노샘프턴셔에 도착했을 때 우드빌가가 문제를 일으켰다는 소식을 듣고도 리처드는 전혀 동요하지 않았어요. 이천 명이나 되는 우드빌 일당을 처리하고 아무 일도 없었다는 듯 런던으로 갔죠. 그때까지만 해도 리처드가 알고 있는 건 조카의 대관식이 있을 거라는 것뿐이었어요. 스틸링턴이 자문 회의에서 고백을 하고 나서야 리처드가 군대를 소집했죠. 그 결정적인 순간에 잉글랜드 북부에서 불러들여야 했어요. 그래요, 그랜트 씨의 생각이 맞아요. 리처드는 그런 사태에 깜짝 놀랐던 거예요.”

캐러딘이 언제나처럼 머뭇거리며 집게손가락으로 안경테를 밀어 올렸다. 그리고 부연 설명을 했다.

“제가 이 사건에서 헨리가 유죄라는 증거를 찾았다는 걸 아세요?”

“그게 뭐죠?”

“비밀요.”

“비밀?”

“불가사의하고, 비밀스럽다는 것. 은밀하게 진행되었다는 점에서요.”

“그런 성격이었기 때문이었다는 건가요?”

“아뇨, 아니요. 그렇게 애매한 게 아니에요. 모르시겠어요? 리처드에게는 어떤 비밀도 필요 없었어요. 하지만 헨리로서는 어떻게든 소년들의 죽음을 비밀스럽게 남겨두어야 할 필요가 있었죠. 누가 봐도 리처드는 비밀스러운 방식을 써야 할 이유가 전혀 없었어요. 정말 말도 안 되는 짓이죠. 그대로 넘어갈 수가 없는 일이었어요. 머지않아 소년들이 그곳에 없다는 것에 대해 해명해야 할 테니까요. 리처드는 앞으로도 오랫동안 나라를 다스릴 수 있다는 것을 잘 알고 있었어요. 누가 봐도 간단한 방법이 많은데 그토록 어렵고 위험한 방식을 선택해야 할 이유가 없어요. 그냥 소년들을 질식사시킨 다음 침대에 그대로 눕혀놓고, 런던 시민들이 그 모습을 보며 요절한 소년들의 죽음을 슬퍼하게 내버려두면 되는 일이었으니까요. 그러면 끝나는 일이었죠. 리처드가 소년들을 죽여야 하는 이유는 소년들을 앞세워 일어날지도 모르는 반란을 막기 위해서였어요. 그러기 위해서는 소년들의 죽음을 가능한 빨리 세상에 알려야 했겠죠. 소년들의 죽음이 세상에 알려지지 않는다면 아무 소용 없는 일이었으니까요. 하지만 헨리는 소년들을 숨기는 방법을 찾아내야 했어요. 죽음을 비밀로 해야만 했죠. 헨리는 소년들이 언제 어떻게 죽었는지 알 수 없게 숨겨야만 했어요. 소년들에게 정확하게 무슨 일이 일어났는지 아무도 모르게 만들어야 했죠."

"정말 그러네요, 브렌트. 정말 그래요."

그랜트는 캐러딘의 열의에 찬 얼굴을 보며 미소 지었다.

"당신 같은 사람이 경찰청에 있어야 하는 건데!"

캐러딘이 웃음을 터뜨렸다.

"전 토니팬디에 전념할 거예요. 틀림없이 우리가 몰랐던 일들이 더 많이 있을 거예요. 토니팬디들을 걸러내고 나면 역사책들에 벌집처럼 구멍이 생길 거예요."

"어쨌든 커스버트 올리펀트 경의 책은 가져가는 게 좋겠어요."

그랜트가 사물함에서 점잖게 보이는 두툼한 책을 꺼냈다.

"역사학자들한테는 책을 쓰기 전에 심리학부터 배우게 해야 할 것 같습니다."

"하, 그래도 아무 소용 없을 거예요. 살아 있는 사람들에게 관심이 있는 사람은 역사책을 쓰지 않으니까요. 그런 사람이라면 소설을 쓰거나, 정신과 의사가 되거나, 판사가 되거나……."

"아니면 사기꾼이 되겠죠."

"아니면 사기꾼이 되죠. 그렇지 않으면 점쟁이가 될 겁니다. 사람을 이해하는 사람이라면 역사 같은 것은 쓰고 싶지 않을 거예요. 역사란 장난감 병정이나 마찬가지니까요."

"이런. 너무 심한 거 아닌가요? 역사는 아주 박식하고, 많이 배워야……."

"아, 그런 뜻으로 한 말이 아니었어요. 제 말은 평면 위에서 거의 움직이지 않는다는 뜻이었어요. 생각해보면 반쯤은 수학과 같다고 볼 수 있겠네요."

"수학과 비슷한 거라면, 역사학자들이 은밀한 소문 같은 걸 끄

집어내면 안 되죠."

그랜트가 갑자기 신랄하게 말했다. 모어 경만 생각하면 계속 기분이 좋지 않았다. 그는 두툼하고 점잖은 올리펀트 경의 책과 작별 인사라도 하듯 책장을 넘겨보았다. 뒤쪽으로 갈수록 느리게 페이지를 넘기다가 거의 끝 부분에서 멈췄다.

"역사학자들이 하나같이 리처드가 전쟁터에서 보여준 무용담만큼은 인정해주는 것도 참 이상하죠. 그렇게 하는 것이 그네들의 전통인지, 그 점에 대해서만큼은 아무도 이견이 없습니다. 실제로 역사학자들은 모두 그 점을 강조하고 있어요."

그랜트가 말했다.

"적군에 대한 찬사인 거죠. 그 전통은 적군이 쓴 발라드에서 시작되었어요."

"맞아요. 스탠리 쪽 누군가가 쓴 거였죠.

'그때 한 기사가 리처드 왕에게 말하기 시작했다.'

여기 어디쯤 나왔었는데."

그랜트가 페이지를 한두 장 더 넘기며 원하는 부분을 찾아냈다.

"그 의문의 기사는 '마음씨 좋은 윌리엄 해링턴 경'이었던 모양이네요."

그자들의 공격이 계속되면 아무도 남지 않게 될 수도 있습니다. 스탠리 쪽의 공세가 너무 막강합니다(악독한 반역자들 같으니라고!).

여기서 너무 오래 지체하지 마시고, 저들이 다시 공격해 오기 전에
이곳을 떠나시는 게 좋을 것 같습니다.
가까운 곳에 말을 준비해놓았습니다.
언젠가 다른 날, 만인의 존경을 받으며 왕실로 돌아와
왕관을 쓰고 우리의 왕이 되실 것입니다.
아니, 내 손에 도끼를 쥐어다오. 내 머리 위에 잉글랜드의 왕관을 올려놓으라.
땅과 바다를 만드신 하느님을 위해, 오늘 잉글랜드의 왕으로 죽을 것이다.
내 숨이 다할 때까지 결코 도망가는 일은 없을 것이다.
그렇게 말하고 그대로 행했다. 목숨은 잃었을지라도, 그는 왕으로서 죽었다.

"'내 머리 위에 잉글랜드의 왕관을 올려놓으라.'"

캐러딘이 생각에 잠긴 채 중얼거렸다.

"나중에 산사나무 덤불에서 발견된 그 왕관이군요."

"맞아요. 약탈당하지 않도록 한쪽에 벗어두었던 거겠죠."

"전 그 왕관이 늘 조지 왕이 쓰는 것처럼 높이가 높고 플러시 천을 댄 그런 왕관일 거라고 생각했는데, 그냥 금관이었어요."

"맞아요. 투구 위에 쓸 수 있는 왕관이었죠."

"이런. 제가 헨리였다면 틀림없이 그 왕관을 쓰기 싫었을 겁니

다! 싫어했을 게 분명해요!"

캐러딘이 갑자기 감정적으로 말했다. 그리고 잠시 입을 다물었다가 다시 말을 이었다.

"요크 시에서, 그러니까 요크 시 사람들이 쓴 기록에 보즈워스 전투에 대해 뭐라고 씌어 있는지 아십니까?"

"아니요."

"그들은 이렇게 썼습니다.

'그날 우리의 위대하신 리처드 왕께서 안타깝게도 무참히 살해당하셨다. 도시 전체의 크나큰 슬픔이다.'"

침묵이 흐르자 참새 떼가 시끄럽게 울어대기 시작했다.

"모두가 증오했던 왕위 찬탈자의 부고로 보긴 어렵군요."

마침내 그랜트가 딱딱하게 말했다.

"그렇죠. 정말 그래요. '도시 전체의 크나큰 슬픔이다.'"

캐러딘이 말했다. 그는 마음속에 새기는 듯 천천히 구절을 되뇌었다.

"그들의 마음은 진심이었어요. 그렇기 때문에 새 왕조가 들어섬과 동시에 앞날이 어떻게 될지 알지 못한 상태에서도 왕이 살해당해 죽었고 그 죽음이 얼마나 슬픈 일이었는지에 대한 기록을 확실하게 남겼던 거죠."

"어쩌면 왕의 시신에 모욕을 가했다는 이야기를 듣고 분개한 것일지도 모릅니다."

"맞아요. 잘 알려져 있던 존경받는 인물이 죽은 동물처럼 알몸으로 조랑말에 대롱대롱 매달려 있는 모습 같은 건 누구라도 생각조차 하고 싶지 않을 테니까요."

"설령 적이라고 해도 그런 모습은 상상하고 싶지 않을 겁니다. 하지만 헨리와 모턴 일당들에게 그런 감수성은 없는 모양이에요."

"하, 모턴이라!"

캐러딘이 입맛이 쓴 것처럼 그 이름을 내뱉었다.

"틀림없이 모턴이 죽었을 때는 아무도 '깊은 슬픔' 같은 걸 느끼지 않았을 거예요. 연대기 작가가 뭐라고 썼는지 아십니까? 런던에 있던 연대기 작가 말입니다. 그 사람은 이렇게 썼어요.

'우리 시대에는 모든 면에서 그와 비견할 만한 사람이 없다. 비록 그가 이 나라 백성들의 엄청난 증오와 멸시를 받긴 했지만 말이다.'"

그랜트는 수많은 낮과 밤 동안 계속해서 자신의 옆을 지켰던 리처드의 초상화를 돌아보았다.

"난 모턴이 큰 성공을 거두었고 추기경의 모자까지 얻었음에도 리처드 3세와의 싸움에서는 결국 졌다고 생각합니다. 전투에서 패배했고 오랫동안 중상모략을 당했음에도 리처드는 헨리와 모턴보다 훨씬 성공했어요. 리처드는 당대 국민들로부터 많은 사랑을 받았죠."

"묘비명은 나쁘지 않았어요."

캐러딘이 진지하게 말했다.

"아니, 묘비명이 나쁘지 않은 정도가 아닙니다."

그랜트가 마지막으로 올리펀트의 책을 덮으며 말했다.

"더 바랄 나위가 없을 정도였죠."

그는 그 책을 캐러딘에게 돌려주었다.

"그보다 더 많은 것을 얻은 사람은 없을 겁니다."

그랜트가 말했다.

캐러딘이 병실을 떠나자 그랜트는 다음날 퇴원에 대비해 탁자 위에 놓여 있던 물건들을 정리하기 시작했다. 손도 대지 않은 최신 소설들은 다른 환자들을 위해 병원 도서실에 기증할 것이다. 하지만 산 사진이 나오는 책은 가져가기로 했다. 그리고 아마존에게 빌린 역사책 두 권을 돌려주는 것도 잊어버리지 말아야 했다. 그랜트는 그녀가 저녁 식사를 가져올 때 돌려주기 위해 그 책들을 따로 챙겨놓았다. 그리고 리처드에 관한 진실을 찾기 시작한 뒤 처음으로 그의 악행들을 적어놓은 부분들을 다시 읽어보았다. 악명 높은 이야기는 명백하고 단정적으로 기록되어 있었다. '어쩌면'이나 '우연히' 같은 건 없었다. 단서나 의문 같은 것도 없었다.

그랜트는 역사책들을 덮으려다가 무심코 헨리 7세의 통치 기간에 관한 단락에 시선이 갔다. 그는 읽어보았다.

튜더가는 왕좌에 오르기 위해 경쟁자들을 처리하고자, 그중에서도 특히 헨리 7세의 통치 기간 동안에 살아 있던 많은 요크가의 후계자들을 제거하기 위해 계획적인 정책을 펼쳤다. 헨리 8세가 마지막으로 남아 있던 요크가의 후손을 제거하면서, 그 정책은 성공리에 끝났다.

그랜트는 이 노골적인 내용에 깜짝 놀랐다. 대량 살인을 아무렇지도 않게 받아들이고 있었다. 한 가문을 말살하는 과정을 너무나도 간단하게 인정하고 있었다.

리처드 3세는 조카 두 명을 죽였다는 누명 때문에 악의 대명사로 남아 있었다. 그런데 '계획적인 정책'으로 한 가문을 말살한 헨리 7세는 통찰력이 있고 상황 판단이 빠른 군주로 남아 있었다. 아주 많은 사랑을 받진 못했을지라도 성실하고 건설적인 성공한 인물로 여겨지는 것이다.

그랜트는 포기했다. 그는 결코 역사를 이해할 수 없었다.

역사학자들이 생각하는 가치는 그랜트가 알고 있는 가치와 근본적으로 다르기 때문에 절대 공통점을 찾을 수 없을 것이다. 이제 그는 경찰청으로 돌아갈 것이다. 그곳에서는 살인자는 살인자이고 바늘 가는 곳에는 실이 간다고 생각한다.

그랜트는 역사책 두 권을 가지런히 쌓아두었다가 아마존이 다진 고기 요리와 자두 스튜를 가지고 들어오자 짤막한 감사 인사와 함께 돌려주었다. 그는 아마존에게 진심으로 고마워하고 있었다.

그녀가 역사책들을 가지고 있지 않았다면 그는 리처드 플랜태저넷이라는 인물을 알아가기 위한 탐구를 시작할 수 없었을 것이다.

아마존은 그랜트의 친절한 모습에 당황한 것처럼 보였다. 그는 자신이 아픈 동안 그녀에게 계속 곰처럼 심술궂게 대한 건 아닌지 걱정되기 시작했다. 그렇게 생각하자 몹시 창피했다.

"우리도 그랜트 씨가 그리울 거예요."

아마존이 말했다. 그녀의 큰 눈에서는 금방 눈물이라도 흘러내릴 것처럼 보였다.

"그랜트 씨가 여기 계신 데 모두 익숙해졌으니까요. 심지어 저것까지 말이에요."

그리고 아마존은 초상화가 놓여 있는 쪽을 팔꿈치로 가리켰다.

갑자기 뭔가가 떠올랐다.

"부탁 하나 해도 될까요?"

그랜트가 물었다.

"그럼요. 뭐든 말씀하세요."

"저 초상화를 창가로 가져가, 맥박 짚는 시간만큼만 밝은 곳에서 들여다봐주겠어요?"

"물론이죠. 원하신다면 그렇게 할게요. 그런데 왜요?"

"이유는 묻지 말고요. 그렇게 해주면 정말 기쁠 것 같아요. 내가 시간을 잴게요."

아마존은 초상화를 들고 햇살이 쏟아지는 창가로 다가갔다.

그는 시계의 초침을 쳐다보았다.

사십 초가 지나자 그랜트가 물었다.

"어때요?"

그녀가 아무 대답도 하지 않자 그랜트가 다시 물었다.

"어때요?"

"재미있네요. 이렇게 한참 들여다보고 있으니까 좋은 사람처럼 보여요. 그랜트 씨가 보기에도 그렇죠?"

작 가
정 보

●

조지핀 테이

Josephine Tey

훌륭한 미스터리 작가들이 대거 등장하여 명작들을 양산한 20세기 초중반, 조지핀 테이는 단 여덟 편의 미스터리 작품으로 독자들에게 자신의 이름을 각인한 작가다. 군더더기 없이 이야기를 탄탄하게 풀어놓는 스토리텔링, 독신 생활을 자유롭게 즐기는 여성이나 여성을 동등한 인격체로 보며 우정을 쌓아나가는 남성처럼 현대적인 인물을 묘사하는 데 뛰어나다. 선정적이거나 자극적이기보다 따뜻한 마음씨를 가진 평범한 인물들이 곧은 인간성을 보여주며 범죄와 마주하는 이야기들을 내놓아 세대를 막론한 독자들의 사랑을 받았다.

그녀의 개인적인 삶에 대해 알려진 것은 많지 않다. 1896년 스코틀랜드 북서부 인버네스에서 태어난 테이의 본명은 엘리자베스 매킨토시이며 조지핀 테이 외에 고든 대비엇이라는 필명을 썼다. 고든 대비엇으로는 주로 극작품과 역사 소설을, 조지핀 테이로는 미스터리 작품을 내놓았으며 현대에는 조지핀 테이라는 이름이 가장 잘 알려져 있다.

테이는 젊은 시절 예술가를 지망하여 인버네스 로열 아카데미에 다니다가 이후 버밍엄의 앤스티 체육 학교를 졸업했다. 그 후 삼 년간 여러 학교에서 체육 교사 생활을 한 것을 보면 몸을 움직이는 것을 싫어하지 않는 성품이었던 것은 분명하다. 특히 말을 돌보고 말과 함께 움직이며 교감하는 일을 각별히 사랑했던 듯 『프랜차이즈 저택 사건』(권영주 옮김, 검은숲, 2011)과 『브랫 패러의 비밀』(권영주 옮김, 검은숲, 2012) 등 여러 작품에서 말에 대한 애정을 드러내고 있다. 또한 죽을 때까지 본인의 의지로 독신 생활을 이어나갔다고 전해진다.

개성 넘치는 인물 묘사의 일인자

조지핀 테이에 대한 평을 보면 우아하고 시원스러운 문체, 쓸데없이 이야기를 꼬지 않고 확실하게 사건의 중심을 향해 나아가는 전개 방식 등을 인상적으로 꼽는 사람이 많다. 그러나 조지핀 테이의 최대 장점이라면 무엇보다 현대적인 등장인물의 개성을 몇 마디로 깔끔하게 포착해 내는 솜씨가 꼽힌다.

테이의 인물 묘사는 한순간에 완성된 것이 아니라 점차적으로 발전해 왔다. 1929년 고든 대비엇으로서 내놓은 첫 미스터리 소설 『줄에 선 남자The Man in the Queue』 이후 칠 년 만에 내놓은 미스터리 『촛불을 위한 한 푼A Shilling for Candles』(1936)은 테이의 장기가 전면에 드러나기 시작한 첫 작품이다.

『줄에 선 남자』는 흥행하는 뮤지컬의 마지막 공연을 보려고 기다리던 사람들의 대기 줄에서 젊은 남자가 살해된 사건을 매끄럽게 풀어냈지만 걸작이라 할 만한 작품은 아니었다. 하지만 『촛불을 위한 한 푼』에서 테이는 영화배우가 익사체로 발견되는 자극적인 사건을 흥미진진하게 전개해가는 동시에 피해자를 포함한 여배우들의 개성을 속속 잡아내어 인물 조형에서 한 단계 발전한 솜씨를 보여준다. 그 후 십 년 만에 내놓은 세 번째 미스터리 『미스 핌의 처리Miss Pym Disposes』(1946)에서는 테이가 그중에서도 여성들을 묘사하는 데 빼어난 솜씨를 발휘하기 시작한 것을 알 수 있다. 주인공 미스 핌은 심리학 분야의 베스트셀러를 쓴 작가로 은사의 청을 받아 여학교에 교사로 부임한다. 그리고 교장은 예뻐하지만 학생들은 미워하는 여학생을 둘러싼 사건에 휘말린다. 테이는 미스 핌의 시선을 통해 여학교 특유의 분위기와 학생들을 생생하게 묘사하며 각각의 개성을 살리면서 여학교의 생활 속에 숨겨져 있는 질투와 애정을 표현한다.

특히 남성과 여성 역할이 아직 보수적이었던 1900년대 중반에, 테이는 남성에게 의지하지 않고 자기 삶의 주체로 살아가는 여성을 그린다. 테이의 작품에 나오는 여성 인물들은 유리 천장에 부딪혀 자의식 과잉으로 변하거나 중압감에 시달리기보다 자유롭고 당당하게 삶을 즐기는 모습으로 표현된다. 대표적으로 『시간의 딸』(1951)과 함께 손꼽히는 수작이자 영국 추리작가협회에서 투표해 선정한 시대 초월 미스터리 100 중 11위로 꼽힌 『프랜차이즈 저택 사건』을 들 수 있다. 이 작품에서는 남성만이 아니라 여성 또한 자연스럽게 스스로 독신을 선택할 수 있다는 것을 보여주는 인물이 등장한다.

> "있죠, 난 결혼하는 여자가 못 돼요. 난 다른 사람이 뜬 레이스를, 다른 사람의 요구 사항을, 다른 사람의 코감기를 참고 견디기 싫어요. (중략) 하지만 그렇게 내버려둘 남편은 아무도 없죠. 남편은 동정을 기대할 거예요. 더우면 땀이 식을 때까지 기다리면 되는 걸 괜히 자기가 옷을 벗어서 감기에 걸린 건데도 말이죠. 그래 놓고도 동정이랑 관심과 식사를 기대할 거예요."(『프랜차이즈 저택 사건』, 396쪽)

베티라는 소녀가 프랜차이즈 저택에 자신이 감금되어 있었다고 주장하는 사건을 다루는『프랜차이즈 저택 사건』에서는 전혀 다른 가치관을 가진 두 여자가 부딪친다. 사건의 범인으로 몰린, 프랜차이즈 저택의 거주자인 메리언은 결혼하기 위해 억지로 가사를 배우려 하지 않는다. 결혼하면 남편의 뒷바라지를 하느라 자기 본연의 모습을 잃게 될 것이기 때문이다. 반면 베티는 남성이 제공하는 향락을 마음대로 누리다 대가를 책임지기 싫어 다른 사람에게 누명을 씌운다. 이 둘의 모습은 현대 여성의 축약판으로 보아도 손색이 없다.

황금기 미스터리에 새로운 길을 열다

테이가 활동하기 시작한 시기는 미스터리사史에서 황금시대로 일컬어지는 1900년대 전반이다. 곧잘 '황금기 미스터리' 작가로 불리는 이 시대의 작가들은 인위적이다 싶을 정도로 촘촘한 트릭과 현실에서 존재하기 어려운 독특한 탐정상에 공을 들였다. 주인공은 독자들의 머리 꼭대기에서서 신처럼 수사를 지휘하고 해결편을 낱낱이 읊는 명탐정이었고, 작가들은 범인이 사건을 저지른 동기보다 어떻게 범죄를 저질렀느냐를 중점적으로 해설했다.

황금기 미스터리는 1945년 제2차세계대전을 겪으며 어쩔 수 없는 변화를 맞는다. 전쟁은 범인의 농간을 차디찬 이성으로 해결하던 기존의 탐정들로는 표현할 수 없는 살인과 광기가 있다는 것을 알려주었다. 작가들은 '어떻게'보다 '왜'에, 탐정에 의존하기보다 사람들의 감정을 설득할 수 있는 사실적인 이야기 구성에 집중하기 시작했다. 1929년에 미스터리 작가로 데뷔했으나 1940년대 후반에 들어서야 본격적으로 미스터리 창작에 빠져든 테이는 그런 새로운 경향의 한가운데 서 있었다.

테이는 시류를 거부하거나 급진적으로 받아들이지 않고 자연스럽게 소화했다. 스스로를 과신하거나 거들먹거리는 일 없이 평범한 소시민처럼 사고하는 탐정을 내놓은 것이다. 테이가 쓴 유일한 시리즈의 주인공이자 대표 탐정인 앨런 그랜트 경위는 자신이 내렸던 판단을 의심하고 추측이 틀릴 수 있다는 것을 당연하게 받아들인다. 수사가 막혔을 때 과장되게 자존심에 상처를 입기보다 자신의 능력 부족과 판단 미숙을 부끄러워하는 인물은 당시에 볼 수 없던 탐정이었다.

탐정뿐 아니라 현실에 있을 법한 이웃과 친구 등 사건 관련자들의 가치관과 개성을 부각하며 사건의 원인을 자연스레 뒤쫓는 테이의 솜씨는 전무후무하다. 『프랜차이즈 저택 사건』에서 테이는 전혀 다른 가치관을 가진 두 인물을 대비시켜 마녀사냥과 폭로전 양상으로 흘러가는 사건의 발단을 설득력 있게 밝히는가 하면, 『시간의 딸』에서는 인물 각자의 입장에서 사건과 관련된 과거의 인물을 해설하고 총합해 결론으로 이끈다.

역사 미스터리의 신기원

조지핀 테이는 1932년 런던에서 초연된 『보르도의 리처드』로 극작가로서 입지를 다지고, 이듬해에는 인기에 힘입어 같은 작품을 소설화했다. 이처럼 극작가로 성공을 거두었는데도 1936년 『촛불을 위한 한 푼』에 조지핀 테이라는 이름을 처음으로 쓰며 다시 미스터리에 손을 댄 이유는 경제적인 문제 때문이었다고 한다. 그러나 리처드 2세(보르도의 리처드)라는 영국 역사 인물을 극작품에서 주요 소재로 다뤘던 테이가 결국 1951년 리처드 3세를 파헤치는 역사 미스터리 『시간의 딸』을 발표하고, 이 작품이 필생의 역작이자 미스터리 역사에서도 기념비적인 작품이 된 것을 보면 테이에게 성공적인 전환점이었던 것은 분명하다.
미스터리 평론가 앤서니 바우처가 "올해 가장 뛰어난 작품이 아니라 시대를 막론하고 위대한 작품"으로 꼽기도 한 『시간의 딸』은 앨런 그랜트 경위 시리즈 중 하나로 그랜트가 병원 침대에 누워 움직이지 못하는 채 수사가 진행된다. 안락의자 탐정형 소설로 장소와 등장인물을 표현하는데 한계가 크지만 테이는 보란 듯이 인물들의 개성을 살리며 이야기를 전개해나간다. 병상에서 지루함을 못 견딘 그랜트는 조카들을 죽이고 왕위에 오른 것으로 악명이 높은 리처드 3세의 초상화를 우연히 보게 되고, 리처드 3세와 관련된 사건에 대한 일반적인 견해에 의문을 품는다. 그때까지 역사 미스터리는 역사적인 사건에 허구와 상상을 더해 재미있는 이야기를 만들어내는 데 그쳤다. 역사에 등장하는 사건을 소재로 이용했을 뿐 그 사건과 관련된 수수께끼를 현실적으로 파고들어 역사학적으로도 의미 있는 가설을 제시하는 것과는 거리가 멀었다. 하지만 『시간의 딸』은 실제 사료와 기록을 바탕으로 진짜 역사와 역사의 본질에 의문을 던진다는 점에서 큰 반향을 불러일으켰다. 특히 현대인의 입장에서 시간과 공간의 제약을 딛고 기록된 사실만으로 사건의 진실을 추론해낸다는 점이 대단하다. 작품에서도 언급되듯 『시간의 딸』에서 나오는 리처드 3세에 대한 주장은 테이가 처음 생각해낸 것이 아니며, 몇 가지 추론과 근거에서 오류가 발견되지만 이런 점을 차치하고라도 획기적인 구성의 작품이라 하지 않을 수 없다.

『시간의 딸』은 1951년 발표된 뒤 동시대 많은 작가들에게 영향을 미쳐 『유괴』(이규원 옮김, 엘릭시르, 2014)의 다카기 아키미쓰가 역사 미스터리 『칭기즈 칸의 비밀』(1958)을 쓰는 발판이 되었다. 사십여 년이 흐른 1990년에도 여전히 창조성을 인정받아 영국 추리작가협회가 뽑은 시대 초월 미스터리 100 중 1위로 당당히 선정되었으며, 현대에는 국내에서도 많은 인기를 끌고 있는 요네자와 호노부가 이 작품의 오마주로 『빙과』(권영주 옮김, 엘릭시르, 2013)를 썼다.

테이는 생전 애거사 크리스티와 도러시 세이어스라는 동시대 거장들에 뒤지지 않는 인기를 누렸다. 평생에 걸쳐 고작 여덟 편으로 작품 수가 많지 않다는 점이 유일한 흠이다. 하지만 테이는 여덟 편 중 미스터리에만 집중한 1946년부터 그녀가 사망한 1952년까지 총 다섯 편의 미스터리 작품을 남겼다. 사망하기 일 년 전 발표한 『시간의 딸』이 큰 성공을 거둔 만큼 다작 작가의 길로 들어서던 테이의 죽음은 많은 이들의 안타까움을 샀다.

그러나 그 숫자로도 충분했다.

/

작 품 　 목 록

앨런 그랜트 경위 시리즈

The Man in the Queue (or Killer in the Crowd) (1929, 고든 대비엇이라는 이름으로 발표)

A Shilling for Candles (1936, 조지핀 테이라는 이름으로 첫 발표, 1937년 앨프리드 히치콕 감독의 〈젊음과 순수〉로 영화화)

To Love and Be Wise (1950)

The Daughter of Time (1951) - 『시간의 딸』 (엘릭시르, 2014, 미스터리 책장 시리즈)

The Singing Sands (1952, 사후 출판)

다른 미스터리 작품

앨런 그랜트 경위 시리즈와 동 시간대가 배경이다.

Miss Pym Disposes (1946)

The Franchise Affair (1948) – 『프랜차이즈 저택 사건』(권영주 옮김, 검은숲, 2011)

Brat Farrar (or Come and Kill Me) (1949) - 『브랫 패러의 비밀』(권영주 옮김, 검은숲, 2012)

극작품

Richard of Bordeaux (1932)

The Laughing Woman (1934)

Queen of Scots (1934)

The Stars Bow Down (1939)

해 설

●

역사 공부를 힘들어하는 사람들이 많다. 아무래도 알아야 할 것도 많고 외워야 할 것도 많기 때문일 것이다. 나는 역사 과목을 제법 좋아한 편이지만, 공부하다 보면 사람을 미치게 만드는 부분들이 항상 나왔다. 그나마 세상은 공평해서 외국 아이들이라고 해도 역사 공부가 힘든 것은 마찬가지인 모양이다. 그중에서도 특히 영국 아이들이 괴로워하며 공부하는 시대는 플랜태저넷 왕조라고 한다. 1126년부터 시작된 플랜태저넷 왕조는 약 삼백 년간 온갖 반란과 전쟁의 틈바구니에서 탁구공이 오가듯 왕들이 뒤바뀌다가 1455년부터 삼십 년에 걸쳐 일어난 장미전쟁으로 막을 내린다. 그런 장미전쟁의 마지막을 장식하는 인물이 바로 조지핀 테이의 『시간의 딸』의 실질적인 주인공이라고 할 수 있는 리처드 3세다. 리처드 3세는 어린 조카들을 죽이고 왕위를 찬탈한 폭군 중의 폭군으로 곱사등이에 몹시 추한 외모를 가지고 있었다고 전해진다. 우리나라와 비교를 해보면 조선의 세조가 단종에게서 왕위를 빼앗은 것도 1455년이니 쓸데없이 비슷한 시기에 동서양에서 숙부가 조카를 죽이고 왕위를 빼앗은 셈이다.

사실 역사란 교과목으로 접했을 때는 괴로울지 몰라도 시험의 굴레를 벗어나게 되면 온갖 재미있는 이야기의 보고다. 특히 문학작품의 소재로서는 금광이나 다를 바가 없다. 그것도 플랜태저넷 왕조처럼 자기들끼리 치고받고 지지고 볶는 내란이 횡행하던 시기는 말할 것도 없다. 널리 알려져 있는 사자왕 리처드에 관한 온갖 모험담이나, 하워드 파일이 쓴 『로빈 후드』(박진배 옮김, 동해, 2010)와 같은 작품도 바로 이 시기가 배경이다. 『존 왕』이나 『리처드 2세』와 같은 셰익스피어의 많은 사극들을 비롯한 문학작품은 물론이고, 최근에 나온 영국 드라마 〈텅 빈 왕관〉(2012)이나 〈화이트 퀸〉(2013)같은 작품들 역시 플랜태저넷 왕조를 배경으로 하고 있다. 역사라는 이야기의 보고는 어떤 장르와도 어울린다. 하물며 최고의 지적 유희라고 할 수 있는 미스터리 장르와 결부된다면 얼마나 재미있겠는가.

폭군이냐 성군이냐 : 문학이 가진 이미지의 힘

지난 2012년 9월, 영국 중부 레스터에 있는 한 주차장 지하에서 리처드 3세의 유골이 발굴되었다. 사후 오백 년 뒤에 발견된 이 유골에 세간의 관심이 많이 쏠리는 이유는 발굴을 계기로 리처드 3세에 대한 연구가 활발하게 진행되는 것도 있지만, 리처드 3세가 위에서도 언급했다시피 조카를 죽이고 왕위를 빼앗았다는 자극적이고 극적인 사건의 주인공이기 때문이다.

실제로 셰익스피어는 이런 점을 부각해『리처드 3세』에서 그를 아주 비열하고 야비한 인물로 묘사하며, 외적인 모습 역시 기형적인 팔을 가지고 있는 심한 곱사등이에 절뚝거리며 걸어 다니는 아주 볼품없는 인물로 그리고 있다. 지금까지 세간에 알려진 리처드 3세의 이미지는 대부분 셰익스피어의 작품에서 기인한 것으로 보인다. 그러나 이번에 발굴된 유골을 연구한 결과, 리처드 3세가 척추 측만증을 앓고 있었던 것은 사실이지만 셰익스피어의 묘사와는 달리 척추가 약간 휘긴 했어도 옷을 입으면 거의 표시가 나지 않았을 정도였으며 동시대 남자들에 비해 비교적 큰 키에 호리호리한 체격을 가지고 있었다는 것이 밝혀졌다.

일찍부터 역사학계에서는 리처드 3세에 관해 다각도로 연구를 진행하고 있다. 하지만 대중의 마음속에 강하게 뿌리박힌 왜곡된 이미지를 바꾸는 것은 무척 어려운 일이다. 어떻게 보면 그것이 문학의 힘이기도 하고.

그렇게 본다면 왜곡된 이미지를 바꾸는 데 또한 문학의 힘을 빌릴 수 있을 것이다. 그런 의미에서 조지핀 테이는 바로 이 작품『시간의 딸』을 통해 대중들이 리처드 3세에 대해 가지고 있던 이미지를 바꿀 수 있는 발판을 마련했다.

"진실은 소문이 아니라 회계 장부에 있다"

1896년, 스코틀랜드에서 태어난 조지핀 테이는 1929년 고든 대비엇이라는 필명으로 『줄에 선 남자』를 발표하면서 작가로서 발을 내디뎠다. 그 뒤로 고든 대비엇이라는 필명으로는 역사 희곡을, 조지핀 테이라는 필명으로는 미스터리를 발표했다. 리처드 2세를 소재로 한 희곡 『보르도의 리처드』는 당시 엄청난 인기를 끌었고(작중에서 그랜트는 이 연극을 여러 번 봤다고 말하고 있다), 18세기에 있었던 유괴 사건을 소재로 한 『프랜차이즈 저택 사건』과 『브랫 패러의 비밀』, 그리고 바로 이 작품 『시간의 딸』로 작가로서 그녀의 명성은 절정에 달했다.

역사 희곡을 쓰던 작가답게 역사 속 사건을 다루는 조지핀 테이의 재능은 아주 뛰어나다. 역사 미스터리 소설은 아무리 소설이라 하더라도 실제 역사와 완전히 동떨어진 이야기를 전개할 수 없기에 역사학자들이 연구하는 것과 동일한 과정을 거쳐 새로운 시각으로 보여줄 수 있어야 한다. 또 실제 역사가 작품의 내용 누설로 이어질 가능성이 있어 창작에 제한이 많다. 대체 역사 소설이라는 장르가 있긴 하지만, 『시간의 딸』에 나오는 것처럼 허구의 인물이나 사건이 전혀 등장하지 않는 그대로의 역사를 가지고 미스터리 소설을 쓴다는 것은 더욱 어려운 일일 것이다.

조지핀 테이는 이 작품에서 리처드 3세가 정말로 조카를 죽이고 왕위를 빼앗은 극악무도한 악인인 것일까라는 의문에서 시작해 여러 가지 역사 자료를 바탕으로 신선하고 새로운 해석을 보여주고 있다. 역사 미스터리 소설이라는 특수성과 오로지 자료들과 논리와 추론만으로 사건을 해결하는 과정을 보여주기 위해, 탐정 역할을 하는 앨런 그랜트 경위를 병원 침대에서 꼼짝 못하게 만든 뒤 소위 안락의자형 탐정으로서 역사 속 사건을 해결하게 만든다. 앨런 그랜트는 전혀 몸을 움직이지 못하는 상황에서 여러 역사 문헌들을 읽고, 역사 속 사건이라는 특수성을 감안해 탐정의 조수 격으로 등장한 역사학자 브렌트와의 대화를 통해 사건을 해결해나간다. 논리적인 분석에 따른 사고의 흐름을 통해 다른 어떤 부가적인 장치 없이 미스터리라는 장르의 본질을 가장 충실하고 순수하게 보여주는 것이다. 그리고 앨런 그랜트는 어떠한 선입견이나 편견 없는 정확하고 명백한 사실과 인간의 본성에 대한 깊은 이해를 바탕으로 추리를 통해 진실에 도달하게 된다.

더불어 조지핀 테이는 이 작품 『시간의 딸』에서 리처드 3세에 대해서뿐 아니라 수많은 토니팬디 사례를 들고 있다. 토니팬디는 웨일스 남부 지역의 탄광촌으로 정부가 군대를 동원해 시위하던 광부들을 죽였다고 알려졌지만 실상은 군대 대신 비무장 경찰들을 보내 해결한 사건이다. 그럼에도 사람들은 토니팬디에서 군대가 민간인을 죽였다고 여전히 믿고 있다. 이 작품에서는 그렇게 역사적으로 잘못 알려진 사실들을 모두 토니팬디라고 지칭한다. 진실이 아닌 것이 진실이 되어버리는 사례들. 어떻게 보면 진실이 묻혀 억울한 피해자들이 생겨난 범죄 사건들은 모두 역사 속 토니팬디와 같은 맥락에 있다고 볼 수도 있을 것이다. 리처드 3세에 관해 잘못 알려진 진실을 밝히고 있는 이 작품이 미스터리 장르에 부합하는 이유이기도 하다.

어쩌면 작품이 발표된 1951년도에 비해, 2014년을 살아가는 우리에게 리처드 3세의 진실을 밝히는 조지핀 테이의 이야기가 아주 새롭지만은 않을 수도 있다. 그러나 복잡한 만큼 재미있는 장미전쟁이라는 소재를 조지핀 테이 특유의 우아하고 탄탄한 문장으로 어떻게 풀어가고 있는지, 그리고 논리적인 추론을 따라 익히 알려져 있는 것과 다른 결론에 어떻게 이르게 되는지 볼 수 있다는 점에서 이 작품은 더할 나위 없이 매력적이다.

그렇기 때문에 영국 추리작가협회 회원들이 선정한 100권 중 1위, 미국 추리작가 협회들이 선정한 100권 중 4위를 비롯해, 시대를 초월한 여러 미스터리 랭킹에서 상위권을 차지하고 있는 것이다.

작가들이 뽑은 최고의 작품이 미친 영향

『시간의 딸』은 여러 작가들에게 깊은 인상을 주었고, 영감을 주었다.

일본의 재기 넘치는 작가 요네자와 호노부의 데뷔작인 『빙과』는 『시간의 딸』의 오마주로, 영어 제목부터가 '시간의 조카딸The Niece of Time'이다. 이 작품은 고전부의 신입 회원인 지탄다가 에너지를 낭비하지 않는 것이 신조인 나름 초탈한 고등학생 탐정 오레키 호타로와 함께 실종된 삼촌에 관한 신실을 찾아가는 내용으로, 독특한 개성을 가진 주인공들이 학교 축제를 조사하며 사건을 풀어나가는 아주 매력적인 작품이다.

그리고 같은 영국 작가 콜린 덱스터의 『옥스퍼드 운하 살인사건』에서도 위염 때문에 병원에 입원한 모스 경위가 옆 침상의 환자가 쓴 소설(1859년

옥스퍼드 운하를 건너는 배 속에서 한 여성이 살해당하고, 범인으로 선원들이 지목당했다는 소설)을 읽다가 이야기에 의문을 품고 진실을 밝혀낸다. 이야기를 풀어나가는 방식이 뒤로 가면서 조금 달라지긴 하지만 탐정 역할의 경위가 병원 침대 위에서 우연히 알게 된 과거의 사건을 파헤친다는 점에서는 『시간의 딸』과 아주 흡사하다.

미스터리 소설에 대해 이야기할 때 빼놓으면 섭섭한 애거사 크리스티의 작품 중에도 현재의 탐정이 과거의 사건을 해결하는 작품들이 있다. 십육 년 전 아내가 화가였던 남편을 죽였다고 알려진 사건의 진실을 파헤치는 『다섯 마리 아기 돼지』(원은주 옮김, 황금가지, 2007)와 십사 년 전에 일어난 귀족 부부의 동반 자살 사건의 진실을 밝혀내는 『코끼리는 기억한다』(김근희 옮김, 황금가지, 2008)와 같은 작품들이다. 항상 회색 뇌세포를 사용해야 한다고 주장하는 것치고 너무 잘 돌아다녀서 안락의자형 탐정이라고 부를 수 없는 에르퀼 푸아로지만 이미 끝난 사건을 다시 파헤쳐 진실을 바로잡는다는 점에서 크게는 『시간의 딸』과 같은 맥락이라고 볼 수도 있을 것이다.

『시간의 딸』이라는 제목은 "진실은 시간의 딸"이라는 프랜시스 베이컨의 말에서 따온 것이다. 모든 진실은 시간이 지나면 언젠가는 밝혀진다는 의미다. 작품의 주제 의식이 아주 뚜렷하게 드러나는 제목이다.

요즘은 모든 것이 너무 빠르다 보니 토니팬디처럼 진실이 아닌 일이 진실이 되어버리는 일들이 비일비재하게 일어나고 진짜 진실은 밝혀질 새도 없이 잊힌다. 그런 세상을 살아가는 피로함을 『시간의 딸』이 보여주는 인간에 대한 깊은 이해와 논리적이고 균형감 있는 사고의 흐름을 따라가며 풀어보는 것도 좋을 것 같다.

권도희(미스터리 전문 번역가)

시간의 딸
The Daughter of Time
/

1판 1쇄 2014년 11월 28일
1판 2쇄 2021년 8월 23일

지은이 조지핀 테이 / **옮긴이** 권도희

책임편집 김세화 / **편집** 임지호 이현 / **아트디렉팅** 이혜경 / **본문조판** 정연화 / **그림** 성원
저작권 김지영 이영은 / **마케팅** 정민호 정진아 김혜연 정유선
홍보 김희숙 함유지 김현지 이소정 이미희 박지원 / **제작** 강신은 김동욱 임현식 / **제작처** 영신사
독자모니터 윤현진

펴낸곳 (주)문학동네 / **펴낸이** 염현숙
출판등록 1993년 10월 22일 제406-2003-000045호 / **임프린트** 엘릭시르

주소 10881 경기도 파주시 회동길 210
문의 031-955-1918(편집) 031-955-3576(마케팅) 031-955-8855(팩스)
전자우편 editor@elmys.co.kr / **홈페이지** www.elmys.co.kr

ISBN 978-89-546-2626-2 (03840)

엘릭시르는 출판그룹 문학동네의 임프린트입니다.

잘못된 책은 구입하신 서점에서 교환해드립니다.
기타 교환 문의: 031-955-2661, 3580